Über das Buch

Ein Einbruch im Bahnhofskiosk, ein Überfall auf eine ältere Dame ... ganz schön was los im *Getto*, der Sozialbausiedlung, in der Justin und seine Gang, die *Black Amigos*, leben. Daneben fallen die Prügeleien und das Schuleschwänzen der Teenager fast nicht ins Gewicht. Nur Omid hält sich bei den Machenschaften seiner Gang zurück. Hin- und hergerissen zwischen der Loyalität seinen Freunden gegenüber und dem Wunsch, das Richtige tun zu wollen, versucht er, seinen Weg zu finden. Seine Bemühungen, die Gang von größeren Dummheiten abzuhalten, haben aber noch einen weiteren Grund: Sophie, die hübsche Tochter des Kioskbesitzers, auf die er ein Auge geworfen hat.

Nichts scheint die kleine Welt erschüttern zu können, doch dann beschließt ein Opfer, sich zu wehren. Die Ereignisse überschlagen sich, und die Situation gerät außer Kontrolle.

Über die Autorin

Katja Lukic wurde 1969 in Altona geboren. Sie studierte Pädagogik und Psychologie an der Universität Hamburg. Seit 2001 reist sie als Straßenkünstlerin durch Europa. Drei Bücher über ihre Zeit als lebende Statue hat sie veröffentlicht (Reihe: *Aussteigen mal anders*) sowie ein Kinderbuch (*Siggi und die Silberfrau*). *Bis einer nicht mehr aufsteht* ist ihr erster Jugendroman.

Katja Lukic

Bis einer nicht mehr aufsteht

Roman

Bibliografische Information der Deutschen Nationalbibliothek:
Die Deutsche Nationalbibliothek verzeichnet diese Publikation
in der Deutschen Nationalbibliografie; detaillierte bibliografische Daten
sind im Internet über http://dnb.dnb.de abrufbar.

© 2017 Katja Lukic
Herstellung und Verlag:
BoD – Books on Demand, Norderstedt

ISBN: 978-3-7528-9565-0

Für Ulli,
die alle Buchprojekte begleitet,
mir mit Rat und Tat zur Seite steht
und mit sanfter Kritik meine Bücher
jedes Mal ein großes Stück klarer
und unterhaltsamer macht

Danksagung an

Tobi (Kunst/Kaffee), Sander (Schach/Feedback)
und Nicole (Sport/Verpflegung),
schön, dass wir uns gefunden haben,
Uli aus Williport für das erste Testlesen und die netten Mails,
und natürlich an Euch,
die Ihr Euch für dieses Buch entschieden habt!

MONTAG

Der Hieb schoss wie ein Peitschenschlag über den Korridor. Grölend schoben die Gaffer auf die beiden Jungen zu. Immer dichter schlossen sie den Kreis um den am Boden liegenden Schüler und den auf ihn eintretenden Teenager.

»Hast du es?«, schrie Justin. »Hast du es endlich?« Dabei trat er erneut auf sein Opfer ein, das sich vor Schmerz krümmte.

»Gleich, Digger, sieht schon gut aus. Noch einmal auf die Nuss, aber dass sich der kleine Wichser nich' wieder wegdreht«, gab Erkan hinter der Handykamera seine Regieanweisungen. Noch während er dies sagte, hämmerte ein Faustschlag auf Dennis nieder, woraufhin Blut aus seinem Mund in Richtung der geifernden Menge spritzte.

»Igitt«, kreischte ein dreizehnjähriges Mädchen, das dank Make-up, Kajal und Lippenstift in jede Disco auf dem Kiez gekommen wäre. Dabei sprang sie mit einem Satz nach hinten und wischte sich den Blutstropfen von der Hand.

Schlagartig teilte sich die Menge. Ein groß gewachsener, muskulöser Typ drängte sich in die Mitte des Geschehens.

»Was soll das jetzt schon wieder?«, fragte Omid Justin. »Lass ihn doch einfach mal in Ruhe. Oder legst du's drauf an, von der Schule zu fliegen?«

Omids Augen streiften Sophie, die kurz nach ihm in den Kreis getreten war. Ein letztes Mal krachte es, dann ließ Justin von dem jüngeren Schüler ab.

Langsam richtete sich Dennis auf. Sein Gesicht war mit Blut und Tränen verschmiert. Mit der rechten Hand hielt der Junge seine Rippen, während er mit der linken nach der Brille suchte. Sophie eilte ihm zu Hilfe.

»Echte Helden seid ihr! Und alles nur für einen kurzen Film im Netz. Dümmer geht's nicht!«

»Frauen versteh'n davon nichts.« Dabei boxte Justin seinem Freund mit der Handykamera spielerisch in die Seite. »Echte Kerle prügeln sich eben. Nicht wahr, Dennis?«

Plötzlich strömten die Teenager auseinander. Frau Schnitzler eilte den Gang hinunter. Instinktiv wusste die Lehrerin, dass ein Pulk Teenager nichts Gutes bedeutete. Und ein Pulk, der sich auflöste, signalisierte ihr, dass sie zu spät kam, um durch ihr Eingreifen Schlimmeres zu verhindern.

Als sie endlich bei der Gruppe ankam, begutachtete Dennis gerade seine Brille. Wahrscheinlich war einer der Gaffer draufgetreten, so wie jedes Mal, wenn er zum Opfer dieser Schläger wurde.

Justin stand grinsend daneben. Erkan hatte sicherheitshalber sein Handy weggesteckt.

»Da ist der Dennis wohl wieder mal gefallen«, begrüßte Justin Frau Schnitzler.

»Du weißt ja, wo das Büro des Direktors ist, oder Justin?«

Die Lehrerin nahm Dennis am Arm, um dem Jungen beim Aufstehen zu helfen. Unterdessen suchte Sophie Dennis' Sachen zusammen, die auf dem Boden verstreut herumlagen.

»Was kann ich denn dafür, wenn sich Dennis immer wieder hinlegt? Du bist doch gefallen. Los, Dennis, sag ihr, dass du von alleine auf die Fresse gefallen bist!«

Ein Blick wechselte vom Täter zum Opfer.

Dennis richtete seinen Blick auf den Boden. »Nichts passiert. Wirklich, Frau Schnitzler.«

»Ins Büro des Direktors, sagte ich. Und keine Diskussionen mehr.«

»Aber ich ...«, versuchte es Justin ein letztes Mal, ehe er feststellte, dass Frau Schnitzler gefährlich schnell eine unmissverständliche Härte in ihren Gesichtsausdruck legen konnte.

»Bin schon unterwegs.«

Justin schnappte sich seinen Rucksack und schlurfte davon.

»Soweit ich weiß, hast du jetzt Erdkunde bei Herrn Fröhlich, Erkan. Oder nicht?«

Der Schüler nickte. Auch die restlichen Gaffer reagierten auf diese Aufforderung. Omid sah von der Lehrerin zu Sophie, die ihn mit einem zornigen Blick anstarrte. Dann schloss er sich seinen Mitschülern an, um seinen Klassenraum aufzusuchen. Als sich Frau Schnitzler erneut Dennis zuwandte, legte Erkan im Weggehen, unübersehbar für Dennis, den Zeigefinger auf den Mund. Klar, Dennis sollte die Klappe halten.

»Arschloch«, murmelte Sophie, die Erkans Geste mitbekommen hatte.

»Und du hast keinen Unterricht, Sophie?«, fragte die Lehrerin mit einer professionellen Freundlichkeit, die sie sich über die Jahre hinweg in diesem Beruf angeeignet hatte.

Das Mädchen warf sich ihre Tasche über die Schulter. Sie ging ein paar Schritte in Richtung ihres Klassenraums, blieb dann aber noch einmal stehen. Mit den Blick auf den Boden gerichtet sagte Sophie: »Die Schläger kommen immer wieder durch mit dem Mist. Und keiner unternimmt was, bis es zu spät ist.«

»Zu spät?« Frau Schnitzler zog ihre linke Augenbraue hoch. Sophie drehte sich zu der Lehrerin um. Sie sahen einander in die Augen.

»Bis einer nicht mehr aufsteht. Bis einer vielleicht mal stirbt.«

Ohne eine Reaktion abzuwarten, lief Sophie den Korridor hinab. Ihre Schritte hallten in den Gängen nach, bis sie mit dem Zuschlagen einer Tür endgültig verstummten.

Mit einem Mal war es still um Frau Schnitzler und Dennis. Nur ein paar ferne Geräusche von rückenden Stühlen und giggelnden Mädchen erinnerten daran, dass sie sich in der Schule befanden.

»Was ist wirklich passiert?«

»Sie wissen, dass ich nicht drüber reden kann. Dann machen die Brei aus mir.«

»Und was machen die jetzt mit dir?«

Die Lehrerin wusste aus ihrer langjährigen Berufserfahrung, dass solche Gespräche selten erfolgreich verliefen. Dafür hatten die Opfer viel zu große Angst. Schon seit Jahren bestimmte dieses Gefühl das Verhalten der Schüler untereinander. Und von Jahr zu Jahr wurde es schlimmer.

»Ich kann nicht.«

»Gut, dann musst du auch zum Direktor.«

Ruckartig schoss Dennis' Kopf zur Seite.

»Nach der Schule«, beruhigte sie ihn. Natürlich wusste Frau Schnitzler, dass Dennis jetzt nicht daran gelegen war, auf seinen Peiniger zu treffen, der inzwischen bei der Schulleitung eingetroffen sein musste.

»Und weshalb bist du jetzt wieder bei mir?« Herr Friedrich, der Direktor der Schule, atmete tief ein. Auch wenn solche Gespräche zu seiner Arbeit gehörten, wünschte er sich mittlerweile nur noch eins: Er wollte einmal einen Tag erleben, an dem nicht ein Schläger auf dem Stuhl auf der anderen Seite seines Schreibtisches landete.

»Was weiß ich? Fragen Sie Frau Schnitzler!«

Justin war wie immer besonders hilfreich.

»Vielleicht eine Rangelei?«, versuchte Herr Friedrich, das Gespräch zu starten.

»Nee, nich' dass ich wüsste. Der Dennis ist mal wieder gefallen, und die Frau Schnitzler meint wohl, dass ich damit was zu tun hab.«

»Und das hast du natürlich nicht?«, fragte der Direktor, der seinen Unglauben über Justins Geschichte in seinem Tonfall durchklingen ließ. Justin schüttelte den Kopf. Danach sahen sich beide sekundenlang in die Augen.

»Was soll ich mit dir machen, Justin? Schon wieder ein Schulverweis?«

»Aber ich hab doch gar nichts ...«, ein Seufzer entfuhr dem Schüler, der gleichzeitig eine Idee zu haben schien. »Na ja, wenn's denn sein muss. Ein paar Tage frei können ja niemandem schaden.«

Während er dies sagte, grinste er Herrn Friedrich an.

»Du legst wohl keinen großen Wert auf einen Abschluss?«

»Wieso? Meine Noten sind doch gar nicht so schlecht! Von der Fünf in Deutsch mal abgesehen.«

Immer noch lag das selbstgefällige Grinsen auf Justins Gesicht.

»Aber deine Fehlzeiten.«

Von seinen Problemschülern hatte der Direktor alle Daten griffbereit auf seinem Laptop. Er öffnete eine Tabelle auf dem Desktop und fand gleich Justins Eintragungen über die Stunden, die der Junge unentschuldigt gefehlt hatte.

»Ich sehe hier, dass du schon hart an der Grenze liegst.«

»Na und?« Justin zuckte mit den Schultern. Gleichzeitig zuckte das rechte Augenlid, das sich immer bei unangenehmen Situationen selbstständig machte.

»Ich rede später mit Frau Schnitzler«, schlug der Direktor vor.

Für gewöhnlich ließ Herr Friedrich eine angespannte Situation zunächst abkühlen, ehe er sich mit allen Beteiligten noch einmal an einen Tisch setzte, um nach einer Lösung zu suchen. Auch in diesem Fall hielt er diese Taktik für die beste Herangehensweise.

»Geh jetzt in deinen Unterricht.«

»Und was ist mit meinem Abschluss?«, fragte Justin, als er bereits im Begriff war, das Büro zu verlassen.

»Ich würde vorschlagen, dass du dir keine Fehlzeiten mehr erlaubst. Sonst wird es eng.«

Herr Friedrich sah wieder auf seinen Laptop. Er spürte den Blick seines Schülers auf sich ruhen. Eine Mischung aus Wut und

Hilflosigkeit lag darin. Aber der Direktor schenkte Justin keine weitere Beachtung.

Nach der Unterrichtsstunde traf Justin auf dem Schulhof seine Freunde. Erkan war gerade dabei, die Aufnahme auf seinem Handy herumzuzeigen.

Justins Gang bestand ausschließlich aus Jungen, die mit ihm, Erkan und Omid im *Getto* lebten. So nannten sie ihre Wohnsiedlung, die aus unzähligen, lieblos aneinandergereihten Hochhäusern bestand, in der es ausnahmslos Sozialwohnungen gab. Das Getto war der Lebensraum der Teenager. Es war eine Art Parallelwelt, in der die Regeln nicht galten, die es in anderen Stadtteilen vielleicht noch gab. Im Getto regierte das Gesetz des Stärkeren. Nicht zuletzt dank der Jugendgangs, die sich in diesen Siedlungen so zwangsläufig entwickelten, als wären sie ein neuer Schritt auf der Evolutionsleiter der Menschheit.

Zu der Gang von Justin gehörten neben Erkan und Omid auch Milan, Rico und Dave. Dave ging seit letztem Jahr nicht mehr zur Schule. Dass er zweimal hintereinander sitzen geblieben war, war die Hauptursache für seinen Rausschmiss gewesen. Die vielen Schlägereien und Fehlstunden wurden dabei zur Nebensache.

Als Schulabbrecher stieg Dave zu einem Idol für Milan und Rico auf, die eine Klasse unter Erkan, Justin und Omid waren. Für die drei Älteren blieb Dave einfach nur ihr Kumpel, auch wenn sie jetzt weniger Zeit miteinander verbrachten.

»Hey, was geht ab, Digger?«, begrüßte Justin zuerst Omid. Dabei reichten sie sich die Hand, führten ein paar Drehungen mit den Handgelenken aus, klatschten die Handflächen ineinander und stießen mit der rechten Schulter zusammen.

»Alles klar«, sagte Omid, dessen Hautfarbe dem warmen Braun eines starken Latte macchiato ähnelte. »Und bei dir? Was sagt der Direx?«

»Was schon? Die können mir nichts. Ich muss nur noch mal mit Dennis reden, damit der dichthält.«

»Hab ich schon!«, sagte Erkan mit einem fiesen Lächeln im Gesicht, der nun sein Handy Justin reichte.

»Zeig mal, Digger. Is' wenigstens fett Blut zu sehen oder brauchen wir noch 'ne zweite Fassung?«

Omid drehte sich von seinen Freunden weg, die nun gemeinsam ihren Film begutachteten. Sein Blick schweifte über den Schulhof. Er war auf der Suche nach etwas, nach jemandem. Hoffentlich bemerkte es niemand. Sein Herz schlug für einen Moment einen winzigen Tick stärker, als er sie entdeckte. Sophie, die wie üblich ihre Nase in ein Buch steckte. Justin riss ihn aus seinen Gedanken: »Das is' voll krass. Man kann sogar das Blut sehen, wie es auf Melanie spritzt.«

Omid schüttelte fast unmerklich den Kopf, während seine Freunde sich an ihrem Morgenprojekt ergötzten.

»Voll fett, hier, guck mal, das Blut. Krass, Alter!« Dabei deutete Erkan mit seinem Zeigefinger auf das Display seines Handys.

Die Jungs krümmten sich vor Lachen. Omid stand daneben und fragte sich, was er von den beiden überhaupt wollte. Justin und Erkan waren nicht besonders clever, hatten immer Ärger im Kopf, wurden öfter der Schule verwiesen als alle anderen, die er kannte, und zudem verstrickten sie ihn immer in Sachen, die er schon am darauffolgenden Tag wieder bereute.

Aber natürlich wusste Omid auch, dass es besser war, die Mitglieder der *Black Amigos* zu seinen Freunden zu zählen. Black Amigos, das war der Name der Gang, die Justin, Erkan und Dave vor mehreren Jahren gegründet hatten und der nun auch Omid angehörte. Diese Gang bestimmte, wer das Sagen an dieser Schule hatte, aber vor allem, wer es im Getto hatte. Wenn man unversehrt in diesem Viertel überleben wollte, war es besser, auf der Seite der Black Amigos zu stehen als auf der Seite von Typen wie Dennis. Das wusste Omid aus eigner Erfahrung. Deshalb war er gerade an Tagen wie diesen davon überzeugt, dass er durch seine Mitgliedschaft in der Gang seine jüngeren Geschwister schützte, auch wenn er sonst hin und wieder an seiner Freundschaft zu Erkan und Justin zweifelte. Niemand wagte es, sich die Black Amigos zu seinen Feinden zu machen. Nicht zuletzt deshalb hielt Omid zu seinen Freunden.

Nach wenigen Minuten langweilte der Film Justin. »Was machen wir heute Nachmittag?«, fragte er in die Runde.

»Wir treffen uns im Loch, so wie immer«, sagte Milan.

Darauf knallte Justin Milan seine flache Hand an die Stirn. »Klar doch! Aber was machen wir da?«

Erwartungsvoll starrte Justin von Omid zu Erkan und wieder zurück.

»Es ist Montag. Ich muss Aisha zum Nachhilfeunterricht bringen. Wie jede Woche«, erklärte Omid.

Justin verdrehte die Augen.

»Bei uns ist das eben so. Wir passen auf unsere Schwestern auf«, rechtfertigte Erkan seinen Freund Omid, dem Justins Reaktion egal zu sein schien.

»Worauf aufpassen? Sie geht noch mal zur Schule und wieder zurück. Was soll da schon passieren?«

Dass Omids Eltern Angst hatten, Gangs wie die Black Amigos könnten ihrer Tochter auflauern und ihr etwas antun, erwähnte Omid nicht. Er war es leid, immer wieder dieselbe Diskussion mit Justin zu führen.

»Ich komm später nach«, sagte Omid deshalb nur mit Nachdruck.

Für einen Moment versuchte Omid, in den Augen von Sophie so etwas wie Halt zu finden. Justin folgte seinem Blick. Schnell sah Omid zu Boden.

»Ich komm gegen sieben ins Loch!«

Als Omid nach der Schule zu Hause ankam, stand das Essen schon auf dem Tisch. Das war nicht ungewohnt für den Teenager, der jeden Tag gemeinsam mit seiner Mutter und seinen Geschwistern das Mittagessen zu sich nahm. Nur der Vater fehlte, so wie jeden Tag unter der Woche, da er erst später von der Arbeit nach Hause kam. Zum Abendessen waren sie jedoch immer vollzählig. Der Vater bestand darauf.

Seine Geschwister saßen bereits auf ihren Plätzen am Tisch. Die Mutter stellte die letzte Schüssel mit dem Salat zu den anderen, aus denen es köstlich duftete.

Auf Dari, einer der neunundvierzig Sprachen seines Herkunftslandes Afghanistan, sagte seine Mutter: »Wasch dir die Hände. Wir warten auf dich.«

Während der Mahlzeit unterhielt sich die Familie in ihrer Herkunftssprache. Nur ab und an flog ein deutsches Wort durch den Raum, wenn eines der Kinder nicht schnell genug auf den afghanischen Zwilling des Ausdrucks kam.

Eine lebhafte Atmosphäre begleitete das Essen aus Lammfleisch, Gemüse und Reis, an dessen Ende die Töchter den Tisch abräumten und ihrer Mutter in der Küche beim Abwasch halfen. Omid zog sich in sein Zimmer zurück. Der jüngste Spross der Familie, sein sechsjähriger Bruder Ahmed, setzte sich vor den Fernseher.

Omid war der Einzige in der Familie, der ein Zimmer für sich alleine hatte. Seine Schwestern teilten sich einen Raum, und der Kleinste schlief im Zimmer der Eltern. In der Abgeschiedenheit seines Zimmers legte sich Omid auf sein Bett. Er hatte noch Hausaufgaben zu machen, bevor er Aisha zur Nachhilfe bringen musste. Aber Mathe und Erdkunde waren schnell erledigt.

Omid griff zu seiner Gitarre. Mit geschickten Fingern zupfte der Fünfzehnjährige an den sechs Saiten, und mit einem Mal erfüllte eine traurige Melodie den Raum, die ihren Ursprung in seinem Geburtsland hatte. Er konnte sich nicht genau an den Text erinnern. Irgendwie ging es in diesem Lied um eine Frau und einen

Mann und das ganze alberne Zeugs, mit dem er eigentlich nichts zu tun haben wollte.

Omid genoss diese Momente der Stille in seinem Zimmer. Um so mehr störte es ihn, dass jemand schlagartig seine Tür aufriss. Seine Schwester Aisha stand darin und grinste ihn an.

»Ich hab dir schon tausendmal gesagt, dass du anklopfen sollst«, fauchte Omid seine Schwester auf Deutsch an.

»Ist da jemand ein wenig gereizt?«, antwortete Aisha auf Dari.

»Was willst du?«

»Ich muss zum Nachhilfeunterricht.«

Das Gespräch taumelte zwischen den beiden Sprachen hin und her. Weder Aisha noch Omid schienen in die jeweils andere Sprache wechseln zu wollen. Diese Auseinandersetzung führten sie oft. Ihre Gespräche fanden selten in einer einzigen Sprache statt. Auch wenn sich Omid wie seine Schwester immer mal wieder nach seinem Heimatland sehnte, in dem er die ersten acht Jahre seines Lebens verbracht hatte und in dem sie viele Verwandte zurückgelassen hatten, wusste er doch auch, dass er nun in einem anderen Land sein Leben fortführen musste. Und wenn er hier erfolgreich sein wollte, brauchte er einen guten Schulabschluss, den er nur erlangen konnte, wenn diese gottverdammte Sprache sich endlich perfekt in sein Hirn einbrannte.

»Ich weiß. In einer Stunde. Und?«

»Nur falls du es vergessen hast«, antwortete sie wieder auf Dari.

Kopfschüttelnd sah er zu seiner Schwester.

»Wenn du ab und zu auch zu Hause deutsch reden würdest oder zur Abwechslung mal deine Schulaufgaben machen, dann bräuchtest du vielleicht gar keine Deutsch-Nachhilfe mehr, und ich könnte meine Zeit für sinnvollere Dinge nutzen.«

»Dich mit deinen bescheuerten Freunden treffen? Oder würdest du lieber auf deinem Bett sitzen und dämliche Schnulzen spielen?«

Omid griff zum Kissen und holte gerade zum Wurf aus, als Aisha schon die Tür hinter sich zuknallte.

Das Feuer eines Maschinengewehrs ratterte durch die Kopfhörer bis zu seinem Hirn. Auf dem Bildschirm sah er den Lauf seiner Waffe, wie sie die Gegner nacheinander niedermetzelte. Munition, Blut und Körperteile flogen, untermalt von menschlichen Schreien, über den Bildschirm.

»Nimm das, du Schwein.«

Er grinste, als seinem virtuellen Gegner der Kopf explodierte. Mehrmals feuerte er auf den am Boden liegenden, kopflosen Körper, der dabei zuckte wie ein geschlachtetes Ferkel.

Seine Finger flogen über die Tastatur, wechselten die Ansicht, die Waffe und den Modus im Sekundentakt, ohne dabei von den Augen kontrolliert zu werden, die wie gebannt das Geschehen am Monitor verfolgten.

»Und jetzt ihr.«

Eine virtuelle Handgranate zerfetzte ein Haus, das danach nur noch aus blutverschmierten Steinen und einer Rauchwolke bestand.

Erneut grinste er abfällig. »Ihr seid nichts als Wichser. Euch zerquetsch ich wie Kakerlaken!«

Die Tür hinter ihm öffnete sich fast lautlos. Dennoch erkannte er die Bewegung im Spiegelbild des Monitors. Eine rasche Fingerbewegung wechselte vom Ego-Shooter zu seinen Hausaufgaben.

»Schatz, kommst du essen?«

Ehe er sich zur Tür umdrehte, verwandelte sich der knallharte Gesichtsausdruck eines Killers in das Gesicht eines Kindes.

»Bin gleich da, Mami. Muss nur noch diesen Satz zu Ende schreiben.«

Stille empfing Justin, als er nach der Schule in die Wohnung trat. Mit einem Schwung schmiss er seinen Rucksack auf den Fußboden im Flur und kickte seine Schuhe daneben. Dann ging er in die Küche. Der Blick in den Kühlschrank verriet ihm, dass seine Mutter wieder einmal vergessen hatte einzukaufen. Neben Bierflaschen und einer halb leeren Margarine befand sich nur noch ein vergammelter Kopf Salat im Gemüsefach.

»Mist«, murmelte Justin.

Ein weiterer Blick ins Gefrierfach zeigte, dass auch die Tiefkühlpizza aus war. Er ging zurück in den Flur. Ohne zu klopfen, öffnete er die Tür zum Schlafzimmer seiner Mutter. Im abgedunkelten Raum sah er ihre Umrisse. Sie lag noch im Bett. Neben ihr erkannte er eine weitere Gestalt.

»Toll. Hab ich wohl wieder einen neuen Daddy«, warf Justin sarkastisch in den Raum.

»Verdammt, wo bin ich?«, fragte eine Männerstimme, der man die zwei Packungen Zigaretten pro Tag anhörte.

»Justin, mein Junge, musst du nicht zur Schule?«, fragte seine Mutter.

Mit einem Knall schloss Justin die Tür, mit der er nicht eine einzige schöne Erinnerung verbinden konnte. Er ging an die Garderobe. Wenn er Glück hatte, dann war seine Mutter wenigstens beim Amt gewesen und hatte jetzt wieder Geld in der Tasche. Das war am Zehnten eines Monats nicht ganz ausgeschlossen. In der Geldbörse fand er jedoch nur ein paar nicht eingelöste Pfandscheine von Mehrwegbierflaschen des Discounters an der Ecke.

Wenigstens etwas, dachte sich Justin und schob sich die kleinen Papierschnipsel in die Hosentasche. Seine Mutter würde nicht bemerken, dass sie fehlten.

Hinter ihm öffnete jemand die Schlafzimmertür. Seine Mutter trat heraus. Sie sah ihren Sohn mit der Geldbörse in der Hand. Mit ihrem Handrücken rieb sie sich ihre verschnupfte Nase.

»Es ist kein Geld mehr da. Am Fünfzehnten krieg ich wieder was vom Jobcenter.« Dabei drehte sie sich in Richtung Küche, auf deren Tisch sie neben diversen leeren Bierflaschen auch eine Packung Zigaretten erspähte. Sie griff danach, öffnete sie und knüllte kurz darauf die leere Schachtel zusammen.

»Verdammt.«

Justin nahm sich unter der Spüle eine leere Tüte heraus und sammelte die Pfandflaschen zusammen.

»Was willst du damit?«, wollte die Mutter wissen.

»Ich habe Hunger!«, antwortete der Sohn.

»Ich brauch die Flaschen aber noch!«

Justin sah in die Augen der Frau am Küchentisch, die angestrengt an ihren Fingernägeln kaute.

»Für Zigaretten«, fügte sie erklärend hinzu. »Wir waren doch mal bei der Essensausgabe am Bahnhof. Geh doch da hin.«

Seine Mutter sah auf den Boden.

»In fünf Tagen hab ich wieder Geld.«

Die Schritte des fremden Mannes näherten sich. Aus dem Flur trat ein großer, am ganzen Körper dicht behaarter Kerl, der Justin mit einem knappen Kopfnicken grüßte.

»Hast du noch Zigaretten?«, fragte die Mutter.

»Nö.«

Wie selbstverständlich ging der Mann zum Kühlschrank, nahm sich eine Flasche Bier und setzte sich an den Tisch. Über der Stuhllehne hing seine Lederjacke. Nachdem er die Flasche mit einem Zug halb geleert hatte, nahm er seine Brieftasche heraus, gab Justin einen Fünf-Euro-Schein und sagte: »Das müsste für ein Essen reichen.«

Justin griff nach dem Geld und ging.

»Wenigstens Danke kannst du sagen«, hörte er seine Mutter hinter ihm herrufen, ehe die Haustür ins Schloss fiel.

»Das macht dann fünf Euro zwanzig.«

»Ist das mit Pfand?«

»Ja, aber nur auf die drei großen Flaschen, Frau Brunner.«

»Wie bitte?«

»Die großen Flaschen«, wiederholte Sophie noch einmal deutlich lauter und deutete dabei auf die drei Sprudelflaschen.

Die Rentnerin lächelte und gab Sophie ihre Geldbörse.

»Sie nehmen sich das Geld bitte heraus. Ich alte Frau komme ja mit den neuen Münzen so gar nicht zurecht. Und dann seh ich auch immer schlechter.«

Sophie nahm das Geld aus dem Portemonnaie, zählte es Frau Brunner noch einmal vor und packte dann den Einkauf der älteren Dame in eine Plastiktüte.

Wie jeden Tag half sie ihrem Vater direkt nach dem Mittagessen in seinem Kiosk für ein bis zwei Stunden aus. Manchmal blieb sie auch ein wenig länger, wenn es nötig war. Aber das kam nur selten vor und Sophie machte es mittlerweile auch nichts mehr aus.

Nachdem ihre Mutter vor vier Jahren an Krebs gestorben war, versuchte der Vater so gut es ging, sich und seine Kinder über Wasser zu halten. Die kleine Familie bestand aus dem Vater, Sophie und ihrem elfjährigen Bruder Jonas, dem sie mittags das Essen zubereitete und der danach den Küchendienst übernahm. Während sie sich um die wenigen Kunden in der Nachmittagszeit kümmerte, erledigte der Vater die Bestellungen, füllte Regale auf und ging seiner Buchhaltung nach. Die Familie funktionierte wie ein gut eingespieltes Fußballteam. Jeder übernahm die Aufgaben, die ihm zugeteilt wurden, und keiner murrte. Die Einnahmen des kleinen Unternehmens machten die Familie nicht reich, aber sie genügten, um alle gut durchs Leben zu bringen.

Justin raste am Verkaufsfenster des Kiosks vorbei. Dabei rempelte er Frau Brunner an, die gerade ihre Geldbörse zu ihren Einkäufen in die Plastiktüte fallen ließ. Die Rentnerin wankte, hielt sich dann aber doch mithilfe ihres Gehstocks auf den Beinen.

»Rüpel!«, schimpfte sie Justin hinterher.

Omids Mittagsruhe verflog viel zu schnell. Er hatte seine Hausaufgaben erledigt und hätte sich gerne noch auf sein Bett gelegt, um sich seinen Gedanken und Träumen hinzugeben. Das tat er oft. Sich einfach nur fallen lassen, die alte Heimat, die Großmutter, das Dorf in den Bergen und die vielen Tiere auf dem Hof wieder vor seinem geistigen Auge lebendig werden lassen. Aber heute ging es eben nicht. Aisha wartete.

Gemeinsam fuhren die Geschwister mit dem Fahrstuhl, auf dessen Wänden sich fast alle Jugendlichen des Hauses mit Kritzeleien verewigt hatten, ins Erdgeschoss. Von dort aus gingen sie an der Parkanlage entlang zur Straße. Schweigend liefen sie nebeneinander her. Mit fünfzehn und dreizehn Jahren waren sie in einem Alter, in dem sich Teenager gerne zofften. Omid war der Ältere und wurde von seiner ewig nörgelnden Schwester häufig zur Weißglut getrieben. Dass er dennoch seiner Pflicht als großer Bruder nicht entkommen konnte, dafür sorgte ihr Vater.

Sein Vater war ein strenger Mann, der sein Leben in Deutschland mit gemischten Gefühlen betrachtete. Jeden Tag dankte er Allah dafür, dass er seine Familie aus Afghanistan hatte herausbringen können und nun in einem fremden Land eine Arbeit hatte, die ihn und die Seinen ernährte. Andererseits erkannte er auch die Tücken, die diese fremde Stadt mit sich brachte, und welchen Gefahren seine Kinder hier ausgesetzt waren. Das Leben in der Neubausiedlung verstärkte das Gefühl des Vaters, dass seine neue Heimat ein Ort mit wenig Anstand und einer fremden Moral war. Jeden Tag, wenn der Vater morgens um fünf Uhr aus dem Haus ging, in den verschmierten Fahrstuhl stieg, an der verdreckten Haltestelle auf seinen Bus wartete und dann mit seinen bereits zum Frühstück Bier trinkenden Kollegen seine Frühschicht begann, fragte er sich, was für eine Zukunft seine Kinder in diesem Land erwartete.

Omid war während der Abwesenheit seines Vaters das Familienoberhaupt. Seine Hauptaufgabe in dieser Zeit bestand darin, dafür zu sorgen, dass die Werte seines Vaters von allen Familienangehörigen eingehalten wurden. Natürlich wäre seine Schwester lieber alleine zum Nachhilfeunterricht gefahren und hätte sich danach mit ihrer Freundin getroffen, um über süße Jungs, Schminke und angesagte Musik zu quatschen. Aber das wollte sein Vater nicht. Eine Frau hatte ab einem bestimmten Alter auf ihren Ruf zu achten, vor allem in diesem Land, fern von Afghanistan, in dem Teenager Alkohol tranken, Drogen nahmen und Sex schon früh ein Thema war.

Nachdem Omid seine Schwester in die Schule gebracht hatte, ließ er sich auf der Bank am äußersten Ende des Schulhofs nieder und drehte sich eine Zigarette. Er nahm seinen MP3-Player heraus, suchte die passende Musik und lauschte den Klängen seiner Heimat.

Der Zigarettenrauch stieg auf. Omid blickte der sich ausbreitenden Rauchwolke hinterher, bis eine Windböe sie auseinandertrieb. Im Takt der Musik wippte sein Fuß. Er nahm wieder einen Zug, blies ihn dieses Mal aber unter lautem Husten gleich wieder aus.

»Verdammt!«

»Warum versuchst du es überhaupt?«, fragte eine Stimme von hinten.

Es war Dave, der sich daraufhin neben Omid niederließ.

»Rauchen is' was für Idioten«, fügte Dave noch hinzu und reichte Omid eine Packung Kaugummis.

»In meiner Familie rauchen alle Männer. Das gehört irgendwie dazu, um ein Mann zu werden. Wie einen Bart kriegen und der ganze Scheiß.«

»Müsst ihr auch ein Tier erlegen?«

Dave schmunzelte.

»Wo warst du die letzten Tage? Justin hat sich schon Sorgen gemacht.«

Dave lugte zu seinem Kumpel rüber. Voller Stolz sagte er: »Ich hatte da 'ne richtig fette Sache laufen. Kann da jetzt nicht drüber reden. Aber das gab echt Kohle. Zweitausend Tacken auf einen Schlag.«

Omid wollte von Daves Geschichten lieber nichts wissen. Eigentlich bemühte sich Omid immer, sich aus den krummen Geschäften seiner Freunde herauszuhalten. Meistens klappte das auch. Um ein wenig Interesse vorzutäuschen, fragte er: »Is' was vom Laster gefallen?«

»Eine ganze Ladung Notebooks! Ich hätte dir ja eins mitgebracht, aber der Typ hat gesagt, dass es besser ist, wenn man nichts zu uns zurückverfolgen kann. Die Geräte sind jetzt alle auf dem Weg nach Berlin. Von dort geht es dann weiter in den Osten. Aber ich sollte lieber meine Fresse halten.«

Dave sah auf den Boden und grinste dabei wie ein Typ, der gerade von seinem Sechser im Lotto erfahren hatte.

»Du verstehst schon. Das sind echt harte Kerle. Echte Profis, Mann. Und wenn ich Glück hab, dann bin ich jetzt öfter dabei. Dann mach ich richtig Schotter!«

»Ich verstehe.« Omid war froh, das Thema endlich beenden zu können.

»Du kommst ins Loch?«, fragte Dave, der wieder auf dem Sprung war.

»Gegen sieben, schätze ich.«

Dave verschwand so schnell, wie er aufgetaucht war. Zurück blieb Omid, der sich die Kopfhörer in die Ohren steckte und wieder alleine auf seine Schwester wartete.

»Ein Döner und 'ne Coke.«

Justin bestellte nicht zum ersten Mal sein Mittagessen beim türkischen Imbiss unweit seiner Wohnung. Wenn seine Clique nicht gerade im Loch abhing, trafen sie sich meistens auf dem kleinen Platz, an dem ein Supermarkt, der Imbiss und ein Kiosk lagen. Der betonierte Siedlungsmittelpunkt war von ein paar Grünflächen gesäumt, auf denen junge Bäume ums Überleben kämpften. Wichtiger waren an diesem Ort jedoch die Sitzbänke, die die Anwohner rege als Treffpunkt nutzten. Allerdings nur dann, wenn die Holzbretter der Bänke nicht, wie so oft, ein paar nächtlichen Randalierern zum Opfer gefallen waren.

Justin nahm seine Bestellung, zahlte und setzte sich auf die Lehne einer Bank, von deren Sitzfläche zwei Bretter fehlten. Er packte den Döner aus, stellte die offene Dose auf das letzte Brett der Sitzfläche und biss hungrig in das türkische Sandwich.

Verdammte Mutter. Wieder einmal waren ihr die Kippen und der Alk wichtiger als ihr Sohn. Gestern hatte sie noch für einen großzügigen Vorrat an Bier gesorgt. Im Discounter, wo ein halber Liter nur ein paar Cent kostete. Dass ihr lieber Sohn vielleicht auch ab und zu gerne etwas zu essen vorfinden würde, wenn er von der Schule nach Hause kam, daran hatte sie, wieder einmal, nicht gedacht.

Justin kannte das Gefühl, mit Hunger ins Bett zu gehen. Es lag allerdings nicht daran, dass seine Mutter die Heute-Abend-gehst-du-ohne-Abendbrot-ins-Bett-Masche zu erzieherischen Zwecken eingesetzt hätte. Es gehörte einfach genauso zu seinem Leben wie die kalte Wohnung im Winter, weil seine Mum den Strom für die Nachtspeicherheizung nicht zahlen konnte, oder die Klamotten aus dem Second-Hand-Laden, die schon ein Glücksfall waren, da seine Mutter seine Anziehsachen meist vom Roten Kreuz mitbrachte.

Für seine Markenklamotten sorgte Justin selbst. Mal ein paar Schuhe aus dem Sportgeschäft, dann eine coole Hose aus dem Jeansshop. Dass er nicht zahlte bei seinen sogenannten Einkäufen, störte Justin schon lange nicht mehr. Früher einmal, so mit gerade mal elf Jahren, da hatte er sich noch Gedanken darum gemacht, was Recht und Unrecht war. Heute nahm er sich, was er zum Leben brauchte. Wenn ihn ein Hausdetektiv beim Stehlen erwischte, wurde er von einer Streife nach Hause gebracht. Das war schon dreimal vorgekommen. Bestraft wurde er bislang jedoch nicht, da er bis vor Kurzem unter das Jugendstrafrecht fiel. Meist schenkten ihm die Beamten der Polizei noch einen mitleidigen Blick, wenn sie nachmittags Justins Mutter verkatert aus dem Bett klingelten, um ihren Sohn nach der erstatteten Anzeige zu Hause abzusetzen.

Er biss wieder in seinen Döner, voller Hunger und Hass.

Dave kam um die Ecke.

»Was geht ab, Digger?«, begrüßte der Justin.

Sie führten das altbekannte Begrüßungsritual mit den Händen aus und stießen danach kurz ihre Schultern zusammen. Justin wischte sich den Mund mit der Papierserviette ab.

»Meine Mum hat mich mal wieder zum Essen rausgeschickt.«

Gedankenverloren nickte Dave. Er kannte Justin und seine Mutter. Solange er denken konnte, war Justin ein Teil seines Lebens. Er kannte seine Geschichte, seine Wut und seine Ohnmacht. Denn Dave führte fast dasselbe Leben wie er. Seine Eltern wohnten jedoch noch zusammen. Und neben dem Leben mit einer Alkoholikerin, die tagsüber nicht aus dem Bett kam und ihr Kind ständig vernachlässigte, kam Dave zusätzlich noch in den Genuss der Streitereien seiner Eltern, die nicht selten in Handgreiflichkeiten ausarteten. Als Dave vier Jahre alt gewesen war, hatten das erste Mal Streifenbeamte bei ihnen vor der Wohnungstür gestanden, weil Nachbarn sie wegen nächtlicher Ruhestörung gerufen hatten. Mittlerweile zählte Dave die Tage bis zu seiner Volljährigkeit. Endlich frei sein. Endlich weg.

Erneut biss Justin in das türkische Fladenbrot.

»Willst du?« Er reichte seinem Freund das Essen rüber.

»Lass mal. Ich hab heute selber Kohle.«

Dave holte ein Bündel Fünfziger aus der Jackentasche. Justin nahm die Geldscheine in die Hand. Er versuchte zu schätzen.

»Ein Tausender?«

»Zwei, Digger. Und das ganz einfach. Fast ein Spaziergang.«

Er nahm das Geld zurück, sah nach rechts und links, ehe er das Bündel wieder in seine Jackentasche steckte.

»Wenn ich da richtig einsteige, kann ich dich da vielleicht auch mit reinbringen. Das sind echt coole Typen, Profis eben«, sagte Dave und richtete sich dabei kerzengerade auf.

»Das wäre echt geil. Ich bin total abgebrannt. Meine Alte kriegt gar nichts mehr auf die Reihe. Die versäuft mein Kindergeld und schickt mich dann in die Assi-Küche.«

Justin spürte, wie sich sein Magen zusammenkrampfte. Aber er wollte nichts spüren. Vor allem nicht diesen Schmerz.

»Ich muss auch mal was Größeres drehen. Nicht immer nur die Geschäfte abzocken. Ich brauch Kohle, Mann.«

»Wieso keine Geschäfte? Du musst nur die richtigen Sachen mitnehmen. Zum Beispiel Zigaretten. Die kriegste überall los«, erklärte Dave weltmännisch.

Justin sah von seinem Döner auf. Gegenüber lag der Kiosk, randvoll mit Kippen.

»Hast du deine Hausaufgaben schon gemacht?«, fragte die Mutter.

»Mathe schon. Englisch mache ich, wenn ich wiederkomme«, antwortete Dennis.

»Aber nicht wieder kurz bevor du zu Bett gehst.«

»Ich mache sie direkt nach dem Abendbrot. Versprochen. Das dauert nicht lange. Nur so eine dämliche Aufgabe aus dem Übungsbuch. Da bin ich in zehn Minuten mit fertig.«

Dennis' Mutter schüttelte den Kopf. Es war jeden Montag das Gleiche, wenn ihr Sohn losging, um seinen Job als Zeitungsbote zu erledigen. Er hatte seine Hausaufgaben nicht gemacht, sondern sich stattdessen vor den Computer gesetzt und eines dieser grässlichen Spiele gespielt, die sie so verabscheute. Er glaubte, sie bekäme das nicht mit, weil sie so oft unterwegs war. Aber seine Mutter wusste genau, was Dennis tat, wenn er für Stunden in seinem Zimmer verschwand.

»Nach dem Abendbrot. Und zwar sofort. Du weißt doch, dass du mit Englisch auf dem Kriegspfad stehst.«

Dennis schnappte sich sein Schlüsselbund, gab seiner Mutter einen Kuss auf die Wange und stürzte zur Tür.

»Bin spätestens in zwei Stunden wieder da.«

Gemeinsam schlenderten Omid und seine Schwester zur Siedlung zurück. Sie nahmen den Weg durch die Parkanlage zu dem kleinen Platz, an dem der Kiosk lag.

»Ich brauch noch ein paar Kaugummis«, sagte Omid.

»Soll ich mitkommen?«, fragte seine Schwester.

»Du kannst ruhig vorgehen.«

Zu ihrem Haus waren es nur noch wenige Meter. Er konnte Aisha beruhigt den Rest des Weges alleine gehen lassen.

Sophie stand noch am offenen Fenster des Kiosks, hinter dem sich ein Verkaufstresen befand. Tagsüber konnte man auch in den Kiosk hineingehen und sich die Ware selbst aussuchen, deren Palette von Getränken und Naschereien bis hin zu den gängigsten Grundnahrungsmitteln reichte. Nach zwanzig Uhr war nur noch das Verkaufsfenster geöffnet. Zu häufig hatte Sophies Vater betrunkene Kunden mit Gewalt vor die Tür setzen müssen. Abends, wenn der Vater hinter dem Tresen stand, wechselten überwiegend Knabbereien, Zigaretten und vor allem Bierflaschen den Besitzer.

Omid betrat durch die offenstehende Tür den kleinen Laden. Sophie füllte gerade die Schokoriegel auf.

»Guten Tag«, murmelte Omid fast flüsternd.

Sophie sah von ihrer Arbeit auf und nickte Omid kurz zu. Danach kümmerte sie sich wieder um das Schokoriegelsortiment.

Hinter den sauren Gurken versuchte der junge Mann, einen Blick auf Sophie zu erhaschen. Als hätte sie es gespürt, schaute sie zurück. Schnell nahm er das Glas mit den Gewürzgurken in die Hand, um mit größtmöglichem Interesse die Zutatenliste zu studieren. Sophie lächelte.

Nach zwei Minuten stellte er das Glas weg, ging durch den Gang mit den Getränken, atmete tief durch und blieb vor dem Tresen stehen, an dem Sophie immer noch mit dem Einsortieren der Schokolade beschäftigt war.

»Hi«, unsicher wippte Omid mit dem Kopf.

»Kann ich dir helfen?«

Er schwieg.

»Suchst du was Bestimmtes?«, fragte sie, ohne dabei das Lächeln in ihrem Gesicht zu verlieren.

Er nickte. Verdammt, wo war seine Selbstsicherheit hin? In diesem Augenblick fühlte er sich so winzig, so verletzlich.

Mit einer piepsigen Stimme begann er: »Ich ...«

Er räusperte sich und musste dann auch lächeln.

»Schokolade«, sagte er nun mit seiner rauen, männlichen Stimme. »Du kennst dich doch damit aus. Was würdest du mir empfehlen?«

Sie überlegte kurz reichte ihm dann zwei Riegel.

»Der ist mit Keks und der mit Karamell. Ich mag sie beide.«

Für den Bruchteil einer Sekunde sahen sie sich in die Augen. Dann, blitzartig, sah Omid auf die Schokoriegel in seiner Hand und räusperte sich erneut.

»Dann probiere ich sie beide.«

»Gut. Das macht dann ein Euro sechzig.«

Omid fingerte aus seiner Hosentasche ein paar Münzen.
»Danke«, sagte er beim Verlassen des Kiosks.

»Bis Morgen, Omid.«

Hatte er richtig gehört? Sie hatte ihn bei seinem Vornamen genannt. In der Schule hatten sie nichts miteinander zu tun. Sie gingen in unterschiedliche Klassen. Und trotzdem kannte sie seinen Namen.

Strahlend biss er in einen der Schokoriegel, während er über den Platz zu seinem Hochhaus hinüberschlenderte.

Mit einem fast leeren Zeitungswagen bog Dennis in die letzte Straße ein. Nur noch zwanzig Häuser, dann hatte er endlich Feierabend. Er dachte an das Geld, das er heute ausgezahlt bekommen würde. Der Rest, der ihm noch fehlte, um sich seinen langersehnten Wunsch endlich erfüllen zu können. Er hatte im Internet recherchiert, hatte sein Taschengeld in den letzten Monaten gespart und seine Eltern überredet, ihm den Rest des Konfirmationsgeldes auszuzahlen.

Vorige Woche hatte er mit Hilfe seines Vaters das Handy im Internet bestellt. Seine Eltern hatten es vorfinanziert, sagten Dennis aber, dass er das Smartphone erst dann bekäme, wenn er das Geld vollständig gespart hätte. Heute war es endlich so weit.

Er holte eine der Wochenzeitungen heraus, die er in die Briefkästen der Reihenhäuser werfen wollte. Es war eine schöne Wohngegend, in der Gartenzäune die edlen Anwesen vor Eindringlingen schützten, alle Grünflächen gepflegt aussahen und nicht eine kaputte Bierflasche auf der Straße herumlag. Dennis öffnete eine Gartentür, faltete die Zeitung und legte sie auf den Fußabtreter vor die Tür. Bei schlechtem Wetter warf er die Zeitungen in die Briefkästen, aber an trockenen Tagen erlaubte sich Dennis, die Zeitungen einfach vor die Tür zu legen.

Nach einer halben Stunde war er mit dem Austragen der restlichen Zeitungen fertig. Eilig hastete er zurück zur Zeitungszentrale. Ein Umschlag mit seinem Verdienst wartete dort auf ihn.

»Na, ist es endlich da?«, fragte Frau Goldberg, die ältere Dame, die für die Finanzen zuständig war.

»Es ist gestern mit der Post gekommen. Aber erst jetzt habe ich das Geld zusammen«, sagte Dennis. Seine Augen funkelten.

Frau Goldberg sah den Jugendlichen an. Nachdenklich legte sie den Kopf zur Seite. »Schön, dass es solche Jungen wie dich noch gibt. Geld sparen, um sich etwas Schönes zu kaufen. Die meisten jungen Leute kaufen ja heute alles nur auf Kredit.«

Sie schob den Umschlag über den Schreibtisch zu Dennis rüber, der ihn sofort in seiner Jackentasche verschwinden ließ.

»Viel Spaß mit deinem neuen Handy«, verabschiedete sie den Jungen.

»Danke, Frau Goldberg«, sagte Dennis noch. Dann flitzte er durch die Bürotür in den Feierabend.

Im Loch saß Justin und wartete auf seine Jungs. Seine Hausaufgaben hatte er noch nicht erledigt. Das hatte Zeit bis morgen früh. Vor der ersten Stunde schnappte er sich meist die Aufgaben eines Mitschülers und schrieb sie ab. Früher war es Sven gewesen, von dem sich Justin die Hefte kurz *ausgeliehen* hatte. Sven war, wie Dennis, das geborene Opfer gewesen. Aber Sven hatte die Schule gewechselt. Jetzt gab es kein typisches Opfer mehr in seiner Klasse, sodass Justin sich nicht mehr selbst bedienen konnte, sondern fragen musste. Das nervte Justin und war einer der Gründe, warum der jüngere Dennis regelmäßig als Punshing Ball herhalten musste.

Omid kam meist gut vorbereitet in die Schule und überließ Justin ohne Murren seine Hefte zum Abschreiben. In Mathe war Omid

Klassenbester. Aber in Deutsch war sein Kumpel nicht ganz so gut. Schließlich kam Omid aus einem fremden Land und mühte sich selbst noch mit dem Genitiv und all dem Zeugs ab. Aber Deutsch fand Justin auch nicht so wichtig, da er Legastheniker war. Das war keine Krankheit, wie die Lehrer seiner Mutter versichert hatten, sondern nur eine Lernschwäche. Seine Mutter hatte ihn dennoch Dummkopf und Idiot genannt, wenn er aus seinen Grundschulbüchern stotternd vorgelesen hatte. Ihr fehlte die Geduld, die Justin benötigt hätte, um mit seiner Schwäche selbstbewusster umgehen zu können.

Mit Möbeln aus dem Sperrmüll, die in einem offenen Container in der Siedlung gesammelt wurden, hatte sich die Gang im Keller von Justins Mutter eine Bude eingerichtet, die sie für ihre Treffen nutzten. Ein Sofa, zwei Sessel, ein Regal und ein Couchtisch machten den Raum fast bewohnbar. Wenn Justins Mutter mal wieder einen Kerl anschleppte, mit dem ihr Sohn so gar nicht zurechtkam, schlief Justin sogar im Loch. Er achtete jedoch darauf, dass seine Kumpels nichts davon mitbekamen. Dass seine Mutter etwas davon bemerkte, bezweifelte er ohnehin. Sie wusste ja meist nicht einmal, welche Tageszeit es war, geschweige denn, wo ihr Sohn sich aufhielt.

Der Couchtisch war mit leeren Cola- und Bierdosen vollgestellt. Zwei leere Aschenbecher stanken nach kaltem Rauch. Zudem muffelte es nach nassem Köter in diesem Raum, der nur in den Sommermonaten eine angenehme Frische bot und in den Wintermonaten oftmals erbärmlich kalt wurde.

Justin war mal wieder allein, wie so oft in seinem Leben. Er leerte die Aschenbecher in einen Müllbeutel und packte alle Flaschen in eine Plastiktüte. Mit einem Lappen fegte er die Chipskrümel vom Tisch.

»Geht doch.«

Gut gelaunt öffnete Omid die Wohnungstür. Seine Mutter guckte mit dem Kopf aus der Küche.

»Da seid ihr ja. Aisha, ich brauche deine Hilfe in der Küche.«

»Aisha? Sie ist noch nicht da?«, fragte Omid.

Die Mutter trat aus der Küche. Mit einer Mischung aus Unglaube und Panik sah sie ihren Sohn an.

»Wo hast du sie gelassen?«

»Wir waren unten. Ich wollte nur noch schnell ein paar Kaugummis kaufen.«

»Kaugummis?«, kreischte seine Mutter. »Dein Vater kommt jeden Moment nach Hause. Was wird er wohl sagen, wenn seine Tochter nicht zu Hause ist, weil sein Sohn Kaugummis kaufen musste?«

Omid hatte bereits die Nummer von Aishas Handy gewählt und wartete darauf, dass sich seine Schwester meldete.

»Omid?«

»Wo steckst du?«

»Ich bin bei Melanie. Sie hat ein Buch, das ich für die Schule brauche.«

Mit dem Handy am Ohr verließ Omid die Wohnung.

»Du sagst mir jetzt genau, wo Melanie wohnt, und ich hole dich da ab!«

Justin saß auf der Couch. Sein Blick irrte durch das Loch, auf der Suche nach etwas, womit er die Zeit totschlagen konnte. Dieses Warten. Immer wartete er dort. Meistens kamen Milan und Rico zusammen ins Loch. Sie waren ein unzertrennliches Duo. So wie er und Dave es früher einmal gewesen waren.

Beide wuchsen im selben Haus auf. Trotz einer unendlichen Anzahl Mietparteien und einer unüberschaubaren Menge an Kindern, fanden die beiden Jungen schnell den Kontakt zueinander. Nicht weil die Eltern wollten, dass ihre Kinder Zeit miteinander verbrachten, beide Teenager hatten Eltern, die sich nicht durch eine besonders fürsorgliche Erziehung hervortaten, sondern weil die Jungen das Leid des anderen erkannten. Sie verband ein ähnliches Schicksal.

Obwohl Dave ein paar Monate älter war und ein Jahr vor Justin eingeschult wurde, verbrachten sie nachmittags jede freie Minute zusammen. Dave passte auf den jüngeren Justin auf, wenn es sein musste, und Justin tröstete seinen Freund immer dann, wenn es wieder einmal besonders schlimm bei ihm zu Hause herging. Sie waren damals die besten Freunde. Mehr noch. Sie waren so etwas wie Brüder gewesen.

Als die anderen dazustießen, änderte sich auf einmal alles. Fortan waren sie eine Gang. Man hing zusammen ab, trank Bier, ging Leute aufmischen, prügelte sich mit anderen Gangs, und manchmal zog man auch ein Ding gemeinsam durch. Das machte Spaß, aber es war nicht mehr dasselbe wie zu der Zeit, als Justin und Dave sich noch zu zweit durch die Unwegsamkeiten des Lebens geschlagen hatten.

Nachdem Justins ältester Freund von der Schule geflogen war, lebten sie sich noch mehr auseinander. Dave hatte plötzlich neue Freunde, mit denen er abhing, mit denen er Bier trank, Leute aufmischte und Dinger durchzog. Dave verbrachte kaum noch Zeit mit den Black Amigos. Justins Freund hatte sich verändert. In seinen Augen war Dave erwachsener geworden. Reifer. Und hatte einen Weg aus dem ganzen Scheiß gefunden.

Justin dachte an das Bündel Geldscheine, das ihm sein alter Sandkastenkamerad am Nachmittag gezeigt hatte. Sein Kumpel hatte es geschafft. Zweitausend Tacken. Das war schon was.

Justin dachte darüber nach, was man mit so viel Geld anstellen könnte. Er würde nach Malle fliegen. Die Schule könnte ihn dann auch mal. Wozu einen Abschluss machen? Ich bekomm ja sowieso keine Lehrstelle, dachte Justin. Sein Augenlid zuckte.

Wozu auch? Sich abrackern für acht Euro die Stunde, damit sich andere dicke Autos und hübsche Frauen leisten konnten? Er wollte nicht sein Leben lang malochen und dann mit etwas mehr Geld nach Hause kommen als mit Hartz IV. Da wäre er ja schön blöd!

»Ich hol mir die Kohle vom Amt und mach nebenbei noch ein paar Euro«, dachte Justin laut.

Dave hatte von Zigaretten gesprochen, die man überall zu Geld machen konnte. Er dachte an den Kiosk. Die hatten genug Zaster. Warum auch nicht? Die sind bestimmt versichert, wie alle Geschäfte, bei denen Justin sich bediente. Und wenn nicht? Dann waren sie selbst schuld.

»Warum eigentlich nicht?«, dachte er wieder laut.

Die Türklingel schellte. Omid wartete nur kurz, ehe Melanie die Tür öffnete. Sie war wieder einmal geschminkt wie eine erwachsene Frau mit eher zweifelhaftem Ruf. Omid mochte Mädchen wie sie nicht. Er verstand nicht, was seine Schwester an dieser Melanie fand.

»Aisha, dein Bruder ist da.« Zu Omid gewandt sagte sie: »Komm doch rein.«

»Danke, ich warte lieber hier. Wir haben es eilig.«

Aisha trat mit einem Buch in der Hand in den Flur.

»Das brauche ich für Englisch«, sagte sie mit dem Anschein eines schlechten Gewissens in der Stimme.

Ihr Bruder trat zur Seite, um Aisha den Weg aus der Wohnung frei zu machen.

»Bis morgen dann«, verabschiedete sich Melanie.

»Bis morgen.«

Aisha huschte zum Fahrstuhl.

»Ist Vater schon da?«, frage sie Omid.

»Eben war er es noch nicht«, antwortete er.

Dass seine Schwester in diesem Augenblick deutsch mit ihm sprach, deutete er als Versöhnungsversuch.

Ihre Mutter ließ Aisha nachmittags zu ihren Freundinnen gehen, wenn Omid auch unterwegs war und mit seinen Kumpels abhing. Der Vater wusste davon. Auch wenn er nicht begeistert war, stimmte er seiner Frau doch zu, die der Meinung war, dass man in einem fremden Land Freunde brauchte. Gerade Aisha, die sich sehr schwer damit getan hatte, sich in ihrer neuen Heimat einzugewöhnen, sollte sich mit deutschen Mädchen treffen, um die Sprache zu erlernen. Und auch, um ein wenig ihr Heimweh zu überwinden.

Melanie wäre mit Sicherheit nicht die erste Wahl gewesen, wenn ihre Eltern ihr eine Freundin hätten aussuchen können. Aber nachdem sich die Tochter jahrelang alleine durch die Schule geschlagen hatte, waren beide froh gewesen, als Aisha endlich begonnen hatte, von einer Freundin zu erzählen.

»Hast du morgen überhaupt Englisch?«, fragte Omid.

Aisha schwieg.

Sie gingen durch die Dämmerung von Melanies Hochhaus zu ihrem hinüber, das nur ein paar Häuserreihen entfernt lag. Aisha drückte den Fahrstuhlknopf.

»Ich habe die Zeit vergessen. Ich wollte wirklich nur kurz bleiben, aber dann hat mir Mel eine neue CD vorgespielt. Die war echt cool.«

Die Fahrstuhltür öffnete sich.

»Ich werde nicht für dich lügen!«, sagte Omid, während er die Wohnungstür aufschloss.

Sie hängten gerade ihre Jacken an die Garderobe, als ihr Vater aus dem Wohnzimmer trat. Er hatte seine Tageszeitung in der Hand, die ein wenig zerknüllt wirkte, als ob er sie nicht gelesen, sondern stattdessen gerollt und dann mit beiden Händen festgehalten hätte.

Die Mutter streckte nur kurz ihren Kopf aus der Küche, verschwand aber sofort wieder, ohne ein Wort zu sagen.

»Wo kommt ihr jetzt her?«, fragte der Vater. Seine Stimme rollte dröhnend wie ein Überschallflieger den Flur entlang auf die Geschwister zu.

Rasch überflog er das Kaugummisortiment des Kiosks. Seine Sorte lag wie immer weit oben. Er griff zu der minzgrünen Packung und reichte sie Sophie über den Tresen.

»So spät noch da?«, fragte er.

Sie sah nach oben und lächelte ihren Kunden an, so wie sie es immer tat.

»Hallo Dennis. Ja, nur heute. Mein Vater hat einen Termin. Er müsste aber jeden Moment wieder hier sein.«

Sophie sah die Kaugummipackung.

»Achtzig Cent.«

Dennis legte das Kleingeld auf den Tresen.

»Und, wie geht es dir?«, fragte Sophie.

»Toll«, antwortete Dennis. »Ich bekomme heute mein neues Smartphone. Das Ding hat alles: den neuesten Prozessor, ein hochauflösendes Display, unkaputtbar. Die Fotos und Videos nimmt es in HD auf. Die Kamera hat überhaupt die meisten Megapixel. Dann noch einen riesigen Speicher, GPS. Es ist wasserdicht. Ich könnte damit sogar schwimmen. Das Ding ist der Wahnsinn.«

Sophie nickte ein wenig irritiert.

»Ich freue mich halt drauf«, erklärte Dennis, der sich erst in diesem Moment an den Vorfall in der Schule zu erinnern schien, seine Begeisterung.

»Ansonsten geht es so.«

»Du solltest Justin anzeigen. Der darf nicht immer mit so etwas durchkommen.«

Dennis wich ein Stück zurück. Energisch schüttelte er den Kopf.

»Nein, Justin ist gar nicht so. Nur manchmal. Wenn ich ihn anzeige, fliegt er von der Schule. Und mich ...« Er schwieg, als er sich die Konsequenzen für sich vorstellte.

»Das geht schon«, wiegelte er ab.

»Da bin ich, mein Schatz«, sagte Sophies Vater, der durch die Ladentür eilte. »Tut mir leid, dass es so spät geworden ist, aber beim Steuerberater war wieder einmal die Hölle los. Ständig hat bei ihm das Telefon geklingelt. Hab ja auch selber Schuld. Immer erledige ich diesen Steuerkram auf den letzten Drücker.«

Er trat hinter den Tresen und gab seiner Tochter einen Kuss auf die Wange. Ohne Dennis zu beachten, der mit seiner Kaugummipackung immer noch vor dem Tresen wartete, fragte der Vater: »Und? Irgendwelche besonderen Vorkommnisse?«

Eine Routinefrage, die er jeden Nachmittag stellte, bevor er seine Tochter ablöste.

Sophie verneinte. Sie schnappte ihre Tasche.

»Bis später, Dad«, dabei drückte sie ihrem Vater einen Kuss auf die Wange. »Und mach nicht so lang«, ermahnte sie ihn.

»Bis morgen«, verabschiedete sie sich von Dennis, der immer noch mit dem Kaugummi in der Hand vor dem Tresen stand.

»Sie hatte ein Buch vergessen«, erklärte Omid seinem Vater ihr verspätetes Erscheinen.

»Für die Schule?«

»Englischunterricht. Die Aufgaben für morgen«, sagte Aisha, die aus den Augenwinkeln heraus ihren Bruder ansah.

»Wir waren nur kurz bei Melanie. Gleich um die Ecke«, erklärte der Sohn weiter.

Der Vater nickte, während er seinen Kindern zuhörte, ohne sie dabei aus den Augen zu lassen. Er sah von seinem Sohn zu seiner Tochter, als ob er ihre Lüge erahnte und sie auf frischer Tat ertappen wollte. Er schwieg einige Sekunden, bis er zu Aisha sagte.

»Ich glaube, deine Mutter braucht dich in der Küche.«

Aisha huschte am Vater vorbei zu ihrer Mutter, die sie mit einem stechenden Blick mahnte. Omid stand immer noch wie angewurzelt im Flur. Er wartete auf das Zeichen, dass sein Vater mit der Erklärung zufrieden war.

»Hast du noch Hausaufgaben zu machen?«

Der Sohn nickte.

»Dann los!«

Der Vater ging ins Wohnzimmer zurück. Omid starrte ins Leere. Nur langsam fiel die Anspannung von ihm ab.

Er sah in den Spiegel. Das tat er häufig. Er war kein auffälliger Junge. Nicht besonders groß für sein Alter. Die Jugendakne hatte sich erst spät bei ihm bemerkbar gemacht, zeichnete dafür aber jetzt sein Gesicht. Zwischen den Pickeln hatte er ein paar Sommersprossen, die ihn nicht weiter störten. Er war nicht hässlich, allerdings auch nicht hübsch. Einfach Durchschnitt. Er war eben der blasse Typ. Klar, dass die meisten Menschen ihn übersahen. Er war der unscheinbare Dennis.

Dass ausgerechnet Sophie sich heute für ihn eingesetzt hatte, war so etwas wie ein Wunder. Sophie war das genaue Gegenteil von ihm. Sie war hübsch, sie war beliebt, jeder in der Schule kannte sie. Natürlich auch, weil ihr Vater den besten Kiosk in der Gegend besaß. Aber das war es nicht, warum alle Sophie mochten. Sie war einfach Sophie, der herzensgute, mitfühlende, lustige, intelligente Mensch, den man einfach mögen musste.

Dennis blickte wieder in den Spiegel. Sie hat dich heute vor Justin in Schutz genommen, dachte er. Dabei wurden seine Gesichtszüge weicher. Sophie hatte sich um Dennis gekümmert. Und nicht allein das. Sie hatte ihn heute Abend auch noch gefragt, wie es ihm ginge. Unweigerlich musste er bei diesem Gedanken lächeln.

Es klopfte.

»Dein Vater ist jetzt da«, hörte er seine Mutter durch die geschlossene Tür sagen. »Kommst du? Wir wollen essen.«

»Komme gleich«, antwortete Dennis, der immer noch sein lächelndes Spiegelbild betrachtete.

Nach dem Abendessen verabschiedete sich Omid von seinen Eltern, während Aisha gerade den Tisch abräumte.

»Ich bin spätestens um einundzwanzig Uhr wieder da«, sagte er zum Vater auf Dari.

Mit seinem Vater sprach Omid immer in Dari. Sein Vater wollte zwar, dass seine Kinder gut deutsch sprachen, aber sie sollten ihre Wurzeln auch nicht vergessen. Und da er seinem Sohn kein Deutsch beibringen konnte, musste sich der Vater wenigstens um die Muttersprache seiner Kinder bemühen.

»Zwanzig Uhr dreizig«, sagte der Vater. »Morgen ist Schule.«

Omid wusste, dass Verhandlungen zwecklos waren. Er musste sich also beeilen, wenn er noch Zeit mit seinen Freunden verbringen wollte. Es war schon kurz nach sieben.

Dennis' Mutter räumte gerade den Tisch ab, als der Vater mit einem Karton unter dem Arm in die Küche zurückkehrte. Dennis hibbelte auf seinem Stuhl und rieb sich die Hände.

»Hier hast du dein Luxus-Handy. Nicht mal dein Vater hat so ein tolles Gerät.«

Das Geld hatte Dennis schon vor dem Abendbrot seinem Vater überreicht. Abgezählt, mit vielen kleinen Scheinen und einer Handvoll Münzgeld, die er über die vergangenen Monate gespart hatte, hatte Dennis das Geld in den Umschlag zu seinem Lohn gelegt und dann zugeklebt. Nun endlich bekam Dennis sein Handy. So lange hatte er darauf gewartet.

Er öffnete die Kiste. Als ob mit dem Lüften des Deckels auch die Vorfreude verpuffte, verschwand ein Stück des Glücks, das Dennis in den Wochen der Vorfreude begleitet hatte.

Jetzt war sein Traum Realität geworden.

Sachte nahm er das schwarz glänzende Gerät in beide Hände, streichelte sanft über das Display und drückte dann den Knopf zum Einschalten.

»Willst du nicht erst einmal die Gebrauchsanweisung lesen?«, fragte die Mutter.

»Männer brauchen nicht zu lesen. Wir verstehen das auch so«, antwortete der Sohn. Der Vater musste schmunzeln.

»Ich geh in mein Zimmer«, sagte Dennis zu seinen Eltern. Er hatte jetzt, was er wollte. Seine Eltern störten nur beim Erkunden des Geräts.

»Aber pass auf, dass du das Handy nicht verlierst, so wie den teuren MP3-Player, den wir dir zum Geburtstag geschenkt haben«, rief der Vater seinem Sohn hinterher, der ihn nicht mehr hörte, da die Tür bereits hinter ihm ins Schloss gefallen war.

Alle waren schon da. Wie so oft kam Omid als Letzter zum Treffen. Dave war an diesem Abend auch mit dabei. Er erzählte gerade von seinem *dicken Ding*, dass er mit den *echten Profis* durchgezogen hatte. Dafür, dass Dave eigentlich die Fresse halten wollte, prahlte er ganz schön mit dem Diebstahl.

»Was geht ab?«, begrüßte Omid die Runde.

»Dave hat uns gerade von seinem Ding mit den Notebooks erzählt«, erklärte Milan, der wie immer ein wenig langsamer dachte als seine Freunde.

»Das habe ich schon mitgekriegt.« Omid sah Justin an, der über Milans Kopf hinweg die Augen verdrehte.

»Omid steht da schon ewig, Digger.«

Mit lang gestrecktem Arm schlug Justin Milan auf den Hinterkopf, als könne er so die Denkprozesse bei seinem Freund beschleunigen.

»Ich weiß doch«, sagte Milan und rieb sich dabei den Hinterkopf. »Musst du da immer gleich draufhauen?«

Justin grinste. Dann schenkte er Omid seine Aufmerksamkeit.

»Und, ist deine Schwester gut zur Schule gekommen?«

»Hör auf, Justin«, fuhr Dave dazwischen. »Lass die Jungs doch einfach in Ruhe mit deinem Scheiß.«

»Was für'n Scheiß, Digger?«, zischte Justin.

»Du bist doch nur genervt, weil ich hier dick Kohle in der Tasche hab und du nicht.« Dabei fingerte Dave in seiner Jackentasche und zog das Bündel Geldscheine hervor. Milan starrte auf die Fünfziger.

»Wow«, sagte Erkan, der wie alle anderen Anwesenden in seinem Leben noch nie so viel Geld auf einem Haufen gesehen hatte.

»So was könnt ihr auch haben. Ihr braucht nur ein Ziel, einen Plan und den Mut, diesen Plan auch umzusetzen«, sagte Dave, während er das Geldbündel wieder wegpackte.

»Der Kiosk«, warf Justin ein. »Du hast gesagt, dass im Kiosk Geld zu holen ist. Und dass man die Zigaretten gut verticken kann.«

»Und natürlich auch den Alkohol«, erklärte Dave. »Ihr müsst alles mitnehmen, was man irgendwie verscherbeln kann. Und vergesst nicht, große Taschen mitzunehmen.«

»Der Kiosk am Platz ist immer voll mit allem. Die haben ein großes Lager. Da können wir richtig abräumen«, sagte Justin, der mittlerweile aufgesprungen war und wie ein Tiger im Käfig durch den Raum auf und ab lief.

»Der Kiosk am Platz?«, fragte Omid. »Das ist doch bescheuert.«

Justin blieb abrupt stehen und sah Omid an. »Wieso ist das bescheuert? Das ist genial! Oder willst du die geklaute Beute quer durch die Stadt schleppen. Wir haben kein Auto oder so. Wir nehmen den Kiosk am Platz«, sagte Justin, als wäre die Sache damit geklärt.

Omid dachte nach. Justin sprach von Sophies Kiosk. Sein Magen zog sich zusammen. Er durfte auf gar keinen Fall zulassen, dass seine Gang Sophies Familie Schaden zufügte.

»Die kommen euch sofort auf die Spur, wenn ihr einen Einbruch in unserem Revier durchzieht. Als Erstes werden sie wahrscheinlich die Kellerräume durchsuchen. Und dann finden sie hier alles. Willst du das?«

Omid war überrascht über die spontane Eingebung, die die Lösung seines Problems zu sein schien.

»Da könnte Omid recht haben«, sagte Dave, nachdem mehrere Sekunden verstrichen waren. Die Jungs überlegten. Justin setzte sich zurück auf das Sofa, und auch Omid nahm auf einem der Sessel Platz.

»Der Kiosk am Bahnhof. Der sollte doch weit genug entfernt sein?«, fragte Erkan in Richtung Omid. Sein Freund nickte. »Ich denke schon. Und ihr müsst eure Beute dann auch nicht quer durch die Stadt schleppen!«, sagte Omid, den Blick auf Justin gerichtet.

Dennis hatte sich schon diverse Apps auf das Smartphone geladen. Das Gerät war fantastisch. Es gab nichts, was man mit diesem Teil nicht konnte. Dank des riesigen Speichers lud er sich unzählige Filme, Musik und Spiele runter. Und da er die richtigen Seiten im Netz kannte, kostete es ihn nicht einmal einen Cent.

So ein Handy hatte keiner in der Schule, das wusste Dennis. Es hätte sich sonst rumgesprochen. Er war der Erste, der mit diesem Teil unter seinen Mitschülern punkten konnte.

Bereits bei seinem MP3-Player war er der Erste gewesen, der dieses Luxusteil besessen hatte. Aber Justin hatte ihm dieses Spielzeug abgenommen. Natürlich hatte Dennis seinen Player nicht zurückbekommen, auch nicht, nachdem er den Vorfall bei Frau Schnitzler gemeldet hatte.

Keiner seiner Mitschüler hatte Dennis dabei geholfen und gegen Justin ausgesagt. Damit hatte sein Wort gegen das von Justin gestanden. Und da Justin das Teil nicht mehr gehabt hatte, musste die Schule die Sache auf sich beruhen lassen.

Statt seines MP3-Players hatte Dennis damals wieder einmal Schläge von Justin erhalten. Weil er ihn verpfiffen hätte, hatte Justin damals gesagt, als Dennis schon lange am Boden lag und aus der Nase blutete.

Das passiert mir dieses Mal nicht, schwor sich Dennis. Mein Handy bekommt ihr nicht!

Sophie kam erst nach neunzehn Uhr in die Wohnung. Ihr Bruder hatte sich schon Abendbrot gemacht und saß mit seinen Wurstschnitten vor dem Fernseher, in dem gerade seine Lieblingssoap lief.

»Hast du deine Hausaufgaben gemacht?«, fragte Sophie ihren Bruder. Ohne sie anzusehen, antwortete er: »Ja, habe ich.«

Sophie ging in die Küche. Sie ließ sich auf einen der Küchenstühle fallen. Jonas hatte den Tisch für sie und ihren Vater mitgedeckt. Die Wurst und der Käse lagen schön angerichtet auf einem großen Teller, und über das Brot hatte er ein sauberes Geschirrtuch gelegt, damit es nicht austrocknete.

Es war schon eigenartig. Früher hatten sie immer gemeinsam Abendbrot gegessen. Früher, als ihre Mutter noch lebte. Das war Jahre her. Sophie versuchte, sich daran zu erinnern, ob sie nach dem Tod ihrer Mutter noch einmal mit ihrem Bruder und Vater zusammen zu Abend gegessen hatte. Es wollte ihr nicht einfallen. Sie aßen oft in Schichten. Meist versuchte Sophie, gemeinsam mit ihrem Bruder am Abendbrottisch zu sitzen, um für ihn ein Familienleben aufrechtzuerhalten, so gut es unter diesen Umständen eben ging. Sophie sehnte sich nach der Zeit zurück, als sie noch die kleine Sophie gewesen war, die sich um nichts sorgen musste, sondern einfach nur Tochter war.

Sie machte sich ein Brot mit Teewurst und legte auf eine zweite Scheibe ein Stück Gouda. Dann nahm sie den Teller und setzte sich zu ihrem Bruder ins Wohnzimmer, um sich gemeinsam mit ihm seine Lieblingssoap anzuschauen.

Einer der Hauptdarsteller erinnerte sie an Omid. Er hatte dieselben kleinen Grübchen beim Lächeln und diese tiefbraunen Augen. Omid ist eigentlich ganz sympathisch, dachte Sophie. Heute im Kiosk, als er verlegen vor ihr gestanden hatte, hatte sie ihn sogar richtig süß gefunden. Wenn er nur nicht so dämliche Freunde hätte.

DIENSTAG

»Zeig mal«, sagte Melanie und griff sich das Handy von Dennis. »Geiles Teil. Das passt doch viel besser zu meinem Outfit als zu dir.«

Strahlend hielt Melanie das glänzende Mobiltelefon neben ihr schwarzes Trägertop und warf sich wie ein Model in Pose. Eine Gruppe Teenager versammelte sich um die beiden.

»Was kann es denn alles?«, fragte Tim, der Klassensprecher, für den die meisten Mädchen schwärmten.

»Alles. Es ist viel schneller im Internet, kann unendlich viel Musik speichern, spielt Filme ohne zu ruckeln in HD-Qualität ab und das GPS ist so genau, wie kein anderes auf dem Markt«, antwortete Dennis stolz und nahm Melanie das Handy wieder ab, die wie wild auf den Icons herumtatschte. Er legte es in Tims Hand und zeigte ihm die neuesten Apps, die er sich gestern heruntergeladen hatte.

»Und es hat einen Fingerscanner, den muss ich noch einrichten. Damit kann nur ich das Handy starten. Viel sicherer als eine PIN.«

Beeindruckt fragte Tim: »Und was kostet so was?«

»Achthundert Euro.« Mit der Antwort nahm Dennis Tim das Gerät wieder aus der Hand und erfreute sich dabei an den neidischen Blicken seiner Mitschüler.

»Achthundert Euro? Ich würde mein Geld anders ausgeben«, sagte Tim. Die anderen Schüler folgten dem Klassensprecher, der mit seinem Abgang die Gruppe der Gaffer wieder auflöste.

»Für achthundert Euro würde ich mir was anderes kaufen«, äffte Dennis Tim leise nach. Sein Blick wanderte durch den Klassenraum. Der ein oder andere Mitschüler sah verstohlen zu Dennis rüber. Sie waren also immer noch neidisch auf sein Handy.

Auf dem Flur kamen Sophie Melanie und Aisha entgegen. Im Vorbeigehen hörte sie Melanie sagen:»Achthundert Euro soll das Teil kosten. Ist nur eine Frage der Zeit, wann Justin es Dennis abnimmt.« Dann verlor sich Melanies Stimme wieder im Lärm des Korridors.

Abseits des Schulhofs setzten sich die fünf Jungen zusammen auf eine Bank. Justin achtete darauf, dass kein Mitschüler ihr Gespräch verfolgen konnte. Jeder, der sich der Bank auch nur näherte, wurde mit einem unmissverständlichen »Verpiss dich!« zum Abzug aufgefordert.

»Wann steigt das Ding?«, fragte Erkan flüsternd.

Justin überflog noch einmal das Umfeld mit seinem Blick, ehe er antwortete:»Heute Nacht machen wir es. Dave ist auch mit dabei. Du doch auch, Erkan?«

Erkan nickte.

»Omid?«, fragte Justin.

»Ich muss passen. Nachts darf ich nicht raus.« Manchmal war Omid froh, einen so strengen Vater zu haben. Schnell drehte sich Justins Kopf zu Rico.

»Ich kann auch nicht. Meine Eltern erlauben es mir nie, nachts unterwegs zu sein. Die drehen ja schon am Rad, wenn ich mal fünf Minuten zu spät nach Hause komme«, erklärte der Junge.

Justins Augenlid zuckte. Ehe er Milan fragen konnte, antwortete der selbst:»Ich kann auch nicht. Scheiße, ich wäre echt gerne dabei. Mist!«

»Gut. Erkan, Dave und ich also. Pech für euch Jungs. Mehr für uns«, dabei zwinkerte Justin Erkan zu.

»Ich schleich mich nach Mitternacht raus. Dann schlafen meine Eltern schon. Um vier muss ich aber spätestens wieder zu Hause sein. Sonst erwischen die mich. Mein Vater wird morgens früh wach«, erklärte Erkan.

»Bis vier ist die Sache längst erledigt«, sagte Justin. »Morgen haben wir was zu feiern, bringt also mehr Zeit mit, wenn ihr ins Loch kommt.«

Justin freute sich auf das bevorstehende Abenteuer. Es hatte was von früheren Cowboy- und Indianerspielen. Es war aufregend, und es kribbelte in seinem Bauch. Nur eins war wichtig, hatte Dave gesagt: Man durfte sich nicht erwischen lassen!

Auf der anderen Seite des Schulhofs stand Dennis. Er spielte mit seinem Handy. Mit Hilfe eines Daumens zerquetschte er auf dem Bildschirm Käfer, die dann quietschend ihre Innereien über dem Display verteilten.

Suchend wanderte Sophies Blick über den Schulhof und entdeckte endlich Dennis. Eilig ging sie zu ihm hinüber.

»Da bist du ja«, sagte sie fast vorwurfsvoll zu ihm.

»Wieso? Is' was?«

»Noch nicht. Ich habe vorhin Melanie gehört. Sie hat wohl schon dein Handy gesehen«, dabei blickte sie nach unten auf das Mobiltelefon, dessen Display zerquetschte Insekten zierten. Sophie verzog das Gesicht.

»Sie meinte, dass die Gang es dir schnell abnehmen würde. Ich glaube nicht, dass es eine gute Idee ist, das teure Teil in der Schule herumzuzeigen.«

Dennis war der Gesichtsausdruck von Sophie beim Anblick der Käfer nicht entgangen. Schnell wechselte er zum Musikprogramm. Hunderte von MP3s hatte er auf das Gerät geladen.

»Ich lass es mir nicht abnehmen«, sagte Dennis. »Dafür müssen die mich umbringen!«

Sophie betrachtete Dennis, dessen Gesichtsausdruck ihr in diesem Augenblick ein wenig Angst machte.

»Dennis, die sind zu fünft!«

Sie sah kurz rüber zu der Gruppe, die auf der Parkbank saß und wahrscheinlich die nächste Gemeinheit ausheckte.

Omid stand ein wenig abseits und beobachtete das Treiben auf dem Schulhof. Ihre Blicke trafen sich. Sophie lächelte kurz, und Omid konnte sich auch nicht dagegen wehren, als sich sein Mund automatisch zu einem Lächeln formte. Im nächsten Moment wandte sich Sophie wieder Dennis zu.

»Du solltest dein Handy nicht mit in die Schule bringen!«, sagte sie voller Nachdruck.

Doch Dennis wollte nicht klein beigeben. Dieses Mal nicht.

»Ich pass schon auf!«

Auf dem Weg zurück in die Klasse machte Erkan einen Zwischenstopp in der Toilette.

»Ich komm gleich nach«, rief er seinen Kumpels hinterher.

Als Erkan die Waschräume der Jungs betrat, hörte er Tim zu einem älteren Jungen sagen: »Das Neueste vom Neuen, sag ich dir. Achthundert Tacken hat er dafür geblecht. Wahrscheinlich aus dem Internet oder so. So was besorgt man sich doch vom Laster. Aber Dennis ist halt ein Trottel. Der lässt sich das Teil garantiert auch wieder von irgendeinem abnehmen.« Ehe Tim weiterreden konnte, gab ihm sein Freund mit dem Kopf ein Zeichen, dass hinter ihm jemand stand.

»Hey Erkan«, sagte Tim.

»Dennis hat ein neues Handy?«, erkundigte der sich wie nebensächlich. Dabei stellte er sich breitbeinig wie der Türsteher einer In-Disco vor das Pissoir.

»Das Neue, du weißt schon. Ist erst vor ein paar Tagen auf den Markt gekommen.«

Erkan wusste natürlich, welches Handy Tim meinte. Er schüttelte ab und ließ die beiden Jungen alleine im Toilettenraum.

Nach der Schule lag Omid auf seinem Bett. Seine Freunde wollten einen Kiosk ausrauben. Er hatte nicht viel unternommen, um sie davon abzuhalten. Justin hielt ihn ja sowieso schon für einen Feigling. Wenn Omid zu sehr darauf drängte, »das Ding« abzusagen, hielten sie ihn wahrscheinlich für einen Verräter. Wenigstens zogen sie Milan und Rico da nicht mit rein. Erkan und Dave waren alt genug. Sie wussten, was sie taten. Zumindest dachte das Omid. Er wollte nach dem Abendessen trotzdem noch einmal ins Loch gehen. Vielleicht waren Erkan und Dave bis dahin zur Vernunft gekommen.

Es war einer der seltenen Tage, an dem seine Mutter abends noch nicht so betrunken war, sodass sie sich um das Abendbrot ihres Sohnes kümmern konnte. Ihr neuer Freund hatte ihr Geld gegeben, um wenigstens ein paar Lebensmittel im Haus zu haben. Motiviert durch den vollen Kühlschrank, bereitete die Mutter das Essen vor, schnitt Brot, legte Käse und Wurst auf den Tisch, verteilte Teller.

»Justin, kommst du essen?«

Er konnte seinen Ohren nicht trauen. Justin saß auf dem Bett in seinem Zimmer und hörte die Stimme seiner Mutter.

»Justin, ich habe Abendbrot gemacht.«

Der Junge öffnete die Tür und schlich in Richtung Küche. Seine Mutter saß am Tisch, in der einen Hand eine qualmende Zigarette, die andere Hand um eine Flasche Bier gelegt. Er sah seine Mutter an. Sie war Mitte dreißig, sah aber locker zehn Jahre älter aus. Sie war dürr, ihre Haut grau und eingefallen. Sie versuchte zu lächeln. Es war ein schweres Lächeln. Es sollte Entschuldigung sagen.

Justin sah auf den Tisch. Es standen tatsächlich saubere Teller darauf. Und es lag auch nicht nur eine Sorte Käse und eine Packung Salami zur Auswahl bereit. Als er sich dem Tisch näherte, bemerkte er zudem, dass jemand abgewaschen und sogar den Müll rausgetragen hatte.

»Haben wir im Lotto gewonnen?«, fragte er mit einer Spur Sarkasmus in der Stimme.

»Karl hat das spendiert«, sagte sie mit einer ungewohnten Fröhlichkeit.

»Iss, Justin.«

Sie schob das Brot zu ihm rüber.

»Mit Karl ist das was anderes«, begann sie, ihrem Sohn zu erklären. »Karl ist ein toller Typ. Der kümmert sich um mich. Er macht sich sogar Sorgen um dich.«

Erschrocken sah Justin auf.

»Um mich?«

»Ja. Er fragt mich immer, wo du steckst. Warum du nie zu Hause bist und solche Dinge.«

Justin schüttelte den Kopf.

»Ein bisschen spät. Findest du nicht? Ich bin schon fünfzehn. Ich brauch keinen Papa mehr.«

Justin nahm drei Scheiben Bierschinken und legte sie auf sein Brot. Seine Mutter nahm einen Schluck aus der Flasche.

»Isst du nichts?«, fragte Justin.

»Später, wenn Karl kommt. Er wollte um neun hier sein. Dann esse ich mit ihm was.«

Justin klappte sein Brot zusammen und stand auf.

»Ich muss los. Hab noch was vor.«

»Aber Karl meinte, dass er sich freuen würde, wenn er dich näher kennenlernen könnte. Er meint es ernst.«

»Mum!«, sagte Justin scharf. »Ich hab noch was zu tun heute Abend.«

Dann ließ er seine Mutter sitzen und zog mit seiner Wurststulle ab.

»Ich muss noch mal kurz weg«, sagte Omid zu seinem Vater.

»Wo gehst du hin?«

»Mit den Jungs, du weißt schon. Wir müssen da noch was klären«, sagte Omid.

Sein Vater sah ihm lange in die Augen. Er wusste, dass er seinen Sohn gut erzogen hatte und darauf vertrauen konnte, dass Omid keine allzu großen Dummheiten anstellen würde. Aber der Vater mochte die Freunde seines Sohnes nicht. Er hatte sie nur ein paar Mal getroffen und schnell geahnt, dass diese Jungen Schwierigkeiten verursachen würden. Dennoch vertraute er seinem Sohn. Er vertraute darauf, dass der sich aus allem Schlechten raushalten würde.

»Denk daran, dass du morgen früh zur Schule gehst«, sagte er in der Hoffnung, dass sein Vertrauen nicht missbraucht würde.

»Ich geh dann«, rief Sophie in Richtung Lager. Sie hatte bereits ihre Tasche umgehängt und sich zum Gehen abgewandt.

»Ist gut. Bis später, Sophie«, hörte sie ihren Vater, der die Bierkästen unter lautem Gerumpel sortierte. Es polterte auf einmal so heftig, dass Sophie erschrocken stehen blieb. Aber ihr Vater schickte noch ein fröhliches »Mach dir einen schönen Abend« hinterher, sodass sie sicher sein konnte, dass er nicht unter einem Berg Bierflaschen begraben lag.

»Du auch.«

Sie trat auf die Straße. Es war ein warmer Aprilabend. Der Duft der aufblühenden Jahreszeit lag in der Luft. Sophie schloss die Augen und sog den Geruch tief ein. Es war Frühling.

Omid sah auf sein Handy. Es war halb sieben. Die Jungs waren sicher schon alle im Loch, und er käme wieder einmal als Letzter dazu. Ich muss mich jetzt beeilen, dachte er gerade, als er mit jemandem zusammenstieß.

Sophie öffnete die Augen und taumelte orientierungslos nach hinten.

»Entschuldigung«, stammelte Omid. »Ich hatte auf mein Handy gesehen. Wegen der Uhrzeit.«

Er lächelte verlegen.

»Macht ja nichts. Ich hab ja auch nicht geguckt.« Unweigerlich musste sie zurücklächeln.

»Du bist noch hier?«, fragte Omid. »Ich meine, du hast noch gearbeitet?«

Er deutete mit dem Kopf auf die offen stehende Kiosktür, aus der heraus ihr Vater den beiden zuwinkte.

»Na ja, nicht gearbeitet. Ich hatte halt Zeit und habe meinem Vater ein wenig geholfen.«

Er nickte. Omid war von Sophie fasziniert. Sie war nicht wie die anderen Mädchen, die nur Schminke und so ein Zeug im Kopf hatten. Das hatte Sophie gar nicht nötig. Sie war wunderschön, und sie hatte das bezauberndste Lächeln, das Omid jemals gesehen hatte.

»Und wo willst du noch hin?«, fragte sie interessiert zurück.

»Ich muss noch mal zu den Jungs.« Er zog entschuldigend die Schultern hoch, ahnte er doch, dass Sophie nichts von Justin und den anderen Freunden hielt. »Die haben da was Dummes vor und ich wollte ...«

»Du meinst Dennis' Handy?«, fiel Sophie ihm ins Wort.

»Welches Handy?«, fragte Omid. »Ich weiß nichts von einem Handy.«

Sophie glaubte ihm. Irgendwie musste sie ihm einfach glauben.

»Dann haben sie also noch anderen Mist geplant?«

Omid nickte.

»Ich muss los, weil ich nicht so spät zu Hause sein darf. Nach dem Treffen mit den Jungs, meine ich.«

»Ja, okay. Dann bis morgen«, verabschiedete sich Sophie.

»Bis morgen.«

Sophie ging. Omid sah ihr nach, bis sie um die Ecke gebogen war. Wo wollte er noch hin? Verdammt, die Jungs warteten.

»Dennis hat ein scheißneues Handy. Und dann stolziert er damit in der Schule rum, als ob er wer weiß wer ist.« In Erkans Stimme lag Wut, als Omid das Loch betrat und sich zu Milan auf das Sofa setzte. Aus den Lautsprechern der Anlage dröhnte deutscher Rap. Diese Musik macht mich irgendwie aggressiv, dachte Omid. Immer wird darin von Hass und Gewalt gepredigt. Er mochte diese Art von Musik nicht.

»Was ist mit dem Handy, Digger?«, fragte Omid seinen Kumpel.

»Der kleine Dennis hat das teuerste Handy, Digger, und meint nun, der Macker zu sein.« Während Erkan dies sagte, fuchtelte er wild mit seinen Armen. Justin saß zur Abwechslung mal entspannt auf einem der Sessel.

»Dem nehm ich das Ding ja so was von ab. Der weiß gar nicht mehr, wo oben und unten ist, so schnell geht das«, dabei schnipste Erkan mit den Fingern. »Der ist ja so was von fällig.«

Davon hatte Sophie also gesprochen. Omid seufzte. Dann mischte sich Justin ein.

»Lass das Handy, Alter. Wenn das Ding heute gut läuft, hast du genug Kohle, um dir so ein Ding selbst zu kaufen.«

Justins Stimme klang behäbig, als wäre seine Zunge angeschwollen. Vier leere Flaschen Bier standen auf dem Tisch. Omid war zu spät. Einen angetrunkenen Justin vom Einbruch in den Kiosk abzuhalten, hatte wenig Sinn.

»Das mit dem Kiosk ist schon scheiße. Aber das mit dem Handy ist echt selten dämlich. Die haben dich doch schon wegen des MP3-Players fast von der Schule geschmissen«, begann Omid.

»Die konnten mir nichts«, lallte Justin.

»Aber fast. Lasst Dennis doch einfach in Ruhe. Der ist kleiner und jünger und ...« Omid gingen die Argumente aus. Verdammt! Er musste doch Erkan irgendwie von diesem Handyklau abbringen können.

»Und außerdem kannst du mit so einem Hightech-Teil doch gar nicht umgehen. Du kannst ja noch nicht mal mit deinem eigenen 'ne SMS verschicken«, sagte Omid und begann zu lachen. Auch die anderen lachten darüber. Sie lachten über Erkan, der das alles andere als komisch fand.

»Kann ich wohl, Alter. Und das Handy hol ich mir auf jeden Fall.«

Trotzig wie ein kleiner Junge schmiss sich Erkan in einen der Sessel.

»Heute machen wir erst mal den Kiosk klar«, sagte Justin, der bei dieser entschlossenen Aussage fast wieder nüchtern wirkte. »Wir treffen uns um ein Uhr hier. Und dann geht's los!«

Dennis machte gerade seine Hausaufgaben, als sein Vater von der Arbeit nach Hause kam. Er hörte seine Eltern im Flur reden. Wie jeden Abend erzählte *sie* von ihrer Schicht im Supermarkt an der Kasse und *er* von seiner Arbeit als Elektriker. Nach Dennis' Geburt hatte seine Mutter ihren Job als Buchhalterin in einer Lebensmittelfirma aufgegeben, um für ihren Sohn da zu sein. Als sie später in ihren alten Job zurückkehren wollte, hatte sie keine passende Stelle in der Umgebung gefunden. Stattdessen hatte sie einen Aushang im Supermarkt entdeckt, dass dort Aushilfen gesucht wurden. Obwohl sie lieber wieder im Büro gearbeitet hätte, ließ sich Dennis' Mutter diese Gelegenheit nicht entgehen. Zu groß war die Sehnsucht nach einem Leben außerhalb der Familie. Also fing sie kurz darauf als Kassiererin im Discounter an. Auch wenn die Bezahlung eher mäßig war, genoss sie den Kontakt mit Menschen, den sie in den acht Jahren zu Hause, überwiegend allein mit ihrem Kind, sehr vermisst hatte.

Es klopfte an Dennis' Tür. Zeit zu essen, dachte er, noch bevor seine Mutter den Kopf reinsteckte:»Essen, Schatz!«

Am Tisch fragte der Vater gleich:»Und? Wie ist das neue Handy? Darf ich es mir auch mal ansehen?«

»Morgen. Ich muss es aufladen. Der Akku soll einmal vollständig geladen werden.«

Der Vater zog die Augenbrauen hoch, begnügte sich aber mit dieser Antwort.»Morgen dann.«

Es war kurz vor ein Uhr. Justin hatte sich im Loch auf das Sofa gelegt, um seinen Bierrausch auszuschlafen. Dave kam als Zweiter hinzu.

»Hey, Alter, pennst du schon?«, begrüßte er Justin.

»Nein, Digger. Hab nur gedöst«, antwortete Justin und rieb sich dabei die Augen.

»Wo sind die anderen?«, erkundigte sich Dave.

»Erkan kommt nur noch. Wir sind zu dritt.«

Dave nickte.

»Das reicht.«

Im selben Augenblick kam der Dritte auch schon zur Tür herein.

»Hey, alles klar?«, begrüßte Erkan Dave.

»Da bist du ja. Wollen wir gleich los oder musst du erst wach werden?«, fragte Dave Justin.

»Geht schon, Mann. Lass uns das Ding schnell durchziehen.« Justin warf sich die Jacke über.»Dann los!«

In der Kontrollzentrale der Hochbahn saßen wie jeden Abend zwei Wachleute. Aufmerksam sahen sie von einem Monitor zum nächsten. Im Zehn-Sekunden-Takt wechselten die Bilder der aufzeichnenden Kameras, sodass jeder Bahnhof regelmäßig von beiden eingesehen werden konnte. Im Notfall konnten sie die Überwachungskameras direkt per Hand ansteuern, sodass auf den Bahnhöfen auch nachts noch alles rundum sicher war.

Dave verteilte Motorradmasken an die beiden anderen.

»Wozu brauchen wir die denn?«, fragte Erkan und hielt die Maske am gestreckten Arm nach oben.

»Damit man uns nicht erkennt, du Trottel«, sagte Justin, der sich schon die Maske über das Gesicht gezogen hatte. »Sieht doch geil aus, oder?«

Erkan zog sein Handy aus der Tasche und machte ein Foto von seinem Kumpel. Dann zog er sich die Maske über, um sich auch noch einmal selbst zu knipsen.

»Cool, Mann. Echt geil«, bemerkte Erkan, als er sein Foto betrachtete.

Dave schüttelte den Kopf, zog dann aber auch die Maske über. »Wir müssen schnell sein. Rein in den Kiosk, das ganze Zeug in die Taschen und dann nichts wie weg.«

»Sach mal, Werner«, sagte der neue Wachmann zu seinem Kollegen, der auf einem kleinen Fernseher neben den vielen Überwachungsmonitoren einen Boxkampf verfolgte, »das sieht doch nich' gut aus, oder?«

Werner legte seine Dose mit gesalzenen Erdnüssen zur Seite und beugte sich zu dem Monitor rüber, auf den sein Kollege gedeutet hatte. Das Bild wechselte zum nächsten Bahnhof. Auf dem Computer schaltete der Wachmann mit einer Tastenkombination zum vorherigen Bahnhof zurück.

»Das sieht wirklich nicht gut aus«, sagte Werner, während er zum Telefonhörer griff. Schnell wählte er die drei Ziffern des Notrufs.

»Polizei«, meldete sich eine Frauenstimme am anderen Ende der Leitung.

»Hier die Überwachungszentrale der Hochbahn. Ich möchte einen Einbruch in einen unserer Kioske melden.«

»Mach schnell«, rief Justin zu Erkan rüber, der als Kleinster der drei durch die kaputte Fensterscheibe geklettert war.

»Mach ich doch, Alter«, rief Erkan zurück und reichte Dave den ersten mit Diebesgut gefüllten Rucksack nach draußen.

»Da ist erst mal was vom Alk drin. Da hinten sind die Kippen. Soll ich die Zigaretten und den Alkohol gemeinsam in die Taschen packen? Wegen des Gewichts, meine ich? Der Rucksack gerade war verdammt schwer«, stellte Erkan fest.

Dave und Justin sahen sich draußen an. Dann sagten sie gleichzeitig: »Beeil dich, Mann!«

Erkan drehte sich wieder um, zuckte mit den Schultern und packte den nächsten Rucksack. Dieses Mal gemischt, um das Gewicht zu verteilen. Dann reichte er auch diesen Rucksack raus. Jetzt nahm er die beiden großen Taschen, die ihm Dave anreichte, und stellte sie auf den mit Glassplittern bedeckten Boden des Kiosks.

»Eher Whisky oder Rum?«, flachste Erkan.

»Geht's noch, Alter?«

Dave schüttelte den Kopf.

Erkan packte schnell weiter. Aus der Ferne hörten die drei ein Martinshorn näherkommen.

»Sind das die Bullen?«, frage Justin.

Erkan stoppte. Auch er hörte die Sirenen lauter werden.

»Ich glaube nicht«, versuchte Dave, die anderen zu beruhigen.

Unaufhörlich näherte sich der Polizeiwagen. Immer lauter wurde die Sirene.

»Verdammt, die kommen unseretwegen«, rief Justin.

»Hör auf und mach keine Panik! Und du, pack weiter«, schrie Dave seine Freunde an.

Alle drei zögerten. Erkan lehnte sich durch das kaputte Fenster. Die Sirene war auf einmal verstummt. Fuhr die Polizei vielleicht doch zu einem anderen Einsatz?

Ein blaues Licht flackerte auf dem Vorplatz des Bahnhofs auf. Die drei sahen sich an, Justin panisch, Erkan ängstlich und Dave entschlossen.

»Schnappt euch das Zeug, und dann nichts wie weg hier«, war das letzte Kommando, das Dave gab, ehe alle drei in unterschiedliche Richtungen davonliefen.

Er stolperte über die Gleise. Mit einem Arm hatte er sich den Rucksack auf den Rücken geworfen. Das Gewicht des Inhalts machte ihn langsam. Er hatte den ersten Rucksack erwischt, den Erkan nur mit Flaschen gefüllt hatte. Warum hatte er sich ausgerechnet diesen Rucksack geschnappt, fragte sich der Teenager, während er die Böschung hinunterschlitterte. Aus den Augenwinkeln heraus sah er einen Mann hinter sich herlaufen.

Justin rannte, so schnell er konnte.

Mit drei Sätzen hatte Erkan die Treppe erklommen. Zwei Paar Stiefel trappelten hinter ihm her. Er hatte seinen Rucksack nur in die Hand genommen, um ihn bei der Verfolgungsjagd schnell wegwerfen zu können, falls das notwendig würde. Hatte er einen Hinweis auf sich in diesem Rucksack hinterlassen? Seine Eltern würden ihn umbringen, wenn sie von dem Einbruch erführen.

Erkan lief weiter, immer weiter, so schnell er konnte, bis die Geräusche der ihn verfolgenden Stiefel nicht mehr zu hören waren.

Rasch warf Dave die große Tasche mit dem schweren Diebesgut hinter das nächste Gebüsch. Seine Motorradmaske entsorgte er in dem kleinen Mülleimer zwanzig Meter weiter. Er atmete schnell. Gehetzt sah er sich nach allen Seiten um. Er ging langsam weiter. In der Dunkelheit tauchten zwei Polizisten auf. Sie kamen direkt auf Dave zu. Suchend trabten die zwei die Straße entlang. Nur nicht weglaufen, dachte Dave. Das macht dich verdächtig. Er begann zu taumeln, wie ein Besoffener, der in dieser Gegend vor allem nachts nicht weiter auffiel.

Erkan kam als Erster im Loch an. Sein Herz raste. Er japste nach Luft wie ein Fisch an Land. Voller Freude schmiss er seinen Rucksack auf das Sofa und sich gleich daneben. Er hatte es geschafft. Die Bullen hatten ihn nicht erwischt.

Fünf Minuten später kam Dave dazu. Erkans Puls beruhigte sich allmählich. Er hatte unterdessen eine Inventur der geklauten Ware gemacht.

»Für den Anfang nicht schlecht«, begrüßte Erkan Dave. »Wo ist deine Tasche?«

»Ich musste sie zwischendeponieren«, erklärte sein Kumpel.

»Zwischendeponieren?«

»Die Bullen waren mir auf den Fersen. Ich hab die Tasche in ein Gebüsch geworfen. Da hol ich sie später ab.«

»Und wenn die Bullen sie finden?«, fragte Erkan.

»Die Bullen sind doch viel zu dämlich. Die haben mich direkt an sich vorbeigehen lassen. Hab auf Alki gemacht. Haben die gar nicht geschnallt«, erzählte Dave stolz. Dann sah er sich im Raum um: »Sag mal, wo bleibt Justin?«

Justin kauerte auf dem Boden. Um ihn herum war es dunkel. Er klammerte sich an den Rucksack, den er auf seine Oberschenkel gelegt hatte wie einen Schutzschild, der ihn vor den Konsequenzen seiner Tat bewahren sollte.

Die Polizei war ihm dicht auf den Fersen gewesen. Justin war gelaufen, als hätte es der Teufel persönlich auf ihn abgesehen. Seine Verfolger hatten aber keine Chance gehabt. Das Getto war sein Revier. Er kannte sich hier aus wie sonst keiner. Seit seiner Kindheit hatte er sämtliche Schlupflöcher, alle Verstecke und jede denkbare Abkürzung ausgespäht, um sie heute, an diesem Tag, für etwas *Sinnvolles* nutzen zu können.

Jetzt hockte er im unteren Flur eines Hochhauses am Boden und wartete. Er wartete, dass die Polizei endlich verschwand. Wartete, dass er endlich zu seinen Freunden ins Loch rüberlaufen konnte. Und wartete, dass diese verfluchte Angst endlich nachließ.

»Wagen dreizehn an Zentrale. Im Kiosk am Bahnhof hat wirklich jemand eingebrochen. Täter sind flüchtig. Gebe Beschreibung zur Fahndung raus«, gab der Polizist per Funk durch. Dann fügte er noch hinzu: »Ich glaube, wir waren nur einen Tick zu spät.«

Gegen drei war Justin immer noch nicht im Loch. Dave saß auf dem Sofa und nahm einen großen Schluck aus einer der erbeuteten Whiskyflaschen. Sein Freund lief aufgeregt hin und her.

»Und wenn sie ihn geschnappt haben?«, fragte Erkan. »Meinst du, dass er quatscht?«

Dave schüttelte den Kopf. »Blödsinn. Justin? Niemals!«

Erkan rannte weiter, nun im Zickzack, und sah auf seine Uhr.

»Verdammt, ich muss los. Nach Hause. Meine Alten flippen aus, wenn sie wach werden und ich nich' in meinem Bett liege.«

»Und Justin?«, fragte Dave.

»Was weiß ich, Digger! Wenn sich der Alte erwischen lässt. Verdammt! Das ist voll krass.« Erkan schlug sich beide Hände vor das Gesicht. »Das darf doch alles nicht wahr sein, Mann!« Plötzlich hörten sie Schritte im Korridor. Sie kamen näher. Mit aufgerissenen Augen starrten Erkan und Dave zum Eingang.

Omid lag wach in seinem Bett. Seit drei Stunden konnte er nicht mehr schlafen. Seine Freunde waren heute in einen Kiosk eingebrochen. Zum Glück war es nicht der von Sophie, dachte Omid. Aber sie hatten jetzt eine Grenze überschritten. Kleine Schlägereien auf dem Schulhof, das gehörte eben dazu. Aber ein Einbruch in ein Geschäft, das war alles andere als cool.

Erneut drehte sich Omid zur Seite. Im Dunkel der Nacht leuchtete die Anzeige der Uhr. Es war kurz nach drei.

Erkan hielt den Atem an. Dave stand vom Sofa auf. Beide hatten die Tür fest im Blick. Dann tauchte Justins Kopf auf, der verschmitzt um die Ecke lugte.

»Sorry, wurde ein wenig aufgehalten!«

In einem großen Bogen warf er seinen Rucksack samt Beute auf das Sofa.

»Wo warst du, Alter?«, rief Erkan.

»Wir dachten schon, die Bullen hätten dich erwischt.«

»Mich doch nicht«, sagte Justin, der sich neben den Rucksack auf das Sofa fläzte, die Füße überkreuzt auf den Tisch legte und seine Arme hinter dem Kopf verschränkte.

»Hab mich nur ein wenig aus dem Staub gemacht, bis die Bullen abgezogen sind.«

»War das geil?«, fragte Dave in die Runde. »War das nicht hammergeil? So viel Adrenalin hast du sonst nur beim Bungee-Jumping.«

MITTWOCH

So wie jeden Morgen machte Dennis auf dem Weg zur Schule einen kleinen Umweg. Seine Mutter sorgte dafür, dass er mehr als zeitig das Haus verließ, um ja nicht zu spät zum Unterricht zu erscheinen. Aber Dennis mochte nicht so früh in seiner Klasse sein. In der Schule erwartete ihn nur Ärger. Neben Justin und seiner Gang gab es auch noch die Jungs in seiner eigenen Klasse, die Dennis gängelten.

Gestern hatte er einmal kurz bei Tim punkten können, um danach sofort wieder von ihm klein gemacht zu werden. Er hasste diese Schule. Er hasste seine Mitschüler. Aber vor allem hasste er Justin und seine Clique.

Er sah auf das Display seines Handys, auf dem er drei neue Apps installiert hatte: ein geheime Aufnahmeapp, die im Hintergrund lief und nur für den zu erkennen war, der das Programm gestartet hatte, ein Morphingprogramm für Fotos und eine Kampfsimulation. Aus den Augenwinkeln heraus nahm er kurz das kaputte Fenster des Bahnhofskiosks wahr. Doch seine eigentliche Aufmerksamkeit hatte er auf eine seiner neuen Apps gerichtet, sodass er den Zettel der Polizei nicht bemerkte.

»Zeugen gesucht! In der Nacht vom 13. auf den 14. April wurde gegen 1.30 Uhr in diesen Kiosk ein Einbruch verübt. Die Polizei bittet um Ihre Mithilfe. Sachdienliche Hinweise nimmt jede Polizeidienststelle entgegen.«

Erst in der großen Pause hatten die fünf Jungen Zeit, sich zusammenzusetzen. Da es regnete, trafen sie sich im Schulflur. Erkan und Justin saßen auf einer Fensterbank. Die anderen drei standen ihnen gegenüber, sodass die Gruppe einen kleinen Kreis bildete. Im Korridor liefen an die hundert Kinder die Gänge entlang, ohne Justin und seine Freunde zu beachten. Omid schob den Rucksack, der auf dem Boden lag, zur Seite, um ein wenig dichter bei seinen Freunden zu stehen.

»Kinderleicht, sag ich euch. Ich bin rein und mach die Taschen voll. Erst den Alk, dann die Kippen«, prahlte Erkan.

»Der kleine Erkan musste durch das Fenster krabbeln. Wir standen draußen Schmiere«, unterbrach Justin, der breitbeinig auf der Bank hockte.

»Ja, ich musste alles alleine machen. Die beiden standen draußen und laberten nur dumm rum. ›Mach schneller, Erkan‹, und so ein Zeug.«

»Aber nur, weil du getrödelt hast!«

»Hab ich nich’, Digger!«

»Haste wohl«, beharrte Justin. »Und jetzt weiter.«

»Ja, genau. Plötzlich hör ich die Sirenen. Ganz leise erst. Wir horchten alle drei. Und ich sag noch: ›Die sind unseretwegen unterwegs‹. Und Dave: ›Nee, pack weiter.‹ Und ich: ›Doch, die sind unseretwegen hier.‹ Aber Dave meinte, dass ich weitermachen soll. Und ich packe weiter den Alk und die Zigaretten ein. Gemischt, damit das nicht so schwer wird.«

»Genau, so ’nen Scheiß hat er gestern gefragt. Wie er die Taschen packen soll und so’n Mist«, unterbrach Justin, obwohl er seinen schweren Rucksack noch gut in Erinnerung hatte.

»Ja, Mann. Die Flaschen sind doch auch voll schwer, wenn du alle in einen Rucksack wirfst. Auf jeden Fall war es plötzlich still.«

Erkan machte eine geschickte Pause. Milan und Rico lehnten sich nach vorne. »Plötzlich, Alter, sehen wir das Licht der Bullen. Ein blauer Schimmer auf dem Platz. Und ich dann ganz laut: ›Weg hier!‹ Und die Jungs haben auch gerufen: ›Raus da, Erkan!‹ Wir sind dann weg, mit dem Kram natürlich, und ich bin gelaufen, was das Zeug hielt. So schnell war ich noch nie in meinem Leben, Digger.«

»Und ich erst. Ich bin über die Gleise, und ein Bulle direkt hinter mir her. Dann bin ich die Böschung runter und durch den Park. Der kleine Weg hinterm Supermarkt, dann rechts wieder die Böschung hoch und dann immer an den Gleisen lang bis zum hinteren Teil der Siedlung. Da hatte ich den Typ schon lange abgehängt.«

»Aber ins Loch bist du erst viel später. Wir mussten über zwei Stunden warten.«

»Nur, weil ich die Bullen nicht auf unsere Spur bringen wollte«, sagte Justin und ließ den Coolen raushängen. »Ein Spaziergang, sag ich euch. Das machen wir nächste Woche gleich wieder.«

Sophie ging an den fünf vorbei und lächelte Omid an. Er lächelte zurück.

»Sag mal, läuft da was zwischen euch?«, fragte Justin, dem die Szene nicht entgangen war.

»Nee, da ist nichts«, antwortete Omid, ohne zu wissen, warum ihm das peinlich war. Er mochte Sophie. Und wie es aussah, mochte sie ihn auch. Vielleicht lief da ja doch was?

»Na, umso besser. Das nächste Mal ist nämlich ihr Kiosk dran!«

Dennis wartete, bis sich die Gang um Justin in ihre Klassenzimmer zurückgezogen hatte. Dann schlich er den menschenleeren Flur entlang und bückte sich. Auf dem Boden lag sein Rucksack. Omid hatte ihn ein Stück zur Seite geschoben, aber sonst schien ihm der Rucksack nicht aufgefallen zu sein. Das war gut. Denn Dennis hatte den Rucksack absichtlich in dieser Ecke liegen lassen, von der er wusste, dass sich die Gang an regnerischen Tagen gerne dort traf.

Er öffnete die Vordertasche des Rucksacks und nahm sein Smartphone heraus. Das Display leuchtete. Er drückte auf einen virtuellen Knopf, dann auf den nächsten.

Auf dem Korridor hörte er nun Erkans Stimme: »Kinderleicht. Ich bin rein und mach die Taschen voll. Erst den Alk, dann die Kippen.«

Die Stimme klang entfernt und blechern. Sie kam aus dem Lautsprecher des Handys.

Dennis beendete die App, die die Aufnahme wiedergab. Schnell packte er das Handy zurück in seinen Rucksack und lief zu seinem Klassenzimmer.

Nach Schulschluss gingen Justin und Omid gemeinsam zurück zur Siedlung. Erkan hatte noch etwas für seine Mutter in der Stadt zu erledigen, und die beiden Jüngeren hatten zwei Stunden früher Schulschluss gehabt.

Schweigend liefen sie nebeneinander her. Dann begann Omid: »Einbrüche sind nicht gut, Mann. So ein Kiosk gehört doch einem Typen, der seine Familie damit durchbringen muss.«

»Ach, Blödsinn. Das sind doch Ketten. Die gehören doch irgend so einem stinkreichen Fuzzi, der gar nicht weiß, dass er einen Kiosk in unserem Viertel hat. Dem fallen die paar fehlenden Kippen gar nicht auf«, wiegelte Justin ab.

»Aber der Kiosk von Sophie ... Der gehört keiner Kette«, warf Omid ein.

»Haste also doch ein Auge auf sie geworfen?« Justin stieß Omid seinen Ellenbogen in die Seite. »Hübsche Kleine. Ein wenig zu dürr für mich. Aber tolle Titten.«

»Lass das!«

»Was?«

Justin blieb stehen.

»Du sollst nicht so über Frauen reden. Auch nicht über Sophie!«

»Vor allem nicht über Sophie, oder?«, fragte Justin mit einem gehässigen Gesichtsausdruck. »Was soll's. Hat sie eben keine geilen Titten.«

Schnell drehte sich Justin weg und ging weiter. Omid war einen Kopf größer als er und zudem viel kräftiger. Einer der Gründe, weshalb Omid immer noch in der Gang war, obwohl er sich aus fast allen Streifzügen der Jungs raushielt. Justin wollte Omid nicht zu sehr verärgern. Ein kurzer Haken seines Kumpels und Justin würde am Boden aufwachen.

»Ich werde deine Kleine schon nicht anmachen«, versuchte Justin Omid zu beruhigen. »Wie gesagt, viel zu dürr für mich!«

Dennis beeilte sich, nach Hause zu kommen. Er hatte die Aufzeichnung in der Schule nur kurz angespielt, sich dann aber nicht getraut, in der nächsten Pause weiterzuhören. Die Schule war kein sicherer Ort dafür. Er betrat die Wohnung, schmiss seine Jacke vor die Garderobe und rief seiner Mutter in der Küche zu, dass er gleich zum Essen käme. Dann verschwand er in seinem Zimmer.

Er startete die Datei. Zunächst wusste er nicht, was die Jungs meinten, aber dann begann er zu verstehen. Sie hatten einen Kiosk überfallen. War es der von Sophie? Nein, Erkan erwähnte Gleise. Dennis hörte weiter. Erst zum Ende der Aufzeichnung hörte er Justin sagen: »Na, umso besser. Das nächste Mal ist nämlich ihr Kiosk dran!«

Auf dem Platz der Siedlung blieben Justin und Omid stehen. Sophie war noch nicht im Kiosk. Ihr Vater sortierte gerade die neu gelieferten Zeitungen ein. Er sah Omid auf der Straße stehen, stutzte kurz und winkte dann rüber.

»Und du willst mir sagen, dass da nichts läuft?«, fragte Justin mit einem abfälligen Grinsen.

»Wir haben uns nur so unterhalten!«, erklärte Omid.

»Das nächste Mal ist dieser Kiosk dran«, dabei deutete sein Freund mit einer Kopfbewegung rüber zu Sophies Vater. »Du solltest dir genau überlegen, auf welcher Seite du stehst!«

Justin ließ Omid stehen, der verunsichert zurückblieb. In seiner Hosentasche fand er noch einen Euro. Mit der Münze in der Hand ging er in den Kiosk.

»Guten Tag. Ein Kaugummi, bitte«, sagte Omid zu Sophies Vater, der wie seine Tochter jeden Kunden mit einem Lächeln bediente.

»Du bist doch der Freund meiner Tochter?«

Omid wusste nicht, was er darauf antworten sollte. Sophie und er hatten bisher erst einmal mehr als zwei Sätze miteinander gewechselt, und schon schienen alle die beiden für ein Paar zu halten.

»Wir kennen uns aus der Schule.«

»Das meinte ich. Entschuldigung«, sagte der Vater, der jetzt erkannte, wie Omid seine erste Frage verstanden hatte. »Freunde aus der Schule.«

Er gab Omid sein Wechselgeld und schob ihm das Kaugummi rüber.

»Grüßen Sie Ihre Tochter«, verabschiedete sich der Teenager.

»Gerne«, sagte der Vater und schmunzelte.

Er konnte es immer noch nicht fassen. Auf seinem Tisch, direkt vor ihm, lag der Beweis, dass Justin und seine Gang einen Einbruch begangen hatten. Heute Morgen war er am Bahnhofskiosk vorbeigelaufen. Hatte er dort nicht eine kaputte Fensterscheibe gesehen? Vielleicht war das der besagte Kiosk? Zum Glück war es nicht der von Sophie gewesen. Aber was nun? Sollte Dennis zur Polizei gehen? Oder doch lieber das Ganze in der Schule melden? Dieses Mal hatte er ja Beweise. Sie mussten ihm einfach glauben. Aber natürlich sollte er auch Sophie warnen.

Dennis hielt kurz in seinen Überlegungen inne. Was wäre aber, wenn Justin wieder davonkäme? Wenn Justin herausfände, wer ihn verpfiffen hätte? Ich wäre ein toter Mann, dachte Dennis. Na ja, zumindest so gut wie tot. Der Junge nahm sich vor, seine nächsten Schritte genau zu planen.

Dies war seine Chance, Justin ein für allemal loszuwerden. Alles, was er dafür brauchte, war die Aufnahme auf seinem Handy, das direkt vor ihm auf dem Tisch lag.

Omid lag auf seinem Bett. Die Worte seines Freundes hallten durch seinen Kopf. Justin wollte Sophies Kiosk überfallen. Er musste sich nun entscheiden, auf welcher Seite er stand. Omid wollte mit dem ganzen Mist der Gang nichts zu tun haben. Weder mit den Schlägereien, in die sich Justin immer wieder verstrickte, noch mit den Ladendiebstählen, die Milan und Rico hobbymäßig betrieben, geschweige denn mit Erkans kleinen Dealereien, die ihn eines Tages in den Knast bringen würden.

Omid hatte diese Dinge bisher als Bagatellen abgetan. Am Anfang hatte er bei gemeinsamen Streifzügen auch mal was mitgehen lassen. Nur um dazuzugehören. Aber das war lange her.

Bei einem Einbruch in einen Kiosk würde er auf keinen Fall mitmachen. Und hier ging es noch um viel mehr: Es ging um den Kiosk einer Schulkameradin. Zudem noch einer sehr hübschen, der Omid nie mehr unter die Augen treten könnte, sollten seine Freunde tatsächlich in das Geschäft ihres Vaters einsteigen.

Andererseits konnte er Justin und die anderen auch nicht so einfach verpfeifen. Das tat man nicht. Das war eine Frage der Ehre. Einer recht zweifelhaften Ehre, wie Omid allmählich dämmerte. Aber es waren nun mal seine besten Freunde. Und Freunde verpfiff man eben nicht.

DONNERSTAG

Auf dem Weg zur Schule machte Dennis seinen gewohnten Umweg. Er wohnte nicht direkt in der Siedlung, sondern ein paar Straßen entfernt. Obwohl sie nicht reich waren, verdienten seine Eltern zuviel, um einen Anspruch auf eine der öffentlich geförderten Wohnungen zu haben. Stattdessen lebten sie in einem Mehrfamilienhaus, in dem die Mieten deutlich teurer waren als bei einer vergleichbaren Wohnung in der Siedlung, in der die meisten seiner Klassenkameraden lebten. Dafür gab es an den Häusern keine beschmierten Wände, und es war auch deutlich ruhiger in Dennis' Straße.

Obwohl sein Haus nicht in der Siedlung lag, führte Dennis' Weg zur Schule über den Platz, der das Herzstück des Hochhausgebiets bildete. Normalerweise schlenderte er hier und dort entlang, ließ sich treiben und bog ab, wo es gerade interessant zu sein schien. Dieses Mal ging Dennis direkt zum Bahnhof und dort auf den Kiosk zu. An der mittlerweile reparierten Fensterscheibe klebte immer noch der Zettel, mit dem die Polizei zur Mithilfe aufrief. Dennis las die Zeilen. Er überlegte kurz. Dann machte er ein Foto mit seinem Handy und las den Zettel ein zweites Mal.

Was sollte er tun?

Dennis ging zurück zum Platz und blieb vor Sophies Kiosk stehen, der zu der frühen Stunde noch geschlossen hatte. Nebenan luden Arbeiter neue Ware für den Supermarkt ab, in dem auch seine Mutter arbeitete. Mit Hubkarren fuhren sie Paletten voller Lebensmittel in das Geschäft.

Er hatte noch Zeit. Es war erst Viertel vor acht. Dennis setzte sich auf eine der kaputten Bänke, auf denen die Frühlingssonne ein wenig Wärme spendete.

Auf seinem Handy hatte er ein Spiel aufgerufen. Er jagte kleine grüne Männchen in die Luft. Das bereitete ihm jede Menge Spaß.

Einen Ego-Shooter mit menschlichen Zielen hatte er noch nicht für seinen neuen Begleiter entdeckt, sodass er sich mit den weniger realistischen Ersatzspielen begnügen musste. Aber wenn man so viel Fantasie wie Dennis besaß, dann hatte das Gesicht eines Aliens durchaus Ähnlichkeit mit seinem Erzfeind.

Um kurz nach acht brach Dennis auf. Mit dem mobilen Telefon in der Hand schlenderte er den Weg entlang, der von der Siedlung zu seiner Schule führte. Um diese Zeit war hier wenig los. Die meisten Schüler tummelten sich hier gegen zehn vor acht, also kurz vor Schulbeginn. Ab neun Uhr kamen hier vereinzelt Leute mit ihrem Einkauf vom Supermarkt durch. Aber um diese Zeit war Dennis für gewöhnlich der Einzige, der diesen Weg nutzte.

Er knallte weiter Außerirdische ab, die lautstark zu Tode kamen, sodass Dennis den Jungen, der ihm bereits seit einiger Zeit folgte, nicht bemerkte.

»Wo steckt Erkan?«, fragte Omid flüsternd Justin, der als Antwort nur mit den Schultern zuckte.

Es war ungewöhnlich für Erkan, dass er zu spät zum Unterricht erschien. Normalerweise gehörte er zu den Frühaufstehern in der Klasse, und es war eher Justin, der die erste Stunde schwänzte.

»Vielleicht hat die Polizei doch eure Spur aufgenommen?«, fragte Omid.

»Oder er hat einfach nur verpennt? Wie sollen die uns denn auf die Spur gekommen sein?«, gab Justin verärgert zurück.

»Kann ich den Herren vielleicht helfen?«, mischte sich Frau Schnitzler in das Gespräch.

»Nö, nicht dass ich wüsste.« Justin grinste sie an.

»'Schuldigung«, murmelte Omid, der seine Nase darauf wieder ins Deutschbuch steckte.

»Da ist er ja, der kleine Dennis!«, rief Erkan dem Jungen nach, der ein paar Meter vor ihm lief. Erschrocken sah Dennis auf. Verdammt! Warum war Erkan noch nicht in der Schule? Schnell überblickte er den Weg. Sie waren alleine. Von Justin und seinen anderen Jungs war weit und breit nichts zu sehen.

In den Händen hielt Dennis sein neues Smartphone. Er beendete das Spiel und verstaute das Gerät umgehend in seine Jackentasche. »Nicht so eilig, Kleiner. Was haste denn da?« Mit diesen Worten und einer ausgestreckten Hand ging Erkan auf den Jungen zu.

»Nichts, was dich etwas angehen dürfte«, antwortete ihm Dennis mit einem Wagemut, der ihn selbst überraschte. Kurz vor Dennis blieb Erkan stehen. Er schüttelte seinen Kopf. In seinem Gesicht funkelten Arroganz und Selbstherrlichkeit. Eine Kombination, die auch in Justins Augen oftmals aufflackerte, kurz bevor der Dennis eine verpasste. Der Junge war vorbereitet. Er wich automatisch einen Schritt zurück.

»Zeig doch mal«, forderte Erkan Dennis auf. Dabei ging er erneut einen Schritt auf den Jungen zu, um den Abstand wieder zu verringern.

Je näher Erkan ihm kam, desto kleiner fühlte sich Dennis. Erkan war eine Klassenstufe über ihm. Vermutlich besuchte er auch ein Bodybuilding-Studio wie die Mitglieder anderer Gangs, die sich auch in ihrem Getto rumtrieben. Zumindest vermutete Dennis das, da er selbst vom Körperbau eher einem kleinen Jungen ähnelte und seine älteren Mitschüler um ihre Muskeln beneidete.

»Ich will nicht. Außerdem muss ich zur Schule. Bin schon spät dran«, murmelte Dennis, den Blick auf den Boden gerichtet. Dabei versuchte er, an Erkan vorbeizuhuschen. Mit einem Griff hielt ihn sein Gegenüber am Anorak fest. Erkan zog Dennis zu sich ran, so dicht, dass er sich in Dennis' Ersatzbrille spiegeln konnte. Dann sagte er kühl: »Du gehst, wenn ich dir sage, dass du dich verpissen sollst!«

Dennis schluckte. Was sollte er tun? Niemals würde er sein Handy freiwillig abgeben! Es gab nur einen Ausweg.

Ehe Erkan es kommen sah, hatte Dennis seine Faust geballt und sie seinem Widersacher mit voller Wucht in den Unterleib gerammt. In der Hoffnung, dass dieser Schlag Erkan für einen kurzen Moment ausschalten würde, drehte sich Dennis in Richtung Schule, um die Flucht anzutreten. Er hatte gerade den ersten Schritt gemacht, als er Erkans Bein spürte, das ihm den Weg versperrte. Sein Sturz war unausweichlich. Er stolperte über das ausgestreckte Bein und fing seinen harten Aufprall in letzter Sekunde mit beiden Armen ab. Am Boden liegend sah Dennis Erkan grinsend über sich stehen.

»Was glaubst du eigentlich, wer du bist, du Wichser?«, waren die letzten Worte, die Dennis hörte, als ein Gewitter aus Schlägen und Tritten über ihn hereinbrach.

Dennis versuchte, die Schläge mit Hilfe seiner Arme und Beine so gut es ging abzuwehren. Die Tritte kamen aber so brutal und unerwartet, dass sie seine Seite immer wieder trafen und höllische Schmerzen verursachten.

Seine wimmernden Hilferufe hörte niemand. Erst nachdem Erkans Zorn ein wenig abgeebbt war, ließ er von Dennis ab. Er spuckte auf den am Boden liegenden Jungen und wischte sich danach mit seinem Jackenärmel den Mund ab.

»Das nächste Mal machst du lieber gleich, was ich dir sage.« Erkan bückte sich. Dennis schützte mit beiden Armen sein Gesicht, um einen neuen Fausthagel abzuwehren. Dabei gab er die Deckung seines Brustkorbes auf, wohin Erkan nun zielstrebig griff, um Dennis das Handy abzunehmen.

Ein letztes Mal flehte Dennis, in der Hoffnung, sein teures Mobiltelefon nicht zu verlieren. »Bitte nicht«, wimmerte er. »Meine Eltern ..., ich kriege wahnsinnigen Ärger zu Hause.«

Erkan achtete nicht mehr auf Dennis' Worte. Er drückte bereits auf dem Display seines neuen Spielzeugs rum und wandte sich zum

Gehen ab. Wenige Schritte später blieb er kurz stehen, um nach seinem Rucksack zu greifen, der auf dem staubigen Sandweg lag. Dabei drehte er sich noch ein letztes Mal zu Dennis um:

»Ich brauch noch den PIN. Gibst du mir den freiwillig oder muss ich da wieder nachhelfen?«

Der Pausengong ertönte. Sophie packte schnell ihre Sachen zusammen. In der nächsten Stunde hatten sie Sport. Ihr blieben nur knapp zehn Minuten, um in die Sporthalle zu kommen und sich umzuziehen. Wie man so knappe Zeitpläne aufstellen konnte, verstand Sophie nicht.

Im Erdgeschoss eilte sie zum Seitenausgang. Kurz bevor sie die Tür aufstoßen wollte, hielt sie inne. Hinter der letzten Säule des Ganges erkannte sie einen Turnschuh. Auch der Rucksack kam ihr bekannt vor. Waren das nicht Dennis' Sachen?

Von Neugierde getrieben, ließ Sophie den Seitenausgang neben sich liegen. »Was soll's«, sagte sie sich.

Hinter der Säule hockte tatsächlich Dennis. Er hatte ein tränenverschmiertes Gesicht, und unter seiner Nase klebte geronnenes Blut. Im rechten Brillenglas erkannte Sophie einen deutlichen Sprung. Insgesamt hielt sich das Gestell mehr schlecht als recht auf seiner Nase.

Stumm starrte der Junge auf die Wand. Sophie beugte sich zu ihm hinunter. Sie legte ihre Hand auf seine Schulter, sehr sachte, und überlegte, was jetzt am besten zu tun wäre.

»Was ist passiert?«

Der Junge antwortete nicht.

»Soll ich jemanden rufen?«, fragte Sophie weiter. »Einen Arzt, den Direktor oder so?«

Dennis schwieg.

Sophie versuchte es erneut. »Justin? War das wieder Justin?«

Dennis schüttelte den Kopf. Sehr leise sagte er dann: »Sie haben mein Handy. Ich konnte nicht ...«, dann brach seine Stimme ab und eine Träne kullerte über seine Wange.

Sophie legte den Arm um Dennis. Hinter ihr hatte sich eine kleine Gruppe von Klassenkameraden versammelt, die wie Sophie auf dem Weg zur Turnhalle gewesen waren. Es war so still, dass sie alle Dennis' Schluchzen hören konnten. Keiner bewegte sich von der Stelle.

Der Direktor saß an seinem Schreibtisch. Ihm gegenüber hatten Frau Schnitzler und Dennis Platz genommen. Sophie stand an der Seite und redete ununterbrochen auf die drei ein.

»Dennis, Du musst ihnen sagen, wer das getan hat. Die kommen sonst wieder damit durch. Dann haben die dein Handy und lachen sich auch noch ins Fäustchen. Das nächste Mal schnappen sie sich einen noch Jüngeren.«

Dann wandte sie sich dem Direktor zu: »Das war hundertpro wieder Justin. Immer kommt der mit solchen Aktionen durch. Ich verstehe einfach nicht, wie solche Arschlöcher eine ganze Schule tyrannisieren können und keiner etwas dagegen unternimmt.«

Zum Schluss richtete sie ihre Worte an Frau Schnitzler: »Habe ich Ihnen das nicht gesagt? Habe ich es nicht gesagt? Der geht über Leichen. Justin ist irre. Den muss man aufhalten. Der darf doch nicht immer mit allem durchkommen.«

Der Junge schwieg, Frau Schnitzler seufzte. Der Direktor sah von Sophie zu Dennis und dann zu Frau Schnitzler, ehe er eine Atempause Sophies nutzte und ihr ins Wort fiel.

»Sophie«, sagte er laut.

»Was?«

»Danke. Wir haben deine Meinung dazu gehört. Danke auch, dass du Dennis zu uns gebracht haben. Aber ab jetzt übernehmen wir.«

Er wies mit seiner Hand in Richtung Ausgang.

»Frau Schnitzler ...«, setzte Sophie erneut an, doch ihre Lehrerin bekräftigte die Worte des Direktors. »Bitte, Sophie. Wir regeln das. Keine Sorge.«

Sophie drehte sich um und verließ den Raum. Auf dem Weg zur Sporthalle kam sie an Justins Klasse vorbei. Die Tür war geschlossen. Sie hatten Unterricht. Sie überlegte kurz, ob sie in das Klassenzimmer stürmen solle, um Justin ins Gesicht zu schreien, dass er ein feiges Arschloch sei, dass er sich nur an Jüngeren und Schwächeren vergriff und dass sie ihm am liebsten die Fresse polieren würde. Aber sie tat es nicht. Sie war voller Wut. Sie brauchte ein Ventil, um diesen Frust loszuwerden. Aber da gab es nichts. Weder in der Schule noch zu Hause oder im Kiosk. Sie musste wieder einmal alles in sich hineinfressen. Wie gerne hätte sie ihre Wut jetzt einfach nur herausgeschrien.

Sophie atmete einmal tief durch. Für den Sportunterricht war sie zu spät dran. Sie ging den Korridor zurück in Richtung Schulhof. Ihr kam Erkan entgegen, der mit rotem Kopf und in leichtem Trab den Gang entlanglief.

»Was ist passiert, Dennis? Wir können dir nur helfen, wenn du uns sagst, wer es war«, versuchte es Herr Friedrich.

Dennis sah ihn schweigend an.

»War es Justin? Du musst nur zur Bestätigung nicken.«

Dennis starrte auf den Boden.

Hilfesuchend sah der Direktor Frau Schnitzler an. Sie beugte sich zu Dennis, der seinen Blick nun auf sie richtete.

»Dennis. Ich weiß, dass du Angst hast. Aber du musst uns helfen, damit wir dir helfen können.«

Dennis schwieg.

»Dann werden wir wohl seine Eltern einschalten müssen«, wandte sich der Direktor an Frau Schnitzler. »Vielleicht kommen die ja bei ihrem Sohn weiter.«

Dennis sprach zum ersten Mal, seitdem er den Raum betreten hatte. Emotionslos und kaum wahrnehmbar sagte er: »Sie sind weggefahren. Sie kommen nächste Woche wieder. Meine Oma ist krank. Ich wohne solange bei einer Tante.«

»Gut, dann brauchen wir die Nummer dieser Tante.«

»Die ist bei der Arbeit. Kommt erst heute Abend spät nach Hause«, sagte Dennis und sah dabei Herrn Friedrich direkt in die Augen.

»Dann machen wir es wie üblich per Post. Ich setze einen Brief für deine Eltern auf und bitte sie zum Gespräch in die Schule. Frau Schnitzler, ich glaube, das ist der beste Weg.«

Für einen Moment hoffte der Direktor, dass Dennis die Ausweglosigkeit seiner Situation erkannte und von alleine zu reden begann. Aber Dennis schwieg weiter.

»Darf ich dann gehen?«, fragte der Schüler stattdessen.

»Wir sollten dich zum Arzt schicken«, sagte Frau Schnitzler.

Der Direktor nickte.

»Das ist nicht nötig. Das sieht schlimmer aus, als es ist«, sagte Dennis darauf. »Ich will in den Unterricht. Wir schreiben nächste Woche einen Test, da will ich nichts verpassen.«

»Bist du sicher?«, fragte Frau Schnitzler.

»Ja«, antwortete der Junge entschlossen.

Beide sahen den Direktor an.

»Falls es dir schlechter gehen sollte, sagst du deiner Lehrerin Bescheid.«

Dennis nickte.

»Dann los«, sagte Herr Friedrich.

Kopfschüttelnd richtete der Direktor seinen Blick auf Frau Schnitzler. »Was können wir da tun?«, fragte er, nachdem Dennis die Tür hinter sich geschlossen hatte.

»Wir ahnen, wer es war, und können doch nichts unternehmen. Wir können ja noch nicht mal die Taschen der üblichen Verdächtigen durchsuchen, ohne in deren Persönlichkeitsrechte einzugreifen. Diese kleinen ...«, der Direktor hielt inne, um sich vor seiner Kollegin nicht im Tonfall zu vergreifen.

»Sophie hat recht«, sagte kurz darauf Frau Schnitzler. »Sie kommen damit durch. Und uns sind die Hände gebunden. Solange Dennis nicht redet, können wir nichts unternehmen.«

»Also warten wir wieder einmal ab und hoffen das Beste.«

Der Direktor lehnte sich erschöpft in seinem Stuhl zurück. Er hasste es, wenn *auf das Beste zu hoffen* das Einzige war, was er in seinem Amt tun konnte.

»Drei, drei, null, sieben«, sagte Erkan zu seinen Freunden, während sie in das Loch eintraten. »Das ist der PIN.« Die Jungs hatten sich direkt nach der Schule im Loch verabredet. Erkan hatte ihnen in der Pause erzählt, dass er etwas Tolles zu berichten hätte. Nun schob er das Sofa ein Stück zur Seite. Eine Plastiktüte kam dabei zum Vorschein. Erkan hob sie auf. Er griff hinein und zog ein schwarz glänzendes Handy heraus, das schon durch sein Design im Loch total deplatziert wirkte.

Stolz hielt er sein neues Spielzeug hoch, drehte es in alle Richtungen und sah es sich ganz genau an.

»So ein teures Teil kaufen sich doch nur irgendwelche gelangweilten Fuzzis, die zu viel Knete auf dem Konto haben«, sagte Milan abfällig, obwohl er insgeheim jeden beneidete, der sich so ein tolles Smartphone leisten konnte. Auch wenn er nicht genau wusste, was so speziell an diesem Ding sein sollte. Milan sah sich das glänzende Teil kurz an, gab es dann aber wieder schnell Erkan zurück.

»Was kann dieses Ding überhaupt, was andere Handys nicht können?«, fragte Erkan in die Runde.

Justin nahm Erkan das Smartphone aus der Hand. »Hab ich doch gleich gesagt. So ein Teil brauchst du nicht. Aber vielleicht kann dir unser Klugscheißer erklären, was so toll an diesem Ding ist.«

Justin warf Omid das Handy zu. »Und? Müssen wir uns jetzt alle so eins besorgen?«

Omid drehte das Telefon zweimal in seiner Hand. Hübsch sah es schon aus. Aber warum alle so einen Aufstand darum machten, verstand er beim besten Willen nicht. Er drückte mehrere Sekunden auf eine kleine Unebenheit an der Seite. Ein Begrüßungston hallte durch das Loch. Kurz darauf leuchtete das Display auf.

Omid warf das Telefon zu Erkan zurück. »Es ist ein Handy, Digger. Und wenn Dennis es als gestohlen meldet, dann kannst du gar nichts mehr damit anfangen. Dann wird das aus der Ferne abgeschaltet.«

»Dann mach ich es wieder an«, sagte Erkan darauf, der sich an seiner Beute erfreute und bereits den Code eingab. »Schließlich habe ich den PIN.«

»*Die* PIN«, korrigierte ihn Omid. »Es heißt *die* PIN. Und der echte Besitzer kann das Handy nicht nur abschalten. Dennis kann dich auch orten, sobald du das Teil anstellst.«

Alle sahen gebannt auf das Handy. Erkan schien das weniger zu stören.

»Dennis wird sich hüten«, sagte er selbstbewusst. »Er weiß, dass er sich sonst noch mehr Ärger einhandelt.«

Omid schüttelte den Kopf.

»Und ein paar Handys können auch über die Kamera Fotos von den Dieben machen. Die stellen die Besitzer dann ins Internet und suchen so nach den Dieben«, fuhr Omid fort.

»Fotos?«, fragte Milan ungläubig und ging ein Schritt zurück.

Erkan lachte.

»Dennis weiß doch, wer ihm das Teil gestohlen hat. Dafür muss er nicht im Internet suchen.«

»Aber die Polizei weiß es nicht. Und die sehen dann unser Versteck und unsere Gesichter«, fuhr ihn Justin an.

Schnell hielt Erkan seine Hand über das Objektiv des Handys.

»Du spinnst doch, Digger!«, sagte er zu Omid. »Dennis kann mich doch nicht fotografieren, oder?«

»Wenn du das Ding ausmachst, dann vermutlich nicht«, antwortete Omid.

Schnell schaltete Erkan das Gerät ab.

»Dann lasse ich es eben aus.«

Omid holte tief Luft.

»Und was willst du dann mit dem Teil? Willst du es jetzt im Loch verstecken und nur im Dunkeln rausholen, damit es ja keiner sieht?«

Erkan zuckte mit den Schultern. »Keine Ahnung. Erst mal hab ich es. Und dieser dumme Dennis nervt nicht mehr.«

Sophie hatte Omid gewarnt, dass so etwas passieren würde. Warum konnten seine Jungs nicht eine Dummheit auslassen? Und was würde Sophie jetzt von ihm denken? Er hatte es nicht verhindern können. Auch Dennis kam Omid in den Sinn. Er hatte sein Handy sicher nicht freiwillig abgegeben, sondern wieder ordentlich Prügel bezogen.

»Ich muss nach Hause. Meine Mutter wartet sicher schon mit dem Essen.« Omid nahm seine Schultasche und verließ das Loch. Im Rausgehen drehte er sich noch einmal um: »Das war 'ne ziemlich blöde Aktion!«

Auf der Schultoilette wischte sich Dennis die Blutreste aus dem Gesicht. Er hatte es nicht eilig, nach Hause zu kommen. Daheim wartete sowieso niemand auf ihn. Seine Eltern arbeiteten noch. Und die Vorstellung, den sandigen Weg zurück in die Siedlung zu gehen, auf dem er ein paar Stunden zuvor überfallen worden war, jagte ihm furchbare Angst ein.

Er hatte dem Direktor nichts gesagt. Er hatte ihn sogar angelogen, was seine Eltern betraf. Natürlich waren sie nicht bei seiner Oma. Aber so hatte er Zeit gewonnen, um die Situation vielleicht anders zu lösen. Er musste nur aufpassen, dass er als Erster die Post abfing, bevor seine Eltern den Brief aus der Schule erhielten. Das sollte aber kein Problem sein. Meist brachte sein Vater abends die Post mit nach oben, wenn er von der Arbeit kam. So hatte Dennis genügend Zeit, im Laufe des Tages im Briefkasten nach besagtem Schreiben zu suchen, um es dann verschwinden zu lassen. Das würde ihm noch ein paar Tage verschaffen, um sich entweder sein altes Handy zurückzuholen oder ein Neues zu beschaffen.

Die schwierigste Aufgabe, die vor ihm lag, war allerdings die, seinen Eltern das Verschwinden seines Handys zu verheimlichen. So neugierig, wie sein Vater gestern schon gewesen war, würde er sich in den kommenden Tagen nicht jedes Mal mit einer Entschuldigung abwimmeln lassen. Dennis musste schnell handeln, um sein Problem zu lösen. Eine Idee hatte er schon.

Erkan saß im Loch auf dem Sofa, und Justin hatte sich auf einen Sessel gelümmelt. Sie warteten auf Dave, der sich für den Nachmittag angekündigt hatte. Die drei mussten klären, was sie mit der Beute aus dem Kioskeinbruch anstellen wollten.

Während Justin nur Löcher in die Luft starrte, spielte Erkan auf dem Smartphone herum. Das neue Handy faszinierte ihn. Er startete alle Anwendungen, die Dennis bereits installiert hatte, und berichtete Justin jedes Mal davon, wenn er eine neue App entdeckt hatte.

Endlich kam Dave an. Er begrüßte die beiden und setzte sich zu Erkan auf das Sofa.

»Neu?«, fragte er Erkan.

»Ja. Ein geiles Teil. Guck mal, das GPS. Da sind wir jetzt«, sagte Erkan und zeigte Dave den Punkt auf dem Display.

»Hast du eigentlich zugehört, was Omid gesagt hat? Die können uns hier finden, wenn du das Handy anmachst. Also schalt gefälligst das Teil aus«, fauchte Justin ihn an.

Erkan drückte ein paar Knöpfe.

»Ich hab das GPS wieder ausgemacht. Gut?«, fragte er Justin. Der zuckte als Antwort nur mit den Schultern. Irritiert sah Dave zu Justin, der genervt an die Decke starrte.

»Okay. Zu den Dingen hier«, sagte Dave und sah sich im Loch um, das mit den diversen Spirituosen wie das Warenlager einer Bar aussah. »Wir müssen das Zeug jetzt irgendwie zu Geld machen«, fuhr er fort. »Ich kenn da einen Typen, der kauft uns die Kippen für etwa ein Drittel des Marktwertes ab. Alle komplett, da müssen wir nicht an der Ecke stehen und die Schachteln einzeln an die Penner aus dem Getto verkaufen.«

»Nur ein Drittel? Da kommt doch kaum was bei rum. Und wir hatten den ganzen Stress mit dem Einbruch und den Bullen«, nörgelte Justin.

»Dafür sind wir das Zeug los und die Polizei kann uns beim Verticken der Zippen nicht mehr erwischen. Das ist so, wenn man mit den Großen schwimmt. Da will jeder seinen Teil vom Kuchen abbekommen. Aber wenn du einen besseren Vorschlag hast ...« Dave lehnte sich zurück und verschränkte demonstrativ seine Arme hinter dem Kopf.

»Guck mal, der hat ein Spiel mit Kakerlaken«, warf Erkan ein, der mit seinem Daumen auf dem Handy Insekten zerquetschte. »Cool!«

»Jetzt hör doch mal auf mit dem Scheiß«, schnauzte Justin ihn an, dem ganz andere Dinge durch den Kopf gingen. »Und was machen wir mit dem Alk? Nimmt er den auch für ein Drittel?«

»Nein. Ich glaube, an dem ist er nicht interessiert. Den könnt ihr selbst saufen. Oder verschenken. Oder was weiß ich«, antwortete Dave.

»Toll, dann haben wir den ganzen Bruch für ein bisschen Kleingeld gemacht.«

Justin stand auf. Er war sichtlich genervt. Nicht nur weil er kaum Geld mit dieser nächtlichen Aktion verdient hatte, sondern vor allem, weil er der Einzige war, der sich daran störte. Erkan spielte mit dem blöden Handy herum, und Dave hatte seit letzter Woche so viel Kohle, dass ihm die paar Scheine vom Einbruch im Kiosk am Arsch vorbeigingen. Verärgert schlug Justin Erkan das Handy aus der Hand.

»Kannst du den Scheiß mal sein lassen?«, fuhr Justin seinen Freund an, der gerade eine Audio-Datei mit dem Namen »Black Amigos« entdeckt hatte und sie starten wollte. Erkan sah erschrocken auf. Er wusste gar nicht, wie ihm geschah, als plötzlich aus der Ecke, in die das Handy geflogen war, Justins Stimme ertönte. Sie war blechern und klang surreal: »Der kleine Erkan musste durch das Fenster krabbeln. Wir standen draußen Schmiere.«

Alle drei starrten auf das Handy. Justin nahm das Gerät hoch. Auf dem Display war zu erkennen, dass eine MP3 abgespielt wurde.

»Plötzlich, Alter, sehen wir das Licht der Bullen. Ein blauer Schimmer auf dem Platz. Und ich dann ganz laut: ›Weg hier!‹«

»Wie kommt das denn da rein?«, fragte Erkan.

Justin begriff sofort. Er wusste, wem dieses Handy eigentlich gehörte. Dennis musste einen Weg gefunden haben, die Jungs abzuhören.

»Der Junge ist ja so was von tot.«

Justin wählte mit seinem Handy Omids Nummer. Es dauerte, aber dann meldete sich sein Freund.

»Was ist?«, fragte der flüsternd. Im Hintergrund hörte Justin Omids Familie, die immer noch am Tisch beim Essen saß. Auch wenn er die Sprache nicht verstand, erkannte Justin die fröhliche Stimme Aishas und das Kichern des jüngeren Bruders. Er beneidete Omid um seine Familie, auch wenn er das ihm gegenüber niemals zugeben würde.

»Du musst so schnell es geht kommen. Wir haben ein Problem!«

Ohne eine Antwort abzuwarten, legte Justin wieder auf.

»Was ist?«, fragte Omid, als er das Loch betrat.

Dave, Erkan und Justin saßen nebeneinander auf der Couch. Vor ihnen lag das Handy. Alle drei hatten ihren Blick darauf gerichtet, als wäre es verflucht und hätte sie in seinen Bann gezogen.

Omid ließ sich in den Sessel fallen und starrte nun ebenfalls das Telefon an. »Was ist?«, wiederholte er seine Frage.

»Dennis, dieser Wichser. Er hat uns voll am Arsch«, begann Erkan.

»Hatte«, berichtigte Justin. »Jetzt haben wir ja das Handy.«

»Ich verstehe kein Wort. Was hat Dennis getan und wie hat, oder hatte, er uns am Arsch? Was kann Dennis uns schon tun?«, fragte Omid die drei Jungs auf dem Sofa.

Justin startete die Audiodatei. Es dauerte einige Minuten, bis sie komplett abgespielt war und Omid sich einen Eindruck vom Ausmaß der Katastrophe hatte machen können. Er nahm das Handy und versuchte, sich in der Navigationsstruktur zu orientieren.

»Zum Glück habt ihr die Aufnahme jetzt«, sagte Omid. Er öffnete Programme, Dateien, fand einen Dateimanager und ordnete die Dateien nach Datum. Dort fand er auch Fotos, die Dennis von Mitschülern gemacht hatte. Eins zeigte Sophie aus weiter Entfernung. Ein anderes die Jungs der Black Amigos auf dem Schulhof. Aber das letzte Foto, das Dennis gemacht hatte, war das interessanteste. Dennis hatte ein Stück Papier der Polizei abfotografiert, auf dem diese um Mithilfe bei der Aufklärung eines Einbruchs bat.

Omid zeigte Justin dieses Bild.

»Dieser Penner!«, rief Justin aus und ballte dabei seine Hand zur Faust. »Der soll mir nur zwischen die Finger kommen. Aus dem mach ich Hackfleisch!«

»Nur gut, dass sich Erkan das Ding geschnappt hat«, sagte Dave.
»Jetzt kann er uns gar nichts mehr. Ihr solltet bloß vorsichtig sein,
wenn ihr in der Schule seid. Nicht so viel quatschen, meine ich.«
Omid kratzte sich am Kinn. Justin kannte diese Geste seines
Freundes. Er tat es immer, wenn er in einer Situation Bedenken
hatte.
»Was?«, fragte er deshalb seinen Kumpel. »Was könnte noch
sein?«
»Wahrscheinlich gar nichts«, antwortete Omid und hoffte, dass
er damit recht behalten würde.

Am frühen Nachmittag kam Dennis aus der Schule nach Hause.
Wie so oft war er allein. Seine Mutter war in dieser Woche für die
Spätschicht eingeteilt. Sie hatte ihm das Essen vorbereitet und auf
einen Teller in den Kühlschrank gestellt. Auf einem gelben Post-it-
Zettel hatte sie »3 Minuten« geschrieben und diesen Zettel an die
Mikrowelle geklebt. Dennis kannte dieses Ritual, das ihn an
manchen Tagen nervte, heute aber perfekt passte. Er musste nicht
die nervenden Fragen seiner Mutter beantworten, wie die Schule
gewesen war und welche Hausaufgaben er aufhatte. Heute hatte
Dennis andere Sorgen.

Er nahm den Teller aus dem Kühlschrank, stellte ihn in die
Mikrowelle und programmierte die Zeit ein. Dann ging er in sein
Zimmer und startete schon einmal seinen Computer. Meistens aß
er dort, wenn er alleine war, surfte durchs Netz oder ballerte
gelangweilt durch eines seiner Games. Heute hatte er aber anderes
vor.

Er hörte das Klingeln aus der Küche, welches ihm signalisierte,
dass seine Frikadellen mit Kartoffelpüree jetzt heiß waren,
während zeitgleich das Betriebssystem seines PCs seine
Arbeitsbereitschaft ankündigte. Dennis öffnete die
Dateiverwaltung und schlurfte dann in die Küche. Viele Gedanken

schwirrten durch seinen Kopf. Die weiteren Schritte, die jetzt anstanden, mussten sorgfältig geplant werden. Er würde sein Handy wiederbekommen, da war sich Dennis ziemlich sicher. Mit dem Teller in der Hand ging er zurück in sein Zimmer. Er nahm ein Stück der Frikadelle auf die Gabel und pustete. Parallel öffnete er mit der Maus verschiedene Ordner. Er suchte eine Datei.

»Wo hab ich dich abgespeichert?«

Nach wenigen Klicks hatte er sie auch schon gefunden. Die Datei hieß »Black Amigos«. Er hatte gehofft, die Sicherheitskopie nicht brauchen zu müssen. Aber nun war er froh, dass er die Aufnahme von seinem Handy auf seinen Rechner kopiert hatte. Das Gespräch der Jungs befand sich in voller Länge und bester Qualität auf Dennis' PC.

Bereits im Kellergang dachte Omid über ihr Treffen nach. Er konnte jetzt nichts für die Jungs tun. Sie hatten sich für den Abend erneut verabredet, um gemeinsam darüber nachzudenken, wie sie mit der Situation umgehen wollten. Justin hätte Dennis am liebsten sofort zur Rede gestellt. Aber Dave und er hatten ihn davon abhalten können. Sie wollten erst einmal alles abwägen, hatten sie gesagt. Dave hatte ihm dabei heimlich einen Blick zugeworfen, der signalisierte, dass es eigentlich um etwas anderes ging. Justin musste erst einmal zur Ruhe kommen. Wenn ihr Freund so wütend war, tat er oft Dinge, die er später bereute. Nachdem Justin sich davon hatte überzeugen lassen, das Gang-Treffen am Abend abzuwarten, ehe er etwas gegen Dennis unternahm, verließen Omid und seine beiden Freunde das Loch. Sie hatten alle noch Dinge zu erledigen. Nur Justin nicht, der lieber im Keller blieb, als nach Hause zu gehen.

Vor dem Haus verabschiedete sich Omid von seinen Freunden. Er war froh, wieder allein zu sein. Das alles überforderte ihn. Justin, der seine Gefühle nicht unter Kontrolle hatte, Dennis, der sich nicht an die Regeln hielt, und dann existierte auch noch das Gespräch, das sie in der Schule über den Einbruch geführt hatten, als digitaler Beweis für seine Mitwisserschaft. Sein Vater durfte niemals von diesem Gespräch erfahren. Das würde ihm das Herz brechen. Omid war sein größter Stolz, das wusste er. Sein Vater, der seit der Flucht aus ihrer Heimat so alt geworden war. Innerlich zerbrochen, hielt er an der Hoffnung fest, die richtige Wahl für die Zukunft seiner Kinder getroffen zu haben. Auf Persisch bedeutete Omids Name *Hoffnung*. Eben diese Hoffnung durfte er auf gar keinen Fall zerstören, und so lastete sie nun auf seinen Schultern wie ein zentnerschwerer Stein, den er sein Lebtag nicht würde abwerfen können.

Gedankenverloren lief Omid über den Platz und direkt in Sophie hinein, die gerade ihre Schicht beendet hatte und aus dem Kiosk hinausgehüpft kam.

»Schon wieder«, entfuhr es ihr.

Wie weggewischt waren Omids düstere Gedanken beim Anblick von Sophie. Lächelnd erwiderte er:»Wir sollten unsere Treffen langsam mal planen, statt immer nur ineinander zu stolpern.«

Omid war überrascht über seine kühnen Worte. Sophie ließ ihm aber keine Zeit, wieder einen Rückzieher zu machen, sondern ging auf das Spiel ein.

»Meinst du ein Date?«

Omids Kopf konnte sich nicht zwischen Nicken und Verneinen entscheiden. Stattdessen zog er kreisförmige Bahnen, die ein unentschlossenes»Warum eigentlich nicht?« signalisierten. Sophie musste schmunzeln.

In diesem Augenblick fiel ihr Dennis ein. Sie wusste nicht, warum. Aber schlagartig verwandelte sich dieses unbeschwerte Glücksgefühl und machte der verdrängten Wut des Vormittags Platz. Das Lächeln verschwand aus ihrem Gesicht, das plötzlich wie versteinert wirkte.

»Was ist?«, fragte Omid, der ihren Stimmungswandel sofort erkannte. Auch in ihm wirbelten die Gefühle umher. Schuldgefühle und Angst breiteten sich in ihm aus. »Hab ich was falsch gemacht?«

»Nein! Du hast nur die falschen Freunde«, antwortete Sophie, drehte sich um und ging davon.

Verdammt! So nah waren sie sich bisher noch nie gekommen. Omid wollte dieses Gefühl nicht wieder verlieren, das ihn jedes Mal überkam, wenn er sie ansah. Er sprintete los, überholte Sophie und versperrte ihr den Weg.

»Ich weiß. Es tut mir leid«, stammelte er.

Warum war sie so sauer? Wusste sie vom Einbruch im Kiosk? Hatte ihr Dennis was gesteckt? Oder war sie wegen des Handys, das Erkan geklaut hatte, so wütend? Er vermutete Letzteres. Das mit dem Einbruch konnte sie nicht wissen.

»Ich hab das mit dem Handy zu spät mitbekommen.«

»Also war es tatsächlich deine Gang!«

Er nickte.

»Ich versuche das wieder hinzubekommen. Wir treffen uns heute Abend. Und dann ...«, Omid stockte. Was war dann? Sie hatten das Treffen nicht angesetzt, um darüber nachzudenken, wie man Dennis das Handy am besten zurückgeben könnte. Er saß in der Falle. Vor allem, weil seine scheiß Gang einen Einbruch in Sophies Kiosk plante. Sie würde nie wieder ein Wort mit ihm wechseln. Seine Schultern sanken nach unten. Er schüttelte den Kopf.

»Ich weiß nicht, was ich tun soll«, sagte er leise.

Wie gerne hätte er ihr in diesem Moment alles erzählt. Dass die Jungs eigentlich gar nicht so schlecht waren wie ihr Ruf, sondern ihnen nur die richtige Richtung fehlte. Dass er mit den Diebstählen und Einbrüchen nichts zu tun hatte. Und dass er alles tun wollte, um seine Gang davon abzuhalten, auch noch in den Kiosk ihres Vaters einzubrechen. Nichts von dem sagte er.

»Es tut mir leid«, wiederholte er stattdessen und ging.

Sophie sah ihm hinterher. Warum konnte ihr Leben nicht *ein* Mal einfach nur einfach sein?

Wie immer um diese Tageszeit saß Dennis an seinem Computer. Er hörte, wie sein Vater die Haustür aufschloss und seine Mutter ihn im Flur begrüßte. Das machte sie jeden Tag, wenn sie zu Hause war. Sie nahm ihm seine Jacke ab, hängte sie an die Garderobe und holte bei der Gelegenheit auch gleich die Tupperbox aus seiner Arbeitstasche, um sie für den kommenden Morgen abzuwaschen und erneut mit belegten Broten, Obst und einer kleiner Nascherei zu befüllen. Dabei unterhielten sich seine Eltern meist über die Geschehnisse des Tages. Wenn die Stimmen leiser wurden, wusste Dennis, dass *er* Thema des Gesprächs war. Und in letzter Zeit, so hatte er das Gefühl, bekam er immer seltener etwas vom Begrüßungsgespräch seiner Eltern mit. Entweder hatten sie sich aufs Dauerflüstern verständigt oder ihr Sohn bot mehr Anlass zur Sorge als früher.

Dennis war das egal. Er ballerte auf Soldaten ein, sprengte ihnen die Köpfe weg und versuchte, so viel Blut wie möglich zu vergießen. Heute hatten seine virtuellen Gegner in seiner Vorstellung nicht das Gesicht von Justin. Heute hatte er nur Erkan im Kopf. Verdammt! Dieser Pisser hatte nun sein Handy! Entweder waren sie zu blöd, die Datei zu finden, oder sie hatten sie schon entdeckt und überlegten gerade, wie sie Dennis am besten kaltmachen könnten.

Eine Granate explodierte, und schreiende, blutüberströmte Menschen liefen auf dem Bildschirm aus dem brennenden Haus. »Gut gemacht, Dennis«, murmelte er und lächelte dabei selbstgefällig.

Wie gerne hätte er so eine Schnellfeuerwaffe. Er würde damit in die Schule rennen und alles plattwalzen, was ihn dort fertig machte. Auch die Lehrer, die ihn nicht beschützten. Allen voran Frau Schnitzler, die immer so verständnisvoll tat, aber nie etwas unternahm. Die Einzige, die er verschonen würde, wäre Sophie. Aber er hatte keine Waffe. Keine reale zumindest. Und so begnügte sich Dennis mit seinem Spiel. Wenigstens konnte er hier ein wenig Dampf ablassen.

Es klopfte an der Tür. Mit der einen Hand schaltete Dennis auf ein anderes Programm um, während er gleichzeitig mit der anderen die Kopfhörer abnahm.

»Ja?«, rief er, ohne sich zur Tür umzudrehen.

»Ich bin's«, begrüßte ihn sein Vater.

»Hast du jetzt Zeit, deinem alten Herrn dein neues Handy zu zeigen? Ich überlege auch gerade, mir ein neues Spielzeug zu gönnen. Verrat es deiner Mutter aber nicht. Eigentlich ist es viel zu teuer.«

Schuldbewusst sah er über seine Schulter in den Flur und lächelte dann seinen Sohn an.

Dennis' Atem stockte. Jetzt wäre die Gelegenheit, seinem Vater zu sagen, dass er in der Schule von einer Gang tyrannisiert wurde, dass diese Gang ihm schon seinen MP3-Player abgenommen und jetzt auch sein Handy gestohlen hatte. Jetzt wäre eine super Gelegenheit, schoss es Dennis für eine Sekunde durch den Kopf. Doch dann sah er in das Gesicht seines Vaters, der ihm immer stolz von seiner Zeit in der Fußballmannschaft erzählt hatte, von der tollen Kameradschaft unter Sportlern und dass es so etwas bei der heutigen Jugend nicht mehr zu geben schien.

Dennis hatte seinen Vater enttäuscht, als er damals aus der Fußballmannschaft wieder raus wollte. Er fand das Fußballteam alles andere als klasse. Natürlich auch, weil Dennis wieder einmal der Außenseiter gewesen war. Was konnte er dafür, dass ihm Sport nicht lag? Er war eben der stille Typ. Oder, wie die anderen ihn nannten, das Opfer. Der Typ, den man nicht mochte und zusammenschlug, wenn man gerade mal Lust darauf hatte.

Sein Vater hielt ihn garantiert für einen Schwächling. Wahrscheinlich hatte sein Vater früher auch zu den Typen gehört, die Leute wie ihn zusammenschlugen.

»Ich hab jetzt keine Zeit. Hausaufgaben!«, blaffte er seinen Vater an, ohne seinen Blick auf ihn zu richten.

»Und außerdem muss das Handy einmal voll aufladen. Der Akku. Verstehst du?«, ergänzte er in entschuldigendem Tonfall. Dabei deutete Dennis mit dem Kopf auf die Chaosecke in seinem Zimmer, in der sein Fernseher und seine Spielkonsole standen.

»Okay, dann ein anderes Mal.«

Der Vater wollte sich gerade zum Rausgehen umdrehen, als er noch einmal innehielt.

»Sonst alles okay bei dir?«

»Alles okay«, antwortete der Sohn.

»Und was ist mit deinem Auge?«, fragte der Vater, der nun in Dennis Zimmer kam. Er schloss die Tür hinter sich und setzte sich auf das Bett. Dennis sah auf den Schreibtisch vor sich. Warum konnte ihn sein Vater ausgerechnet heute nicht in Frieden lassen?

»Ich hab auf dem Schulhof mit ein paar Jungs Fußball gespielt«, antwortete er und sah seinem Vater dabei direkt in die Augen. »Dabei hab ich einen Ball ins Gesicht gekriegt. Die Brille ist auch kaputt.«

Sein Vater lächelte.

»Gut«, sagte er darauf.

Dennis erkannte einen Funken Stolz in den Augen seines Vaters.

»Is' noch was?«, fragte der Junge.

»Nein, nein«, antwortete der Vater und stand vom Bett wieder auf. »Ich freu mich, dass du mit deinen Freunden Fußball spielst. Bring sie doch mal mit nach Hause. Am Wochenende vielleicht. Dann kann deine Mutter einen Kuchen backen.«

Während er das sagte, strich er Dennis mit der Hand über den Kopf. Lächelnd ging er zur Tür. Dennis widmete sich wieder seinem Computer. Der Junge wartete, bis er die Tür ins Schloss fallen hörte. Dann setzte er seine Kopfhörer auf und wechselte zum Ego-Shooter.

Ihm blieb nicht mehr viel Zeit. Er musste jetzt schnellstmöglich sein Handy zurückbekommen.

Die Küche war sauber. Die Wohnung war still. Sophie hatte immer das Gefühl, eine Musterwohnung zu betreten, wenn sie nach Hause kam. Ihr Bruder saß wahrscheinlich wieder alleine in seinem Zimmer und machte Hausaufgaben. Er hatte sich nach dem Mittagessen um die Küche gekümmert. Mit elf Jahren sollte man sich nicht um eine Küche kümmern müssen, dachte Sophie, als sie die Tür zum Zimmer ihres Bruders öffnete.

Wie immer saß Jonas an seinem Tisch, mit der Nase nur wenige Zentimeter über den Büchern, und machte seine Schularbeiten. Das Haus war so still seit dem Tod ihrer Mutter. Ihr Bruder wurde viel zu schnell erwachsen. Sophie fehlte sein kindliches Lachen, sein nervendes Herumtollen durch die Wohnung. Es war alles wie tot um sie herum, seitdem die Mutter nicht mehr war.

Jonas bemerkte gar nicht, dass seine Schwester hinter ihn getreten war, so sehr konzentrierte er sich auf seine Hefte.

»Hi«, begrüßte sie ihn. »Brauchst du Hilfe?«

»Bin fast fertig«, sagte er stolz. »Wenn du willst, kannst du noch mal den Aufsatz lesen«, dabei schob er sein Deutschheft an die Seite seines Schreibtisches, an die sich Sophie immer setzte, wenn sie seine Hausaufgaben korrigierte. Früher hatte ihre Mutter an genau derselben Stelle Platz genommen und Sophie bei ihren Aufsätzen geholfen.

Sophie las die Zeilen, zog hier und dort mit einem Bleistift eine Linie unter einem falsch geschriebenen Wort und streichelte dann ihrem Bruder sanft über sein Haar. Schon oft hatte sie sich gefragt, wie ihr Leben wohl aussehen würde, wenn ihre Mutter nicht so früh gestorben wäre. Konnte sich Jonas überhaupt noch an sie erinnern?

»Fertig!«, sagte er plötzlich und schob sein Matheheft von sich.

Er sah auf die Korrekturen in seinem Deutschheft.

»Mist! Wieder so viele Fehler?«

»Du wirst besser«, ermutigte ihn Sophie.

»Muss ich es abschreiben?«, fragte Jonas.

»Nein, so viele Fehler sind es doch gar nicht. Löschen und drüberschreiben reicht.«

Sophie sah ihrem Bruder zu, wie er aus seiner Federtasche den Tintenlöscher herauszog, um die Fehler im Aufsatz zu korrigieren.

Omid kam ihr in den Sinn. Sie dachte an ihre Begegnung mit ihm, vorhin, als sie endlich Feierabend gemacht hatte. Ihr Herz hatte einen kleinen Sprung getan. Sophie musste unweigerlich bei der Erinnerung an dieses Gefühl lächeln. Danach hatte sie ihn eiskalt stehen lassen. Unwillkürlich zog sie bei der Erinnerung die Stirn kraus. Verdient hatte er es! Schließlich hatte er diese Idioten als Freunde. Wieso musste sich so ein sympathischer Typ wie Omid mit solchen Vollpfosten wie Justin und Erkan abgeben? Und wieso fand sie Omid überhaupt sympathisch? Sie kannte ihn doch kaum. Was wusste sie schon von ihm? Außer, dass er ein süßes Lächeln hatte.

Sophie schüttelte sich auf dem Stuhl.

»Is' was?«, fragte der Bruder, der seine Stifte bereits wieder einpackte.

»Nein. Bist du fertig?«, fragte Sophie.

Jonas nickte. »Soll ich Abendbrot machen?«

»Lass mal. Heute bin ich dran!«

»Und deine Schularbeiten?«, fragte Jonas.

»Mach ich später, wenn du im Bett bist.«

Sophie stand auf und ging in die Küche. Sie dachte wieder an Omids süßes Lächeln, an seine Grübchen und daran, wie er sie angesehen hatte, nachdem sie ihn hatte stehen lassen. Er hatte so hilflos gewirkt.

Mist, ärgerte sie sich über ihre Gedanken. Sophie wollte nicht zu diesen dämlichen Mädchen gehören, die giggelten, sobald ihr Schwarm den Klassenraum betrat. Außerdem gehörte Omid zu dieser blöden Gang, mit der sie auf gar keinen Fall etwas zu tun haben wollte. Mit einem lauten Scheppern schleuderte Sophie die Teller auf den Tisch. Omid sollte sich zum Teufel scheren! Was fiel ihm überhaupt ein, sich in ihren Gedanken breitzumachen?

Justin saß bereits auf dem Sofa im Loch, als Dave hereinkam. Schuldbewusst schaute der sich an der Tür um, versicherte sich, dass ihm niemand gefolgt war, und wies Justin an, vom Sofa aufzustehen. Hinterm Sofa hatten sie ein kleines Loch in die Wand geschlagen, das ihnen als Versteck diente. Manchmal bunkerte die Gang dort ein wenig Geld. Manchmal lag ein Päckchen Gras von Erkan drin, das er in kleinen Tütchen auf dem Schulhof vertickte. Dieses Mal wollte Dave das Versteck für etwas ganz Anderes nutzen.

Justin half seinem Freund dabei, das Sofa nach vorne zu schieben. Während Dave ein kleines Päckchen aus der Jacke zog, beugte sich Justin über das Sofa.

»Willste hier etwa deine Kohle bunkern?«, fragte Justin grinsend.

»Bin doch nicht doof!«

Dave sah noch einmal zur Tür. Vorsichtig öffnete er das Päckchen. Zum Vorschein kam eine Waffe.

»Die ist heiß, Mann. Die darf auf gar keinen Fall jemand finden!«, sagte Dave und sah erneut zur Tür.

»Auch die Jungs sollten davon besser nichts wissen. In zwei, drei Tagen schaffe ich das Ding wieder weg!«

»Scheiße, Alter, was meinst du mit *heiß*?«, fragte Justin, der sich unweigerlich ebenfalls zur Tür umdrehte.

»Was meinst du wohl?«, fragte Dave und packte die Pistole wieder in den dreckigen Lappen, den er zum Transport benutzt hatte.

»Du hast doch nicht ...?«

Mit großen Augen sah Dave zu Justin, blickte zur Tür und dann wieder zu seinem Freund.

»Ich nicht. Aber jemand von den anderen Typen, mit denen ich neulich das große Ding durchgezogen hab. Der glaubt, dass die Bullen ihn auf dem Kieker haben.«

Dave schob das Päckchen in die Mauer. Er seufzte.

»Niemand darf wissen, dass das Ding hier ist. Verstehst du? Niemand!«

Gemeinsam schoben sie das Sofa wieder zurück.

»Und wenn jemand an das Versteck will?«, fragte Justin leise.

»Erkan hat doch immer noch dieses dumme Handy und will es garantiert hierlassen!«

»Dann geht das eben nicht!«, sagte Dave laut. »Lass dir was einfallen! Du bist doch ein schlauer Junge.«

Dave tätschelte dabei Justins Wange. Justin hasste es, wenn Dave ihn wie einen kleinen Jungen behandelte. Schließlich war sein Freund nur ein paar Monate älter als er. Wütend stieß er Daves Hand zur Seite.

»Nur ein paar Tage!«, blaffte Justin ihn an. »Wenn das Ding heiß ist, will ich es nicht lange hier haben!«

Dave nickte. Beide schauten zur Tür.

»Ich muss wieder«, sagte der Ältere.

Daraufhin verschwand Dave ebenso schnell wieder in der Dunkelheit des Korridors, wie er wenigen Minuten zuvor aufgetaucht war.

Omid saß zwischen allen Stühlen. Zwischen Sophie und der Gang, zwischen seinem Vater und der Loyalität seinen Jungs gegenüber, zwischen dem Gefühl in seinem Herzen und dem, was ihm sein Kopf sagte. Alles zerrte an ihm. Und egal wofür er sich entschied, wenigstens eine Person würde jeweils darunter leiden.

Während des Abendessens saß er schweigend am Tisch und stocherte in dem leckeren Reis, den seine Mutter zubereitet hatte. Sein Vater fragte nicht, warum sein Sohn so still war, während seine Geschwister herumalberten, sondern sah Omid nur mit dem besorgten Blick an, den er in solchen Situationen immer aufsetzte. Er würde ihn darauf ansprechen, wenn sie alleine waren. Fragen, was los sei. Irgendwann. Aber niemals vor seiner Mutter oder seinen jüngeren Geschwistern.

Nach dem Essen ging Omid in sein Zimmer. Was sollte er seinem Vater sagen? Vielleicht, dass er unglücklich verliebt war? Sein Vater würde auf jeden Fall wissen wollen, in wen. Könnte er ihm dann sagen, dass es ein deutsches Mädchen war, das ihm sein Herz gestohlen hatte? Er würde seinen Vater wahrscheinlich enttäuschen. Aber ganz sicher war Omid sich nicht. Denn sein Vater hatte sich noch nicht mit ihm über das Thema Frauen unterhalten. Zumindest nicht so, wie Omid es sich gewünscht hätte.

Viel komplizierter sah die Sache mit der Gang aus. *Das* könnte Omid seinem Vater niemals erklären. Weil es diesbezüglich auch nichts schönzureden gab. Er, Omid, hatte von dem Einbruch im Bahnhofskiosk gewusst. Dafür gab es sogar einen Beweis. Er konnte sich also nicht herausreden, sollte die Polizei eines Tages vor ihrer Tür stehen. Omid hatte den Einbruch nicht verhindert. Wie hätte er das auch können? Er war doch nur ein Teenager. Hätte er seine Freunde verpfeifen sollen? Hätte man das von ihm erwartet? Sein Vater hätte es wahrscheinlich. Aber Omid hatte es nicht getan. Er hatte nicht so gehandelt, wie es ihm sein Vater beigebracht hatte. Dass man ehrlich bleiben sollte. Aber eigentlich war er doch ehrlich geblieben, ging es Omid durch den Kopf. Schließlich hatte er sich nicht am nächtlichen Einbruch beteiligt.

Die Gedanken kreisten in seinem Kopf, während er in seinem Zimmer auf und ab lief. »Aber du hast Freunde, die Einbrecher sind«, hörte Omid die Stimme des Vaters in seinem Kopf. Es war an der Zeit zu handeln. Er konnte sein Schweigen nicht länger als Loyalitätsbeweis vor sich selbst rechtfertigen. »Ich muss sie aufhalten«, sagte er schließlich laut. »Sie dürfen auf gar keinen Fall in Sophies Kiosk einbrechen.«

Dieses Mal erschien Omid nicht als Letzter im Loch. Dave fehlte noch. Justin saß bereits auf der Couch, eine Flasche Bier in der Hand. Erkan hockte neben ihm. Die Jüngsten der Clique saßen auf den beiden Sesseln gegenüber. Omid lehnte sich neben die Tür an die Wand. Von diesem Platz aus hatte er alle vier im Auge.

»Habt ihr schon was besprochen?«, wollte Omid wissen.

»Wir haben auf euch gewartet«, erklärte Justin.

»Warten wir also noch auf Dave?«, frage Omid, der sein Gewicht von einem Bein auf das andere verlagerte.

Justin zuckte als Antwort mit den Schultern

Erkan zog das Handy aus der Jackentasche und legte es für alle sichtbar auf den Tisch. Dann startete er die Datei, die alle Anwesenden mit dem Einbruch im Bahnhofskiosk in Verbindung brachte. Gebannt lauschten die Jugendlichen der Aufnahme. Als es wieder still im Loch war, begann Justin: »Wie ist der kleine Wichser an dieses Gespräch gekommen?«

»Keine Ahnung, aber wir haben uns in der Schule darüber unterhalten. Wahrscheinlich hat er dort irgendwo ein Mikro deponiert und uns abgehört«, erklärte Rico.

»Richtig!«, sagte Justin laut, stand auf und ging um den Tisch zu Omid. »Und wie konnte das passieren?«

»So ein kleines Mikro kann man locker unter irgendeine Bank kleben. Abhörgeschichten kann man doch easy im Netz bestellen«, sagte wieder Rico.

»Und das Geld für so ein Spielzeug hat er ja offensichtlich«, mischte sich Erkan ein und deutete dabei mit seinem Kopf auf das teure Handy.

»Warum hat er das getan? Ist das nicht auch eine interessante Frage?«, warf Omid in den Raum und sah dabei seine Freunde der Reihe nach an.

»Warum wohl? Weil der Mistkerl uns an die Eier will«, fauchte Justin Omid an. »Was glaubst du denn? Dass das nur ein wissenschaftliches Experiment eines Spinners war?«

»Und warum will er uns an die Eier?«

Diese Frage klang nach einem Vorwurf. Omid sah Justin an, bei dem der Subtext offensichtlich angekommen war. Rico und Milan hingegen hatten scheinbar keine Ahnung, worauf Omid hinauswollte.

»Na, weil wir ihn immer platt machen«, sagte Erkan grinsend. »Der will Rache!«

Omid nickte zustimmend.

»Meinst du etwa, dass wir an dem ganzen Mist hier selbst schuld sind?« Zornig sah Justin Omid an, der den Stein ins Rollen gebracht hatte. Omid musste vorsichtiger sein. Er wollte sich nicht mit Justin anlegen. Zumindest nicht, bevor sie nicht die Sache mit dem nächsten Kioskeinbruch geklärt hatten.

»Es geht doch nur um dieses verfluchte Handy!«, versuchte Omid einzulenken. »Wir löschen die Datei, geben Dennis das Teil zurück und machen ihm klar, dass er uns nicht verarschen soll.«

Augenblicklich brach ein Donnerwetter auf Omid ein.

»Warum das Handy zurückgeben?«, hörte er aus Erkans Ecke. »Für seine Tat auch noch belohnen«, vernahm Omid aus Justins Richtung.

Milan und Rico saßen schweigend in ihren Sesseln. Die Irritation war beiden anzusehen, während sie schulterzuckend Blicke austauschten.

»Ruhe jetzt!«, befahl Dave, der wie aus dem Nichts am Eingang aufgetaucht war. »Was ist denn hier los?«

»Omid will das Handy zurückgeben«, blaffte Erkan als Erster.

»Und was soll der Scheiß?«, fragte Dave. »Vertickt das Ding und macht euch 'nen schönen Tag mit dem Geld.«

»Wieso verticken? Das ist meins! Das geb ich nicht wieder her!« Erkan stand vom Sofa auf, nahm das Handy und steckte es in seine Tasche.

»Und wenn sie dich damit erwischen?«, fragte Milan.

»Dann versteck ich es erst mal hier. In unserem Versteck finden sie es nie!«

Gleichzeitig sahen sich Dave und Justin an. Das Versteck!

»Super. Dann bist du stolzer Besitzer eines Handys, das du nicht benutzen kannst. Und was soll das?«, wandte Omid ein.

»Außerdem will ich das Ding nicht hier haben. Wenn die Bullen das finden, bin ich dran. Schließlich ist das der Keller meiner Mutter!«, sagte Justin und ließ Dave dabei nicht aus den Augen. Der nickte zustimmend.

»Wieso? Wir haben hier doch immer alles versteckt. Selbst mein Hasch. Und du hattest nie Schiss davor, dass die Bullen herkommen.« Erkan sah Justin herausfordernd an.

»Beim Handy ist das was anderes. Dein Handy kann geortet werden. Vor allem, wenn du damit ständig herumdaddelst.«

Fast zeitgleich richteten sich alle Augen auf Omid.

»Klar. Jedes Handy kann gefunden werden, sobald man es anmacht. Und die neuen erst recht«, erklärte er seinen Freunden.

»Siehst du!«, sagte Justin laut. »Darauf hab ich keinen Bock! Du nimmst das Ding wieder mit. Ende Gelände!«

»Aber wenn es aus is'?«, fragend sah Erkan zu Omid rüber.

»Dann dürfte eigentlich nichts ...«

»Ich will es nicht hier haben. Vertick es, verschenk es oder gib es dem Blödmann zurück. Das is' mir egal«, sagte Justin entschlossen, während er sich wieder auf das Sofa fallen ließ. Erkan setzte sich schweigend daneben.

»Und was machen wir jetzt mit Dennis?« Omid war froh, dass Rico es war, der diese Frage stellte.

»Morgen, auf dem Weg zur Schule, stellen wir ihn«, sagte Justin.

»Er nimmt immer den kleinen Weg hinterm Supermarkt«, erklärte Erkan. »Da hab ich ihn auch abgepasst, als ich ihm das Ding hier abgenommen habe.«

»Und dann?«, fragte Omid, der schon ahnte, dass es für Dennis nicht gut ausgehen würde. »Gebt ihr ihm sein Handy zurück?«

»Das ist nicht seins, Digger. Das ist meins! Der sieht das Teil nie wieder!«

»Du solltest es verscheuern. Ich kenn da einen Typen, der kauft alles. Unten an der S-Bahn steht der immer«, erklärte Dave. »Den wollte ich euch auch wegen der Kippen vorstellen. Der nimmt die uns alle auf einmal ab. Hab schon mit ihm gequatscht.«

Justin nickte. Erkan grummelte: »Ich denk drüber nach.«

»Und Dennis?«, fragte Omid erneut.

»Der ist morgen fällig. Schließlich haben wir seinetwegen den ganzen Stress hier!«

FREITAG

Dennis stand vor dem Polizeiaushang am Bahnhofskiosk und las die Zeilen mittlerweile zum dritten Mal. Der Verkäufer hinter dem Tresen sortierte die Zeitungen ein.

»Und?«, fragte der Kioskverkäufer. Mit seinem Kopf zeigte er zum Aushang. »Hast du was gesehen?«

»Nee«, antwortete Dennis. Dabei griff er zu einer Packung Kaugummi und legte das abgezählte Kleingeld auf den Tresen. »Das war ja nachts. Da schlafe ich doch. Bin schließlich Schüler.«

Der Verkäufer lächelte Dennis an. »Hätte ja sein können.«

»Zahlt wenigstens Ihre Versicherung?«, fragte der Junge.

»Versicherung? Die haben mich schon nach dem vorletzten Einbruch rausgeworfen. Bahnhofskioske sind ein zu großes Risiko, sagen die. Bei mir wurde schon sechsmal eingebrochen.«

Dennis seufzte. »Tut mir leid!«

»Kannst ja nichts dafür, Kleiner!«

Wenn der wüsste, dachte Dennis und schob dabei seine Hand in die Jackentasche. Mit starren Fingern griff er nach dem USB-Stick. Wenn der wüsste!

Kaugummikauend schlenderte Dennis über den Platz der Siedlung. Er bog in den kleinen Weg zur Schule ein. In Gedanken spielte er noch einmal die unausweichliche Begegnung mit der Gang durch. Wie er sich verhalten wollte. Was er sagen würde. Aber ehe er das Szenario zu Ende gedacht hatte, standen schon die älteren drei Mitglieder der Black Amigos vor ihm. Hinter sich spürte er Milan und Rico, die ihn langsam, aber bestimmt nach vorne drängten. Dennis' Atem wurde schwer.

»Da ist ja der kleine Wichser«, begann Justin.

Wie so oft hatte er sein fieses Lächeln aufgesetzt, das er immer dann zeigte, wenn er einem anderen, und dabei handelte es sich oft um Dennis, Schmerzen zufügen wollte.

»Du bist wohl lebensmüde, oder was?«, dabei hielt Erkan das Handy nach oben. Auf dem Display war groß das Icon des MP3-Players zu erkennen. Sie waren also doch nicht so doof, wie Dennis gehofft hatte. Sie hatten die Datei gefunden. Erkan und Justin kamen näher. Omid hielt sich ein wenig im Hintergrund.

»Was sollen wir jetzt mit dir anstellen?«, fragte Justin. »Was glaubst du, mit wem du es hier zu tun hast?«

In Justins Augen funkelte Zorn. Es war nur eine Frage der Zeit, bis sein Erzfeind zuschlagen würde. In diesem Moment hatte Dennis all seine durchgespielten Reaktionen auf dieses Szenario vergessen. Stattdessen rauschte es in seinem Kopf. Panik machte sich in ihm breit.

»Es ist nicht so, wie du denkst«, stotterte Dennis, der seine Arme schon abwehrend vor seinen Oberkörper hielt.

»Ach nein? Was soll man denn sonst denken? Du willst uns verpfeifen, du Arsch.«

»Wenn ich euch verpfeifen wollte, hätte ich es schon längst getan«, stammelte Dennis.

»Womit denn?«, fragte Erkan. »Mit dem hier?«, dabei hielt er das geklaute Handy in die Höhe.

»Nein, mit dem hier!« Dennis zog seinen USB-Stick aus der Jackentasche. »Hier ist die Datei noch einmal drauf. Ich hab sie auf meinem Computer zu Hause und noch auf diverse CDs gebrannt. Ja, ich könnte euch verpfeifen.«

Dennis sah Justin direkt in die Augen. Der wiederum betrachtete ungläubig den Stick in Dennis' Hand.

»Du bist ja so was von tot!«, brüllte Justin nach wenigen Sekunden. Er hob die rechte Faust zum Schlag, doch Omid griff nach ihr, bevor sie auf Dennis niederschießen konnte.

»Lass mich! Ich bring den kleinen Wichser um!«

Blinde Wut spiegelte sich in Justins Augen. Nur mit großer Mühe brachte Omid den einen Kopf kleineren Justin davon ab, Dennis die Faust ins Gesicht zu schmettern. Er schob Justin einige Meter nach hinten. Doch ehe sich das Gefühl von Sicherheit in Dennis ausbreiten konnte, baute sich Omid vor dem Jungen auf.

»Was willst du?«, fragte Omid.

»Mein Handy. Für den Anfang!«, sagte Dennis ein wenig zu selbstbewusst.

»Niemals! Kauf dir doch ein Neues«, fauchte Erkan von hinten.

»Ich glaube nicht, dass du es zurückbekommst«, sagte Omid zu Dennis. Obwohl er eigentlich auf der Seite des Unterlegenen war, spürte er, wie das Beweismittel in dessen Hand ihm Angst machte. Omid hasste es, Angst zu haben. Auf gar keinen Fall durfte das alles rauskommen. Niemals durfte Sophie davon erfahren.

»Du solltest vorsichtig sein«, sagte er deshalb zu Dennis. »Wenn die Datei bei der Polizei landet oder beim Direx, killt er dich!« Dabei deutete Omid mit seinem Kopf auf Justin, der mit funkelnden Augen ein paar Meter entfernt von Erkan und den beiden anderen Jungen zurückgehalten wurde.

»Ich würde also an deiner Stelle keine Dummheiten machen! Das nächste Mal bin ich vielleicht nicht dabei …«, sagte Omid mit Nachdruck und drehte sich dann zum Weggehen um. Seine Freunde folgten ihm.

»Und mein Handy?«, schrie Dennis der Gang hinterher.

Ohne sich umzudrehen, zeigte Erkan Dennis den Mittelfinger.

Sophies Vater schloss den Kiosk auf. Direkt vor dem Eingang stapelte sich wie jeden Morgen die Post. Meist war es ein Berg aus Rechnungen und Mahnungen. Heute befand sich auch ein unfrankierter Umschlag in der Mitte des Papierberges. Es stand weder eine Adresse noch ein Absender darauf.

Mit den Briefen in der Hand trat der Kioskbesitzer an den Tresen und legte den großen Teil der Post ab. Interessiert schaute er sich den braunen Umschlag an, der noch nicht einmal zugeklebt war. Er zog ein weißes Stück Papier daraus hervor. Offensichtlich war die

Nachricht mit einem Computer geschrieben worden: »Passen sie auf ihren kiosk auf. Der einbruch am bahnhof war nur der erste. Ihrer könnte der nächste sein. Ein freund«

Erneut las Sophies Vater die Zeilen. Dann griff er zum Telefon und wählte die Nummer der Polizei.

Die erste Schulstunde hatte schon begonnen. Dennis schlurfte durch die menschenleeren Korridore der Schule. Er hatte keine Lust, in den Unterricht zu gehen. Es reichte, wenn er zur zweiten Stunde erschien.

Sie hatten es also herausgefunden. Sie wussten, dass er sie belauscht hatte. Aber er hatte das Schlimmste hinter sich: das erste Aufeinandertreffen mit der Gang. Sie wussten jetzt, dass er eine Kopie des Gesprächs hatte. Dennis hatte sich die Konsequenzen viel brutaler vorgestellt. Zum Glück war Omid dazwischengegangen und hatte Justin von seinem scheinbar natürlichen Drang, Dennis töten zu wollen, abgehalten.

Aber was sollte er jetzt tun? Den Direx konnte er vergessen. Vielleicht konnte er doch mit seinen Eltern reden? Aber die würden dann zur Polizei gehen, um Erkan und die anderen Jungen aus der Gang anzuzeigen. Was dann mit ihm geschehen würde, hatte ihm Omid unmissverständlich klar gemacht. Sie würden ihn killen. Omid hatte damit sicher nicht übertrieben. Wahrscheinlich würden sie ihn langsam und qualvoll sterben lassen. Das würde er zumindest machen, wenn er an ihrer Stelle wäre.

Obwohl er sie aufgrund seiner Aufnahme in der Hand hatte, konnte er nichts tun. Sein Handy konnte er auch abschreiben. Erkan gab es ihm garantiert nicht zurück. Dennis musste also ein anderes Handy beschaffen. Schnell, da sein Vater sich sicher nicht mehr sehr lange davon abhalten ließ, einen Blick auf sein neues Spielzeug zu werfen. Glücklicherweise besuchte sein Vater am

Wochenende einen alten Schulfreund in einer anderen Stadt. So hatte Dennis ein wenig Zeit gewonnen.

Doch wie sollte er an ein neues Smartphone gelangen? Das war die Frage, die ihn seit seiner Begegnung mit der Gang quälte. Wie sollte er nur so schnell an so viel Geld herankommen?

Frau Schnitzler tauchte wie aus dem Nichts neben ihm auf.

»Hast du jetzt keinen Unterricht?«, fragte sie ihren Schüler.

»Ich bin zu spät und wollte nicht stören.«

»Na, das ist mal eine rücksichtsvolle Ausrede.« Frau Schnitzler kannte alle Entschuldigungen, wenn ihre Schüler zu spät im Unterricht erschienen. Auf dem Flur zu warten, um die anderen Schüler nicht beim Unterricht zu stören, das war neu.

»Komm mal mit«, forderte sie Dennis auf. Gemeinsam gingen sie in einen leer stehenden Klassenraum. Frau Schnitzler setzte sich an einen Tisch.

»Setz dich.«

Dennis folgte ihrer Anweisung und nahm neben ihr Platz.

»Hast du darüber nachgedacht?«, fragte sie mit leiser Stimme.

Der Junge starrte auf seine Hände, die er vor sich auf den Tisch gelegt hatte.

»Worüber?«

»Das weißt du doch. Dein Handy.«

Dennis sagte nichts darauf. Doch Frau Schnitzler gab nicht auf.

»Wir können dir nicht helfen, wenn du uns nicht erzählst, was Justin getan hat.«

»Es war doch gar nicht Justin«, sagte Dennis und bereute es sogleich wieder.

»Aber es war doch jemand aus Justins Clique, oder etwa nicht? War es Dave? Oder Erkan?«

Dennis zuckte bei diesem Namen zusammen.

»Erkan also«, stellte Frau Schnitzler fest.

»Das hab ich nicht gesagt«, protestierte der Schüler.

»Keine Angst, Dennis. Solange du nicht offiziell Anzeige erstattest, bleiben mir die Hände gebunden.«

Der Schulgong erlöste Dennis. Kurz darauf war der Korridor voll mit grölenden Kindern und tuschelnden Teenagern. Dennis stand auf.

»Ich muss in die Klasse«, verabschiedete er sich von der Lehrerin.

»Wenn du jemanden zum Reden brauchst, weißt du, wo du mich findest«, sagte Frau Schnitzler zum Abschluss.

Dennis nickte und eilte davon.

Ein Polizeiwagen stand vor dem Kiosk, als Sophie über den Platz schlenderte, um ihre Schicht zu beginnen. Schnell rannte sie zu ihrem Vater hinüber, der sich gerade von einem Polizeibeamten verabschiedete.

»Wir werden die Sache auf jeden Fall verfolgen. Melden Sie sich bei uns, wenn Sie noch etwas von Ihrem vermeintlichen Freund hören!«

»Glauben Sie wirklich, dass ein Jugendlicher den Brief geschrieben hat?«

»Na ja, alles klein geschrieben, wie in einer SMS. Ich würde auf einen Jugendlichen tippen. Machen Sie sich keine Gedanken. Wir kümmern uns darum.«

Der Polizist nickte Sophie beim Hinausgehen zu. Dann war sie mit ihrem Vater allein im Laden.

»Was ist passiert?«

»Nichts. Zumindest noch nichts. Ich habe heute Morgen einen Zettel in unserem Briefkasten gefunden. Darauf stand, dass unser Kiosk vielleicht als nächster ausgeräumt wird.«

Verständnislos sah Sophie ihren Vater an. Während er die Tageszeitung geraderückte, fuhr er fort. »Weißt du nicht, dass sie vor ein paar Tagen in den Bahnhofskiosk eingestiegen sind? Nachts, so wie immer.«

»Schon wieder?«, Sophies Stimme war kaum noch ein Flüstern.

»Ja, der Arme. Wir hatten bis jetzt echt Glück. Aber der Brief ...«, der Vater hielt inne. Er sah zu seiner Tochter rüber, die wie starr im Eingang stehen geblieben war. Er ging zu ihr hinüber, nahm sie in den Arm und fuhr fort:»Vielleicht bedeutet der Brief auch nichts. Vielleicht hat sich ein Witzbold nur einen dämlichen Scherz erlaubt.«

»Und wenn nicht?«, fragte Sophie leise.

Ihr Vater schob sie ein Stück zurück. Er sah sie an. Seine Tochter war viel zu jung, um sich über solche Dinge Sorgen zu machen.

»Dann sind wir versichert, Sophie. Das wäre nur Geld. Solange uns nichts passiert ...« Schon wieder unterbrach er sich dabei, seine Gedanken laut zu äußern. Seit dem Tod seiner Frau fürchtete er nichts mehr, als dass einem seiner Kinder etwas passieren könnte. Er wollte sich einfach nicht vorstellen, noch jemanden aus seiner Familie zu verlieren. Schweigend nahm er seine Tochter ein zweites Mal in den Arm.

»Aisha?«, rief die Mutter, als Omid gerade durch die Haustür trat.

»Nein, ich bin's«, antwortete der Sohn.

Er legte seine Schultasche in seinem Zimmer ab und ging dann zu seiner Mutter in die Küche, die wie jeden Mittag das Essen vorbereitete. Freitags gab sie sich immer besondere Mühe. Omid gab ihr einen Kuss auf die Wange, ehe er sich über den Herd lehnte und seine Mutter für ihre Kochkünste lobte.

»Bei dir schmeckt es einfach am besten.«

Mit ihrem sanften Lächeln bedankte sich die Mutter. Doch dann verhärtete sich ihr Gesicht.

»Hast du deine Schwester gesehen?«

Omid schüttelte den Kopf.

»Ist sie noch nicht aus der Schule gekommen?«

»Doch. Sie war schon da. Sie sollte noch Brot kaufen gehen«, erklärte die Mutter, während sie das Essen mit herrlich duftenden Gewürzen abschmeckte.

»Warum rufst du sie nicht an? Du hast doch auch ein Handy«, fragte der Sohn.

»Du weißt doch, dass ich damit nicht so gut zurechtkomme.« Sie tätschelte ihrem Sohn die Wange. »Dein Vater kommt bald von der Arbeit ...« Mehr musste sie nicht sagen. Omid nickte widerwillig. Er zog sich die Jacke an und wählte bereits beim Verlassen der Wohnung die Nummer seiner Schwester. Er ahnte, wo Aisha sich aufhielt.

Laute Musik dröhnte aus den Lautsprechern. Die beiden Mädchen lagen auf dem Bett, mit den Köpfen in eine Jugendzeitschrift vertieft. Die Aufklärungsseiten waren in ihrem Alter der spannendste Teil dieses Blattes. Kichernd lasen sie den Artikel.

»Deine Eltern lassen dich solche Hefte kaufen?« Aisha hatte noch nie zuvor das Jugendmagazin gelesen. Sie hatte zwar schon andere Mädchen in ihrer Klasse mit diesen Heften gesehen, aber nie selbst einen Blick hineingeworfen.

»Warum nicht?«, fragte Melanie verwundert.

»Weil es ...«, Aisha suchte nach Worten. »Es geht um Sex!«

»Natürlich! Aber nicht nur. Da gibt es auch viele andere Artikel drin. Interviews, Schminktipps und so weiter. Was ist so schlimm daran?«

Melanie kannte das Jugendmagazin schon mehrere Jahre. Sie konnte nichts daran finden. Schließlich beinhaltete jedes Heft nur wenige Seiten zum Thema Aufklärung. Letztendlich musste eine junge Frau ja irgendwann herausfinden, wie die ganze Sache mit dem Sex so ging. Der sogenannte Aufklärungsunterricht in Biologie war nur eine peinliche Darstellung von Körperteilen, hatte aber nichts mit den richtig interessanten Sachen zu tun. Ein Kondom über eine Banane zu ziehen, war alles andere als aufklärend. Vor allem dann, wenn alle Klassenkameraden dabei zusahen, wie ungeschickt man sich anstellte. Auch Mels Eltern waren nicht besonders hilfreich. Als sie das erste Mal ihre Periode bekommen hatte, hatte ihre Mutter ihr je eine Packung Tampons und Binden hingestellt.

»Musst selber sehen, was dir passt«, war der Kommentar dazu gewesen. Auf die Frage, warum sie blutete, erfuhr sie lediglich, dass das jetzt so sei. »Frauen haben das halt. Es kommt jeden Monat, tut höllisch weh und wenn du Pech hast, wirst du schwanger. Also Finger weg von den Jungs!«

So hatte das Gespräch mit ihrer Mutter zu diesem Thema ausgesehen. Da ihre Mutter wohl ahnte, dass dies nicht reichen würde, kaufte sie ihr fortan diese Zeitung, mit der auch sie sich bereits in ihrer Jugend aufgeklärt hatte. Melanie war also bestens informiert und ihrer Freundin Aisha damit um Längen voraus.

»Hast du schon mal?«, wollte Mel plötzlich wissen.

»Was? Geküsst? Wen denn?«, fragte Aisha entrüstet.

»Dein Bruder hat doch ganz süße Freunde.«

»Süße Freunde?« Aisha überlegte, wen aus der Gang ihres Bruders Melanie süß finden konnte.

»Na, Justin ist doch ganz niedlich. Findest du nicht?«

Melanie drehte sich auf den Rücken und sah verträumt an ihre Zimmerdecke.

»Also, mit dem würde ich schon ganz gerne mal rumknutschen«, schwärmte Mel.

Aishas Telefon klingelte. Keine Sekunde zu spät, wie sie fand.

»Wo steckst du schon wieder?«, fragte Omid ohne Begrüßung.

»Ich war nur kurz bei Melanie.«

»Hast du das Brot schon gekauft?«

»Nein, aber das kaufe ich sofort. Bin gleich da.«

»Ich kauf das Brot. Wir treffen uns dann vor dem Supermarkt. In fünf Minuten!«, befahl Omid und legte auf.

»Ich muss los«, sagte Aisha knapp. Dabei sprang sie vom Bett, schnappte sich ihre Jacke und rannte zur Tür.

»Bis Montag dann«, verabschiedete sich ihre Freundin, die auf dem Bett liegen geblieben war und weiter die Decke anlächelte.

»Wegen Betriebsversammlung ab 15 Uhr geschlossen!«, stand auf dem Schild vor dem Supermarkt. Kein Wunder, dass vor dem Kiosk so ein großer Andrang ist, dachte Omid. Auch er würde sich dort anstellen müssen, um sein Brot zu kaufen.

Er hasste seine Schwester dafür, dass er Sophie unter die Augen treten musste. Jetzt schämte er sich dafür, wie er heute Morgen mit Dennis gesprochen hatte. Natürlich war er sauer auf ihn gewesen. Schließlich hatte Dennis mit der Aufnahme auf dem USB-Stick nicht nur Erkan und Justin in der Hand, sondern auch ihn. Bisher hatte er seine Wut allerdings noch nie an jemand anderem ausgelassen, vor allem niemals an einem Jüngeren.

Vielleicht war dies wenigstens eine Chance, um mit Sophie zu reden. Er wollte ihr erklären, warum das mit dem Handy so schiefgelaufen war. Natürlich hoffte Omid insgeheim, dass Erkan seine Meinung ändern würde. Nicht, damit Dennis sein Handy zurückerhielt, das war ihm eigentlich egal. Aber er wollte nicht, dass Sophie ihn weiterhin ignorierte. Sie sollte wieder mit ihm sprechen, ihm ihr Lächeln schenken und vielleicht sogar irgendwann einmal etwas mit ihm unternehmen.

Hinterm Tresen standen Sophie und ihr Vater. Sie bedienten ihre Kunden zeitgleich. Der Vater die Leute, die sich draußen ans Verkaufsfenster anstellten. Sophie die Kunden, die in den Kiosk kamen. Durch das Fenster sah Omid, dass Sophie gerade mit einer älteren Dame beschäftigt war.

»Zwei Flaschen Selter, ein Brot, eine Dose Linsensuppe«, las Sophie von einem Zettel vor. »Das ist dann alles, Frau Brunner.«

Die ältere Dame lächelte.

»Ihre Tochter ist immer so zuvorkommend. Es ist schön, dass es in dieser Gegend auch noch ein paar gut erzogene Kinder gibt.«

Frau Brunner reichte Sophie wie gewohnt ihr Portemonnaie.

Der Vater antwortete:»Man tut, was man kann. Aber letztendlich entscheiden die Kinder selbst, was sie mit ihrem Leben anstellen. Ich habe einfach Glück mit meinen beiden.«

Der Vater lächelte stolz. Mit Recht, wie Omid fand. Der Mann vor ihm in der Reihe hatte zwei Dosen Bier und eine Schachtel Zigaretten in der Hand. Er zahlte und ging.

»Ein Brot bitte«, sagte Omid.

»Hallo«, begrüßte ihn der Vater.»Sophie, guck mal, ein Schulfreund von dir.«

Sie sah kurz zu ihnen hinüber, nickte kühl, wandte sich dann aber wieder ihrer Kundin zu.

»Schon wieder, Frau Brunner. Sie sollen doch nicht immer mit ihrem ganzen Geld einkaufen gehen.«

»Man hört doch so viel von Einbrüchen in letzter Zeit«, rechtfertigte sich die Dame.»Und den Banken traue ich auch nicht. Ich heb lieber meine Rente auf einmal ab.«

Omid zahlte, nahm das Brot und wollte sich noch von Sophie verabschieden, die ihn aber keines Blickes würdigte.»Tschüss«, murmelte er stattdessen leise und nickte dabei dem Vater zu. Der lächelte nur still zurück und betrachtete danach seine Tochter kurz von der Seite. Manchmal erinnerte Sophie ihn sehr an seine verstorbene Frau. Die hatte ihn auch lange Zeit zappeln lassen, bis sie endlich mit ihm ausgegangen war. Auch wenn die Erinnerung schmerzte, musste er bei dem Gedanken an die Anfänge ihrer Liebesbeziehung lächeln. Jung und unbekümmert waren sie gewesen. So wie seine Tochter und ihr Schulfreund heute.

»Was darf es sein?«, wandte er sich dem nächsten Kunden zu.

Sophie hatte unterdessen das Geld herausgenommen und das entsprechende Wechselgeld zurückgelegt. Sie gab der Kundin die

Geldbörse zurück und verabschiedete sich mit den Worten: »Passen Sie bloß darauf auf.«

Als sie sich zum Verkaufsfenster umdrehte, war Omid bereits weg. Stattdessen stand Dennis da, der gerade einen Kaugummi kaufte.

»Hi Sophie«, begrüßte Dennis sie lächelnd.

»Ist sie das?«, fragte Aisha, als Omid zu seiner Schwester stieß, die wie verabredet vor dem Supermarkt wartete.

»Wer? Was?«, fragte er genervt.

»Der Grund für deine Stimmungsschwankungen«, dabei zeigte Aisha in Richtung Kiosk. Omid drückte ihren Arm nach unten.

»Blödsinn! Sie geht auf unsere Schule. In meine Parallelklasse. Das weißt du doch.«

Er warf einen Blick in Richtung Kiosk.

»Hier. Geh schon mal vor", sagte er und gab seiner Schwester das Brot. „Ich muss schnell noch was klären. Bin in zehn Minuten zu Hause. Und wehe, du gehst wieder zu deiner Freundin!«

Aisha schüttelte den Kopf. Mit Sicherheit wollte sie im Augenblick mit ihrer Freundin nicht das Gespräch über Sex fortsetzen.

Dennis schlenderte die Straße entlang. Wie immer formte er mit seinem Kaugummi große Blasen. Ein Zeitvertreib, den Omid nicht nachvollziehen konnte. Er trabte hinter Dennis her und holte ihn noch vor dem kleinen Weg in Richtung ihrer Schule ein. Er wollte ihn nicht an derselben Stelle ansprechen, an der sie am frühen Morgen aufeinandergetroffen waren. Omid dachte nur ungern an diese Begegnung zurück. Wie musste sich erst Dennis bei der Erinnerung daran fühlen?

»Dennis, warte mal«, rief Omid deshalb aus einiger Entfernung.

Aufgeschreckt sah Dennis hinter sich. Automatisch wich er einige Meter weiter zurück.

»Ich tu dir nichts«, sagte Omid und blieb sofort stehen, um seine Absichten zu bekräftigen. »Ich will wirklich nur reden.«

Dennis sah sich um. Auf dem kleinen Weg vor ihnen war nur die ältere Dame vom Kiosk, die ihre schweren Einkäufe nach Hause schleppte.

»Was willst du?«

»Es tut mir leid. Das von heute Morgen meine ich. Ich wollte dir nichts tun. Aber die Jungs hätten dich vermöbelt, das weißt du.«

Dennis nickte. »Und du nicht?«

»Ich hab dich noch nie geschlagen.«

Omid sah zu Dennis.

»Was willst du dann? Die Datei? Das ist meine Lebensversicherung. Das weißt du. Die kriegt ihr nicht. Ich will mein Handy zurück!«

»Erkan wird das Handy nicht wieder rausrücken. Tut mir echt leid«, sagte Omid mit ehrlichem Bedauern.

»Was willst du dann von mir?«, fragte der verunsicherte Junge.

»Geh nicht zur Polizei. Das ist besser für dich.« Und auch für mich, dachte Omid. »Ich hatte nichts mit dem Überfall zu tun.«

Dennis sah Omid an. Er fühlte sich jetzt sicherer. Sein Gegenüber wollte ihm wirklich nichts tun. Omid hatte Angst. Angst davor, durch die Aufnahme in den Einbruch verwickelt zu werden.

»Was geht das mich an? Du gehörst zu Justins Gang. Von mir aus kann die Polizei euch alle gemeinsam einsperren.«

Dennis drehte sich um und nahm seinen Weg wieder auf. Immer schneller wurden seine Schritte. Er konnte nicht hören, ob jemand hinter ihm herlief. Mit einem hastigen Blick über seine Schulter vergewisserte er sich, dass der ältere Junge ihm nicht folgte. Der kleine Weg hinter ihm war leer. Nur er und die ältere Dame schienen noch dort zu sein.

❖❖❖

Omid lief zurück über den Platz, am Kiosk vorbei, als wäre eine Meute Hunde hinter ihm her. Vielleicht konnte er Aisha noch einholen. Der Andrang am Kiosk hatte ein wenig nachgelassen, sodass Sophie nun auf der Holzbank vor dem Geschäft saß, die ihr Vater bei gutem Wetter herausstellte. Sie sah Omid hinterher. Der Vater folgte ihrem Blick und überlegte, wie er am besten das Gespräch eröffnen sollte.

»Er scheint nett zu sein.«

»Wer?«, fragte Sophie, während sich ihr Vater neben sie auf die Bank setzte.

»Komm schon.«

»Er ist ein Idiot!«, stellte Sophie fest und nahm einen Schluck aus ihrer Limonade.

»So schlimm?«, fragte der Vater lächelnd.

»Ich kenne ihn doch kaum. Ich weiß nur, dass er in der falschen Gang ist. Ich mag seine Freunde nicht.«

»Du musst ja nichts mit seinen Freunden zu tun haben. Falls du ihn magst, meine ich.«

Sophie hatte sich noch nie mit ihrem Vater über Jungs unterhalten. Das war ein Gespräch, das sie mit ihrer Mutter hätte führen sollen. Aber dazu war es nicht mehr gekommen. Jetzt bemühte sich ihr Vater um ein alternatives Mutter-Tochter-Gespräch. Das fand sie toll an ihm. Er wusste eigentlich immer, was sie brauchte.

»Du hast nichts dagegen?«, fragte die Tochter.

»Na ja, ein Vater hat immer etwas dagegen, wenn seine Tochter zur Frau wird. Aber es lässt sich ja nun mal nicht verhindern.«

»Nein, ich meine doch nicht das, sondern dass er ...«, Sophie stockte.

»Ein sympathischer junger Mann ist?« Er wusste, was seine Tochter eigentlich sagen wollte. Und er wusste auch, dass er sie anders erzogen hatte.

»Es ist mir egal, wo er herkommt. Solange er meine Tochter gern hat und mit Respekt behandelt. Das weißt du doch, oder?«

Sophie nickte.

»Er hat trotzdem die falschen Freunde. Seine Gang schlägt jüngere Mitschüler zusammen. Dennis haben sie sein Handy geklaut. Und vielleicht haben die auch was mit dem Kioskeinbruch zu tun. Zutrauen würde ich denen das«, erklärte Sophie verärgert.

»Deinem Freund auch? Er wirkt auf mich nicht wie ein Schläger oder Dieb.«

»Auf mich auch nicht. Aber er hängt mit diesen Jungs ab.« Sophie nahm noch einen Schluck aus der Flasche.

Ihr Vater dachte nach. Er ging in den Laden und kam mit einem Zettel zurück. Es war die Kopie des anonymen Briefes, den er heute Morgen in der Post gefunden hatte. Das Original hatte die Polizei mitgenommen. Er reichte die Kopie seiner Tochter. Im Hintergrund hörten sie die Sirene eines sich nähernden Streifenwagens.

»Wenn es seine Gang war, glaube ich nicht, dass er direkt etwas damit zu tun hat oder haben will. Oder wer sonst sollte unser unbekannter Freund sein?«

Sophie las die Zeilen mehrmals durch. Sie schüttelte den Kopf. »Warum sollte Omid uns warnen?«

Der Vater zog seine Tochter an die Schulter. »Sophie, meine Kleine, muss ich dir das wirklich erklären?«

Sie lächelte als Antwort.

Verschiedene Internetshops boten Dennis' geklautes Handy-modell zum Verkauf an. Das Problem war nur, dass man das Geld im Voraus überweisen musste. Dennis hatte kein Konto. Und er kannte auch niemanden mit einem Konto, der das Geld für ihn überweisen konnte.

Vielleicht könnte er das Handy Erkan einfach wieder abkaufen? Natürlich war das bescheuert, denn schließlich gehörte das Handy rechtmäßig ihm. Und wie er Erkan einschätzte, würde der das Geld kassieren, das Handy aber trotzdem behalten. Das war eine dämliche Idee. Aber irgendwie musste er an ein neues Handy kommen.

Dennis dachte angestrengt nach, während ein Krankenwagen mit Blaulicht und Sirene an seinem Fenster vorbeiraste.

Nach dem Mittagessen machte sich Omid auf den Weg ins Loch. Er hoffte, dort Justin zu treffen, um noch einmal in Ruhe mit ihm über die ganze Situation zu reden. Omid hatte Glück. Justin lag auf der Couch mit einem Bier in der Hand. Er starrte an die Decke. Wahrscheinlich dachte er über den ganzen Stress mit Dennis nach. Auch ihm ließ die Sache keine Ruhe.

»Hi Alter«, grüßte Omid seinen Freund.

»Was geht ab? Waren wir nicht erst für den Abend verabredet?«

Die Jungen vollzogen ihr übliches Begrüßungsritual und ließen sich dann nebeneinander auf dem Sofa nieder. Justin reichte seinem Kumpel die Flasche rüber.

»Zu früh für mich«, lehnte Omid ab.

»Kann es zu früh für Bier sein? Wenn es nach meiner Mutter geht, bestimmt nicht«, sagte Justin und nahm danach einen großen Schluck des lauwarmen Getränks. »Uns fehlt noch ein Kühlschrank.«

»Justin?«

»Hm?«

»Wenn Dennis zur Polizei geht, dann sind wir am Arsch.«

»Wieso *wir*?«, fragte Justin. »Du hast doch nichts mit dem Einbruch zu tun.«

»Aber ich wusste davon. Deshalb hänge ich da auch mit drin. Vor allem, Mann, wenn ihr jetzt noch einen zweiten Kiosk ausraubt. Dann bin ich doch garantiert wegen Mitwisserschaft dran.«

Justin sah seinen Kumpel an. Das war schon das zweite Bier, das er gerade trank. Er fand, dass die Welt mit ein wenig Alkohol im Blut gleich viel unkomplizierter aussah.

»Du machst dir zu viele Gedanken. Bist du sicher, dass du kein Bier willst?«

Justin trank den Rest der Flasche in einem Zug leer, ehe er sich zur Bierkiste beugte, um eine neue Flasche herauszuholen.

»Es ist genug für alle da!«

»Lass mal, Justin. Ich mein es ernst. Lasst wenigstens ein wenig Zeit vergehen, bis ihr wieder irgendwo einsteigt. Und dann macht es nicht direkt vor der Haustür«, appellierte Omid mit Nachdruck.

»Es geht um die Kleine, oder? Sophie?«

Justin grinste.

»Wenn du was erreichen willst im Leben, dann vergiss die Weiber.«

»Du sprichst, als hättest du jede Menge Erfahrungen mit Frauen, Digger«, sagte Omid, obwohl er es besser wusste.

»Hab ich Alter. Und ich sag dir eins: Die Weiber sind nur für das Eine gut. Sonst nerven die nur. Also vergiss Sophie und ihren scheiß Kiosk!«

Omid hasste es, wenn Justin betrunken war. Er konnte ihn nicht ausstehen, wenn er so verächtlich über alles sprach. Auch wenn sein Freund bisher ein beschissenes Leben gehabt hatte, musste er doch nicht alles Schöne schlecht machen. Schließlich war Omids Kindheit in Afghanistan auch kein Zuckerschlecken gewesen. Was wusste sein Kumpel schon von Frauen? Klar, dass die keine Lust auf so einen verkorksten Typen wie ihn hatten, der ständig nur Mist im Kopf hatte und Frauen als *Weiber* bezeichnete.

»Ich find das mit den Einbrüchen scheiße. Und dass ich Sophie mag, hat nichts damit zu tun. Sie ist einfach nur nett.«

Omid stand auf und ging. Justin blieb allein zurück. So wie immer, dachte Justin. Alle ließen ihn immer allein.

Es war bereits halb neun, als sich die Jungs auf dem Platz trafen. Erkan und Justin hatten drei große Taschen dabei. Dave nahm ihnen eine ab. Sophies Vater beobachtete die Jugendlichen, während er die unverkauften Zeitungen des Tages zusammenband, um sie für die Abholung am kommenden Morgen bereitzulegen.

»Die Kleinen kommen nicht.« Damit meinte Erkan die beiden jüngeren Freunde Milan und Rico. »Die müssen früh ins Bettchen.«

»Omid kommt auch nicht. Er hat mich heute Nachmittag angerufen. Er meinte, dass er auch am Wochenende nicht kann. Er muss wohl noch was für die Schule machen, so wie ich ihn verstanden habe. Und irgendwas war auch mit der Familie«, erklärte Dave.

Justin ahnte, dass dies nicht stimmte. »Schularbeiten? Dass ich nicht lache«, murmelte er deshalb.

»Lass ihn doch. Ist doch nicht schlecht, wenn er einen Abschluss macht. Nicht so wie wir Luschen.«

Dave schulterte eine der Reisetaschen. Dabei folgte er dem Blick Justins.

»Was denn? Lass uns erst einmal den Scheiß verticken, ehe du das nächste Ding planst.«

Justin nahm eine Zigarette in den Mund. Er hatte das Gefühl, dass Sophies Vater ihm aus dem Kiosk heraus direkt in die Augen sah. Sein Lid zuckte kurz. »Er weiß es«, sagte er dann.

»Wer weiß was?«, fragte Erkan irritiert.

Mit einer kurzen Kopfbewegung wies Justin in Richtung Kiosk.

»Sophies Vater. Er weiß, dass wir den Kiosk am Bahnhof ausgeraubt haben. Vielleicht ahnt er auch, dass seiner der nächste ist.«

Justin nickte bestätigend. Dann warf er sich ebenfalls eine Tasche über die Schulter und folgte Dave in die Nacht.

Erkan blieb stehen. Er sah zum Kiosk hinüber. Wie konnte der Mann darin wissen, dass ihre Gang den Kiosk am Bahnhof ausgeräumt hatte? Oder dass seiner als nächstes dran war? Verwirrt sah sich Erkan um. Dave und Justin waren weg. In einiger Entfernung entdeckte er ihre Silhouetten im Schatten einer Laterne. Erkan schnappte sich die letzte Tasche und lief seinen Freunden hinterher: »Ey, wartet Jungs!«

MONTAG

Am darauffolgenden Montag liefen Aisha und Omid schweigend nebeneinander her zur Schule. Die Geschwister hatten sich in den letzten Wochen nicht mehr viel zu sagen. Auch am Wochenende hatte ihr Bruder die meiste Zeit in seinem Zimmer verbracht. Omid machte sich viel zu viele Gedanken um die Machenschaften seiner Freunde. Für die Sorgen seiner Schwester hatte er kein Ohr mehr. Manchmal wünschte sich Aisha ihren alten Bruder zurück, der ihr zuhörte, sie ernst nahm und ihr immer half, wenn sie seinen Rat brauchte.

Aus dem Stimmengewirr um sie herum erkannte Omid Erkan, der hinter ihnen herlief und lautstark nach seinem Kumpel grölte: »Omid, warte mal!«

»Ich geh vor«, sagte Aisha, die davon ausging, dass ihr Bruder sie bei dem Gespräch mit seinem Freund nicht dabeihaben wollte.

»Okay«, sagte er und atmete dabei hörbar aus.

Einen Moment hielt Aisha inne, um ihn zu fragen, ob etwas los sei, aber dann war Erkan auch schon an ihrer Seite. Omid begrüßte ihn: »Na, Digger.«

Aisha nickte Erkan kurz zu und ging dann ein wenig schneller voran. Sie sah Mel nur wenige Meter vor sich. Auch wenn Aisha heute Morgen nicht nach Gesprächen über Jungs zumute war, wäre ein Gespräch mit ihrer Freundin doch wesentlich interessanter als die wenigen Themen, die sie in letzter Zeit mit ihrem Bruder teilte.

»Hi. Wie war dein Wochenende?«, fragte Erkan.

»So wie immer. Und bei euch? Alles geschafft, was ihr erledigen wolltet?«, fragte Omid.

»Aber so was von erledigt. Der Typ hat uns alles abgenommen. Für jeden sind zwei Scheine bei rumgekommen. Nicht schlecht für eine Nacht, oder?« Dabei knuffte Erkan seinen Freund mit dem Ellenbogen leicht in die Seite.

»Und du? Hast du deine Hausaufgaben auch schön gemacht?«
Natürlich interessierte sich Erkan nicht für das schulische
Engagement seines Freundes. Er wollte Omid nur ärgern, der sich
seiner Meinung nach für etwas Besseres hielt und meinte, als
Ausländer mit einem guten Abschluss könne er was erreichen.

»Ich hatte einfach keinen Bock auf Justin«, erklärte Omid.

Erkan sah seinen Freund an.

»Justin ist eine Sache. Aber du hast dich auch nicht bei mir
gemeldet ... Was soll das?«

»Du machst Justins Blödsinn immer mit. Und ich will mit eurem
Mist nichts zu tun haben.«

»Mist? Was denn? Zwei Hunderter sind doch kein Mist!«

»Die werden euch kriegen. Vielleicht wird euch Dennis nicht
verpfeifen. Aber ihr seid so dämlich, dass ihr in eurer direkten
Nachbarschaft einsteigt«, Omid schüttelte den Kopf. Sie verstanden
einfach nicht, was er ihnen sagen wollte. Sie wollten es nicht
verstehen. Für sie war das Ganze nur ein aufregendes Abenteuer.
Mehr nicht.

»Die kriegen uns nie. Dafür sind wir zu clever!«

»Das mit dem Handy war clever?« Omid blieb stehen. Er sah
seinen Freund an, der ebenfalls stehen geblieben war. Schulkinder
gingen an ihnen vorbei, einige grüßten. Omid wartete einen
Augenblick. Dann zog er seinen Freund zur Seite.

»Gib das Handy zurück. Dennis ist ein unberechenbares Risiko
für die Gang, das ist dir doch klar, oder? Wenn der das Teil nicht
wiederkriegt, verpfeift der euch. Was hat er schon zu verlieren? Ihr
schlagt ihn sowieso ständig zusammen.«

Erkan sah über Omids Schulter hinweg den Weg entlang.

»Ich will nicht. Außerdem bezieht der so viel Prügel, dass er
kapiert haben sollte, dass er nie wieder aufsteht, wenn er zu den
Bullen geht.«

Omid sah zu Boden und schüttelte den Kopf. Wusste sein Freund, was er da sagte? Oder hatte er den Text aus einem drittklassigen Krimi?

»Ihr macht ihn nicht kalt! Nicht wegen so einem Scheiß. Aber ihr landet im Jugendknast, wenn ihr so weitermacht. Von da aus könnt ihr dem Kleinen gar nichts!«

Erkan drehte sich um und setzte seinen Weg fort.

»Wegen so einem Diebstahl landet man nicht im Knast«, erklärte Erkan trotzig.

»Aber wegen mehrerer Einbrüche, Körperverletzung und diverser Diebstähle schon«, rief Omid ihm hinterher. Widerwillig folgte er seinem Freund.

Nach dem Gong zur großen Pause verschwanden Erkan und Justin schnell aus dem Klassenzimmer. Omid sah ihnen hinterher. Wahrscheinlich würde Erkan Justin von ihrem Gespräch am Morgen berichten. Es war nur eine Frage der Zeit, bis sie ihn aus der Gang schmeißen würden. Aber das war Omid mittlerweile egal. Der Teenager nahm seine Schultasche und machte sich auf den Weg in die Sporthalle. Er mochte Sport. Als er in Deutschland in die Schule gekommen war, war dies das einzige Fach gewesen, in dem er glänzen konnte. Alle anderen Fächer waren ihm durch die fehlenden Sprachkenntnisse zunächst viel schwerer gefallen. Im Sport dagegen war er schon immer der ungekrönte Champion der Klasse.

Auf dem Flur sah er in einiger Entfernung Sophie entgegenkommen. Er überlegte kurz, ob er sie grüßen sollte. Dabei riskierte er, wieder von ihr ignoriert zu werden. Er nahm daher allen Mut zusammen, ging auf sie zu und blieb direkt vor ihr stehen. Zu seiner Überraschung lächelte Sophie.

»Hi«, begrüßte sie Omid.

»Ich wusste nicht, ob du mit mir redest«, sagte er sofort. »Am Freitag warst du nicht besonders gut auf mich zu sprechen. Und auch im Kiosk, na ja, hast du mich links liegen lassen.«

Omid griff sich in den Nacken. Er war nervös. Was erwartete er von ihr? Schließlich kannten sie sich kaum.

»Ja, ich weiß. Und ein bisschen tut es mir auch leid.« Sophie sah zu Boden. Omid war ehrlich ihr gegenüber. Das schätzte sie an ihm. Sie war es ihm schuldig, ebenso offen zu ihm zu sein.

»Warum hängst du mit Justin und seinen Freunden rum? Das sind Schläger und Diebe. Du bist was Besseres als die!«

Wieder einmal musste er lächeln. Sie schaffte es immer wieder, dass er sich gut fühlte.

»Es ist nicht so einfach im Moment. Die Jungs haben ein paar Dummheiten gemacht und ich versuche, sie vom nächsten Mist abzuhalten.«

»Du meinst den Einbruch?«, fragte Sophie.

Mit aufgerissenen Augen sah er sie an: »Woher weißt du das?«

»Ich wusste es nicht. Aber ich hatte so ein Gefühl. Wenn man in einem Kiosk arbeitet, bekommt man viel mit von den Leuten aus der Umgebung.«

Omid nickte schweigend.

»Der Brief war von dir?«, fragte Sophie leise. Aber Omid brauchte nicht mehr zu antworten. Seine Augen verrieten das Dilemma, in dem er sich befand.

»Kannst du nicht ...«, begann Sophie wieder. Omid fiel ihr jedoch sofort ins Wort.

»Ich muss es ihnen ausreden. Das bin ich ihnen schuldig. Sie waren für mich da, als ich keine Freunde in Deutschland hatte. Justin und Dave. Auch Erkan hat mir damals zur Seite gestanden, als niemand etwas mit mir zu tun haben wollte.«

Der Pausengong ertönte. Sie sahen sich noch einmal an. Beide wussten, dass dies nicht ihre letzte Begegnung sein würde. Aber es würde nicht einfach werden, wieder einen ähnlich ruhigen Moment abzupassen, um ein weiteres Mal ein so ehrliches Gespräch miteinander führen zu können.

Der Junge hatte sich viele Gedanken darüber gemacht, wie er ein neues Smartphone beschaffen konnte. Nichts anderes schien derzeit noch Platz in seinem Kopf zu haben. Dennis hatte verschiedene Pläne ausgearbeitet. Sein bester war bereits gescheitert. Denn obwohl Dennis einen eindeutigen Beweis dafür besaß, dass Justins Gang den Kiosk am Bahnhof überfallen hatte, hatte Erkan ihm sein Telefon nicht zurückgegeben. Das er die Black Amigos mit diesem Beweis bei der Polizei anzeigen könnte, schien den Idioten vollkommen egal zu sein.

Am Freitag war ihm schließlich ein Zufall zu Hilfe gekommen, der ihn auf eine neue Idee brachte. Auf einmal wusste Dennis, wie sein Problem zu lösen war. Das ganze Wochenende hatte er gegrübelt, wie es weitergehen sollte. Heute konnte er endlich die Umsetzung seines Plans fortsetzen.

Sein nächster Schritt sah vor, Tim anzusprechen. Nach der vierten Stunde beschloss der Junge, dass der richtige Augenblick gekommen war. Sie hatten sonst so gut wie nichts miteinander zu tun, aber da Tim der Klassensprecher war, musste er für all seine Mitschüler ein offenes Ohr haben.

»Tim, hast du mal 'nen Moment?«

Tim stutzte. »Was gibt's?«

Dennis überlegte, wie er am besten beginnen sollte, damit sich Tim am Ende des Gesprächs nicht wieder über ihn lustig machte.

»Du hast doch neulich gesagt, dass du dir so ein Handy woanders besorgen würdest. Na ja, eben nicht aus 'nem normalen Geschäft«, begann Dennis.

»Ja, klar. Hat ja nicht jeder so viel Kohle, um es aus dem Fenster zu schmeißen«, dabei sortierte Tim seine Schulbücher auf dem Tisch. Er packte die Englischsachen der letzten Stunde in seinen

Rucksack und kramte das Mathebuch und das dazugehörige Arbeitsheft raus.

»Wieso?«, fragte er dann wenig interessiert.

»Ein Freund von mir möchte auch so ein Teil haben.«

»Du hast Freunde? Wen denn?« Tim grinste bei dieser Frage.

Das tat weh. Aber Tim lag nicht ganz falsch. Dennis hatte keine Freunde. Das spielte jetzt allerdings keine Rolle. Er musste dranbleiben, wenn er irgendwie an ein neues Handy kommen wollte.

»Den kennst du nicht. Der geht nicht auf unsere Schule. Aber ich hab ihm erzählt, dass du vielleicht jemanden kennst, der so eins besorgen kann.« Dennis stockte.

»Ich selbst nicht. Aber mein Bruder hat 'nen Kumpel, der kommt an alles ran. Du sagst ihm, was du brauchst, und er besorgt es dir.«

»Alles?«, fragte Dennis ungläubig.

»Alles!«

Tim beugte sich zu Dennis rüber und sprach im Flüsterton weiter: »Wenn du willst, besorgt er dir sogar 'ne Knarre.«

Dennis musste kurz nachdenken. Dann fragte er ebenfalls im Flüsterton: »Und wo finde ich den?«

»Jedenfalls nicht in einem Laden. Der zieht seine Deals unten an der S-Bahn-Unterführung ab. Er hängt da meist den ganzen Tag rum. Man kann ihn gar nicht übersehen, weil er immer so einen komischen Gangsterhut trägt.«

Dennis überlegte kurz. Wie sollte sein nächster Schritt aussehen? Tim riss ihn aus seinen Gedanken.

»Aber wenn du da hingehst, dann sag ihm ja nicht, dass ich dich geschickt hab! Ist das klar?«

»Ja, klar. Natürlich«, murmelte Dennis. Er drehte sich von Tim weg und steuerte auf seinen Platz zu. Das lief doch alles gar nicht so schlecht. Seine Probleme würden bald der Vergangenheit angehören.

✧✧✧

»Gut, dass ich Sie noch erwische.« Erkan erkannte sofort die Stimme seiner Lehrerin. »Herr Ozdemir, kommen Sie doch bitte kurz mit in mein Büro.«

Erkan verdrehte die Augen, folgte dann aber Frau Schnitzler in das Büro der Vertrauenslehrerin. Sie schloss die gläserne Tür hinter sich und wies auf den Stuhl auf der anderen Seite des Schreibtisches: »Setzen Sie sich doch!«

Erkan kannte diese Art Lehrer-Schüler-Gespräch schon. Wenn es ernst wurde, siezte die Lehrerin ihre Schüler. Im Unterricht sprach sie Erkan für gewöhnlich mit du an.

»Sie wissen, weshalb Sie hier sind?«, begann Frau Schnitzler.

Erkan zuckte mit den Schultern. Auch wenn er sich der Ernsthaftigkeit der Situation bewusst war, konnte er nicht anders und grinste.

Natürlich würde Erkan nicht so ohne Weiteres seinen Diebstahl eingestehen. Das wäre ein Wunder gewesen. Aber dass er so frech grinste, das wiederum konnte Frau Schnitzler so gar nicht leiden. Sie lehnte sich nach vorne und schob ihre Lesebrille bis an die Nasenspitze. Darüber hinweg sah sie Erkan in die Augen, ganz fest und ohne mit der Wimper zu zucken.

Erkan schluckte. Gut, dachte Frau Schnitzler. Vielleicht wurde ihm jetzt der Ernst der Lage bewusst.

»Es geht um das gestohlene Handy von Dennis«, begann sie erneut.

»Ich habe gar nichts ...«, fiel ihr Erkan ins Wort, aber Frau Schnitzler signalisierte mit erhobener Hand, dass nicht Erkan an der Reihe war, sondern sie jetzt redete.

»Es geht um das gestohlene Handy von Dennis. Bis jetzt hat er Sie nicht angezeigt. Ich weiß, dass Sie und Ihre Gang ihn eingeschüchtert haben.«

Jetzt beugte auch Erkan sich auf seinem Stuhl nach vorne. Er holte Luft, um sie erneut zu unterbrechen, aber die Lehrerin verschärfte ihren Blick. Erkan schwieg.

»Noch kann ich Sie deswegen nicht zur Rechenschaft ziehen. Aber ich bleibe am Ball. Ich gehe davon aus, dass Dennis in den nächsten Tagen sein Handy zurückerhält. Es sei denn, Ihnen ist nicht an einem Abschluss an unserer Schule gelegen.«

Sie machte eine Pause und ließ die Worte auf Erkan wirken. Er hatte verstanden, was sie damit sagen wollte, wusste jedoch nicht, ob sie ihre Drohung ernst meinte. Konnte sie das überhaupt, ihm seinen Abschluss vorenthalten? Er schwieg lieber.

»Sollte in den kommenden Wochen Dennis oder einem anderen unserer Schüler etwas geschehen, was irgendwie auch nur im Entferntesten mit Ihnen oder Ihren Freunden zu tun haben könnte, dann ziehe ich Sie dafür zur Verantwortung. Ich werde dafür sorgen, dass Ihre Eltern von Ihren Machenschaften erfahren. Ich werde dafür sorgen, dass Sie von unserer Schule fliegen. Und ich werde dafür sorgen, dass jede andere Schule, bei der Sie sich bewerben, von den Vorkommnissen und Ihren außerschulischen Aktivitäten erfährt.«

Beide sahen sich schweigend an. Frau Schnitzler setzte sich wieder aufrecht auf ihren Drehstuhl.

»Haben Sie alles verstanden, was ich gerade gesagt habe?«, fragte Frau Schnitzler mit eisiger Miene.

Erkan nickte.

»Dann können Sie jetzt gehen. Auf Wiedersehen.«

Erkan schob den Stuhl nach hinten. Wie benommen stand er auf. Durfte eine Lehrerin überhaupt so mit ihm reden? Sie hatte ihm gedroht. Er musste mit Justin reden. Und zwar schnell!

Sie hatte bereits mit ihrem Bruder zu Mittag gegessen. Fischstäbchen mit Kartoffelpüree, Jonas' Lieblingsessen. Danach hatte er, wie jeden Mittag, den Tisch abgeräumt und sich in sein Zimmer zurückgezogen. Meist setzte er sich dann an seinen Rechner und chattete mit Freunden. Irgendwann würde er sich seinen Schulaufgaben widmen. Das wusste Sophie. Deshalb fragte sie gar nicht mehr danach, wenn sie zu ihrer Schicht im Kiosk aufbrach.

Im Geschäft angekommen, stand ihr Vater hinterm Tresen und verabschiedete sich gerade von einem Kunden.

»Hallo, mein Schatz. Schon so früh hier?«

»Wieso früh?«, antwortete Sophie. »Wir haben schon drei.«

Herr Weber nickte. Die Zeit verflog, wenn er so viel zu tun hatte. Mit seinen Gedanken war er jedoch ganz woanders.

»Ich müsste eigentlich noch einmal zum Großhandel«, sagte der Vater mehr zu sich als zu seiner Tochter. »Aber das kann ich auch morgen früh erledigen. Es stört sicher niemanden, wenn ich erst gegen zehn öffne.«

Er griff nach den Briefen, die er schon seit einigen Tagen hinter sich im Regal gestapelt hatte. Es war an der Zeit, sich den unerbittlichen Rechnungen zu stellen, die er jede Woche erhielt.

Sophie überlegte. Ihr Vater hatte seine Einkäufe im Großmarkt schon ein paar Mal nachmittags erledigt, während sie alleine im Kiosk stand und die wenigen Kunden bediente, die zu dieser Zeit vorbeikamen. Und sie wusste natürlich auch, dass das Sortieren von Rechnungen nach Mahnstufen nicht zu den Lieblingsbeschäftigungen ihres Vaters gehörte. Irgendetwas stimmte nicht, das spürte sie ganz deutlich.

»Was ist los, Papa?«, fragte sie deshalb direkt.

Er blickte von seinem Papierstapel auf und sah in Sophies blaue Augen. So viel hatte sie in ihren jungen Jahren bereits wegstecken müssen, diesen großen Verlust. Das Leben war nicht fair zu ihr gewesen.

»Ich mache mir Sorgen«, begann der Vater.

»Sind wir pleite?«, fragte Sophie nüchtern.

»Nein«, antwortete Herr Weber entschieden. So schlimm stand es nun wirklich nicht um ihre Finanzen. »Aber die Gegend wird immer schlimmer. Ich mag dich nicht mehr alleine im Geschäft lassen.«

»Blödsinn. Du machst jetzt deine Einkäufe. Was soll mir tagsüber schon passieren? Die brechen doch nur nachts ein.«

Sophie begann damit, den Stapel Zeitschriften, der am Vormittag gekommen war, in die Regale zu sortieren. Herr Weber dachte nach, wie er ihr am besten sagen konnte, dass ihre Gegend eben nicht mehr nur nachts unsicher war. Sophie mochte es ohne Umschweife am liebsten. Geradeheraus, wie sie immer sagte.

»Sophie, am Freitag haben sie Frau Brunner überfallen. Am helllichten Tag. Es muss passiert sein, als sie mit ihren Einkäufen auf dem Weg von uns nach Hause war. Auf dem kleinen Weg, den du immer zur Schule gehst. Sie liegt jetzt im Krankenhaus.«

Sophie wurde kreidebleich. Sie sank auf den Stapel mit Magazinen, der vor ihr auf dem Boden lag. Ihr Vater eilte zu ihr.

»Ich wusste nicht, wie ich es dir schonend hätte sagen sollen. Deswegen will ich nicht, dass du alleine im Kiosk bist. Verstehst du das?«

Sophie schwieg. Die Gedanken wirbelten durch ihren Kopf. Wer tat so etwas, eine alte Frau überfallen, die sich kaum mit ihrem Gehstock auf den Beinen halten konnte?

»Wird sie wieder gesund?«, fragte Sophie wie benebelt.

»So wie man es sich in der Nachbarschaft erzählt, denke ich schon. Wir können sie ja im Krankenhaus besuchen, wenn du magst.«

Sophie nickte als Antwort. Frau Brunner hatte immer so viel Geld bei sich. Vielleicht hatte das jemand mitbekommen, als Sophie sie bei ihrem letzten Besuch darauf angesprochen hatte. Omid stand daneben, als sie Frau Brunner bediente. Omid hatte alles gehört. Aber warum sollte er sie vor dem Einbruch im Kiosk warnen, um dann eine alte Frau zu überfallen? Das ergab keinen Sinn. Sie musste herausfinden, was am Freitag vorgefallen war.

»Ich will sie besuchen. Ist sie denn ansprechbar?«, fragte Sophie mit kräftiger Stimme.

»Keine Ahnung.«

Sophie stand auf. Sie schnitt die Plastikbänder auf, mit denen die Zeitschriften zu Bündeln geschnürt waren. Fachmännisch sortierte sie die Themen der Zeitschriften vor: TV-, Jugend-, Sport-, Hobby- und Frauenmagazine.

»Ich gehe morgen hin. Direkt nach der Schule, wenn es dir recht ist.«

»Natürlich, mein Schatz. Soll ich mitkommen?«

»Nein, einer muss doch im Kiosk bleiben«, antwortete sie mit einem gezwungenen Lächeln. Danach kümmerte sie sich, ohne ein weiteres Wort zu verlieren, um das Regal mit den Illustrierten.

Es war bereits drei Uhr. Frau Schnitzler saß immer noch in ihrem Büro in der Schule. Sie hatte versucht, Arbeiten zu korrigieren, konnte sich aber nicht darauf konzentrieren. Immer wieder schweiften ihre Gedanken, zu dem Gespräch mit Erkan ab. Noch nie hatte sie so mit einem Schüler gesprochen. Mittlerweile unterrichtete sie seit über zwanzig Jahren an dieser Schule. Sie hatte Kinder kommen und gehen sehen. Und sie hatte mit wirklich ganz schön abgebrühten Jugendlichen in ihren Klassen zu tun gehabt. Bis jetzt hatte sie das alles immer weggesteckt, darauf gehofft, dass irgendjemand die Jungen stoppen würde. Meist war es die Polizei, die das dann früher oder später tat. Drei von ihren ehemaligen Schülern saßen bereits im Gefängnis. In ganz schweren Stunden sah sie das als ihr persönliches Versagen an. Sie als Pädagogin hatte es nicht geschafft, diese Schüler auf den richtigen Weg zu bringen. Vielen fehlte zu Hause eine intakte Familie, Eltern, die sich um sie sorgten und sich nicht nur das Beste für ihre Zukunft wünschten, sondern auch alles in ihrer Macht Stehende taten, diesen Weg bestmöglich zu bereiten. Stattdessen erlebte sie immer häufiger Eltern, die nur noch Versorger waren, die ihren Kindern Essen auf den Tisch stellten und dafür sorgten, dass sie ihre Portion Erziehung in der Schule abholten. Einige taten nicht einmal mehr das.

Natürlich lebten nicht alle Schüler so. Sophie zum Beispiel würde ihren Weg finden. Arme Sophie, dachte Frau Schnitzler. Sie hatte ihre Mutter viel zu früh verloren. Auch damals hatte die Pädagogin versucht, Sophie zu unterstützen, ihr zu helfen, so gut es eben ging. Es war Unsinn, wenn ihre Kollegen behaupteten, dass man alle Schüler gleich mochte. Jeder hatte seine Lieblinge, auch wenn das natürlich nicht so sein sollte. Dennoch war es so. Und letztlich waren die Kinder und Jugendlichen durch ihr Verhalten dafür ein Stück weit mitverantwortlich.

So sehr sie Sophie für ihre direkte Art mochte, die beispielsweise Dennis beschützte, so sehr verabscheute Frau Schnitzler solche Jungen wie Justin und Erkan. Sie kannten ihre Grenzen nicht. Für die beiden war die Schule ein großer Spielplatz, auf dem sie sich trafen, um ihre Macht zu demonstrieren. Die Hauptakteure waren sie selbst. Die anderen Mitschüler waren nur Nebenfiguren. So setzten sie alle Statisten je nach Lust und Laune ein. Hauptsache, sie hatten ihren Spaß dabei. Zumindest vermutete Frau Schnitzler, dass ihre beiden Problemschüler aus dieser Motivation heraus agierten.

Trotz all der Abscheu, die sich über die Jahre hinweg in ihr aufgebaut hatte, hatte sie sich immer um solche Problemschüler bemüht. Auch wenn es ihr oftmals schwergefallen war. Heute war sie allerdings das erste Mal einen Schritt zu weit gegangen. Die Lehrerin saß immer noch an ihrem Schreibtisch und ging in Gedanken das Gespräch mit Erkan wieder und wieder durch. Sie spürte genau, an welchem Punkt ihr Knoten der Zurückhaltung geplatzt war. Es war sein selbstgefälliges Grinsen gewesen, das ihr signalisiert hatte, dass er sich für unantastbar hielt. Und recht hatte er damit. Was konnte sie ihm auch schon anhaben?

Aber heute war nicht der Tag, an dem sie wieder einmal nachgeben wollte. Sie hatte ihm gedroht. Sie hatte einem Schüler Konsequenzen angedroht, überzeugt, dass diese schon längst überfällig waren. Sie wusste, dass die Verständnispädagogik, die sie als Lehrerin stets vertreten hatte, lange überholt war. Dennoch drohte man seinen Schülern nicht, hämmerte es in ihrem Kopf.

Ein Teil von ihr war stolz, endlich mit der Faust auf den Tisch geschlagen zu haben. Ein anderer Teil schämte sich für die Hilflosigkeit, die sie innerlich zerfraß. Glücklicherweise wusste Erkan nicht, dass die Umsetzung der angedrohten Konsequenzen nicht in ihrer Hand lag. So viel Macht besaß Frau Schnitzler bei Weitem nicht.

Wie so oft in letzter Zeit verließ die Lehrerin ihr Büro mit dem Gefühl, versagt zu haben.

Nach dem Unterricht war Dennis mit der S-Bahn in die Stadt gefahren, um sich sein Smartphone im Geschäft noch einmal anzusehen. Seine Mutter war an diesem Tag zur Spätschicht im Supermarkt eingeteilt. Es war also egal, wann er nach Hause kam.

So schön das Smartphone in der Vitrine des Händlers auch aussah, hatte es für Dennis nun doch all den Glanz verloren, den es vorher gehabt zu haben schien. Schließlich hatte mit dem Kauf dieser technischen Spielerei sein ganzer Ärger begonnen.

Zurück nahm Dennis den Bus zur Siedlung, der nur ein paar Meter vom S-Bahn-Ausgang hielt. Er überquerte die Straße. Von dieser Seite aus hatte er einen guten Überblick über das Gelände. Auf einer Bank auf der anderen Seite der Kreuzung saßen mehrere Männer. Ein wenig abseits unterhielten sich zwei andere. Der eine von ihnen hatte einen Hut auf. Den anderen kannte Dennis vom Sehen. Es war einer aus Justins Clique. Letztes Jahr hatten ihn die Lehrer von der Schule geschmissen. Dennis kannte ihn nicht persönlich. Auch wenn der Typ ihm niemals etwas getan hatte, anders als Erkan und Justin, mochte Dennis ihn dennoch nicht.

Er nahm ein Kaugummi aus der Hosentasche. Das Papier warf er auf den Gehweg. Minutenlang blieb er stehen, sah die Straße hoch und runter, um immer wieder mit seinem Blick zu den beiden Männern zurückzukehren. Sie schienen etwas zu besprechen. Dennis überlegte, ob der Typ mit dem Hut der war, von dem Tim gesprochen hatte.

Dennis entschloss sich, am kommenden Nachmittag noch einmal vorbeizuschauen. Vielleicht war der Mann dann ja weniger beschäftigt und Dennis konnte sein Anliegen ungestört vortragen.

Auf dem Weg nach Hause überquerte Dennis den Platz und ging dabei auch am Döner-Imbiss vorbei. Davor saß an einem der Tische Justin. Er wartete vermutlich auf seine Bestellung. Melanie kam Dennis entgegen. Sie schlenderte gedankenverloren über den Platz und blieb sofort stehen, als Justin in ihr Blickfeld geriet. Dennis lief schnell weiter. Er grüßte Mel nur kurz, die ihre ursprüngliche Laufrichtung verließ und auf den Imbiss zusteuerte.

Nachdem Erkan seine Schulsachen nach Hause gebracht und dort zu Mittag gegessen hatte, ging er sofort zum Loch rüber. Es war niemand da. Er hatte wenigstens mit Justin gerechnet, der so gut wie jeden Tag im Loch abhing. Aber auch der schien über Mittag daheim zu sein.

Erkan nahm auf einem der Sessel Platz und überlegte. Frau Schnitzler hatte ihm ein Ultimatum gestellt. Alle hatten in den letzten Tagen auf ihn eingequasselt, dass er das blöde Handy zurückgeben solle. Verdammt, was sollte der Scheiß. Das Smartphone gehörte jetzt ihm. So ein kleiner Penner wie Dennis konnte damit doch gar nichts anfangen. Gut, er hatte auch anfangs Schwierigkeiten gehabt, die Bedienung des Geräts zu verstehen. Trotzdem hatte Erkan sich das Handy zuerst geschnappt, ehe jemand anderes auf die Idee gekommen war, dem schmächtigen Dennis das Teil abzunehmen.

Er wollte nicht klein beigeben. Der Gedanke, dass der kleine Spinner gewinnen würde, machte ihn rasend vor Wut. Aber was sollte er tun? Normalerweise sprach er in so einer Situation mit Omid. Es war ein offenes Geheimnis, dass er der Klügste in der Gang war. Immer, wenn es ein Problem zu lösen gab, riefen sie ihn an. Aber das ging diesmal nicht. Omid hatte ihm ja schon mehrmals gesagt, wie dämlich er den Diebstahl des Handys fand.

Justin war auch nicht da. Erkan musste also warten. Er nahm das Handy aus der Tasche und legte es auf den Tisch. Nichts als Ärger brachte ihm das Teil! Dann stand er auf und zog das Sofa nach vorne. Als er hinter die Couch kroch, um das Telefon in das Geheimfach zu legen, bemerkte er, dass dies bereits besetzt war. Es lag ein Päckchen darin. Ein Leinentuch umhüllte einen harten Gegenstand. Erkan zog sachte das Paket nach vorne.

»Erkan!«, dröhnte eine Stimme durch die Stille.

Erschrocken sprang er auf. Hinter ihm stand Justin, der ihm sogleich das Leinentuch mit dem geheimen Gegenstand aus der Hand riss.

»Was soll der Scheiß?«, fragte Justin aufgeregt. »Was machst du überhaupt hier? Wolltet ihr nicht erst später kommen?«

Erschrocken sah Erkan von seinem Freund auf das kleine Päckchen und dann wieder zu Justin.

»Was ist das?«, fragte Erkan, anstatt Justins Fragen zu beantworten.

»Nichts, was dich etwas angehen dürfte«, blaffte ihn sein Freund an. Er sah auf dem Boden das Handy liegen.

»Wolltest du das etwa hier verstecken? Ich hab doch gesagt, dass ich dein Scheißhandy hier nicht haben will. Also schaff es weg!«

Schnell legte Justin das Päckchen zurück in das Versteck und schob das Sofa wieder davor.

»Frau Schnitzler hat mich heute deswegen genervt. Die macht da echt Druck!«, begann Erkan. »Die will, dass ich Dennis sein Handy zurückgebe.«

»Hat der kleine Penner uns also doch verpfiffen! Verdammt!« Justin schlug mit der geballten Faust in seine andere Handfläche. »Jetzt ist der fällig!«

»Nein, Alter! Die Schnitzler hat gesagt, dass ich von der Schule fliege und meinen Abschluss vergessen kann, wenn Dennis was passiert. Außerdem meinte sie, dass Dennis uns nicht verpfiffen hat. Ich weiß nicht, wie sie das mit dem Diebstahl herausgefunden hat.«

»Wer sollte es ihr sonst erzählt haben?«

Justin dachte nach. Omid war derzeit ein gewisses Sicherheitsrisiko, aber er würde sie niemals verraten. So weit würde er nicht gehen. Auch für Rico und Milan legte er seine Hand ins Feuer. Vielleicht wusste es Frau Schnitzler auch gar nicht so genau, sondern hatte nur den Verdacht, dass die Gang etwas mit dem gestohlenen Handy zu tun hatte.

»Wenn uns Dennis nicht verpfiffen hat, dann hat sie gar nichts gegen uns in der Hand. Dann kann sie dich auch nicht von der Schule schmeißen«, stellte Justin nach reichlicher Überlegung fest.

»Und wenn doch? Ich will nicht von der Schule fliegen. So eine Schlampe!«, zischte Erkan.

Justin ging im Kreis um den Tisch. Er dachte daran, was Omid gesagt hatte. Er hatte das Handy von Anfang an zurückgeben wollen. Justin hatte ihn nur ausgelacht. Jetzt schien Omid doch recht zu behalten. Das ärgerte ihn.

»Wir sollten es nicht darauf ankommen lassen. Das Ding macht uns zu viel Ärger. Ich will nicht, dass die Bullen uns auf die Spur kommen. Nicht jetzt, wo das mit den Kiosken gerade erst anfängt. Wenn wir damit weitermachen, dann brauchst du das Scheißteil gar nicht mehr, dann schwimmen wir bald im Schotter. Dann kannst du dir zehn von diesen Mistdingern kaufen!«

»Scheiß Dennis! Aber nicht, dass er denkt, dass wir seinetwegen klein beigegeben haben«, sagte Erkan.

»Nein, dafür sorg ich schon. Wir geben dem kleinen Flachwichser sein Handy zurück. Gleich morgen früh. Und dann stellen wir noch mal klar, dass wir ihn wirklich kaltmachen, wenn er uns weiter Schwierigkeiten bereitet.« Während Justin das sagte, ruhte sein Blick ganz entspannt auf dem Sofa, hinter dem im Geheimversteck Daves Waffe schlummerte.

Das war heute endlich mal ein gutes Gespräch, dachte Omid. Er hatte sich getraut, Sophie anzusprechen, und fast wie von alleine lösten sich alle Missverständnisse und Probleme, die es zwischen ihnen gegeben hatte. Gut, Dennis hatte sein Handy noch nicht zurück. Und wahrscheinlich würde Erkan auch nicht so bald nachgeben. Aber zumindest wusste Sophie jetzt, dass er kein ganz so schlechter Kerl war, wie sie ihm unterstellt hatte. Sophie war sogar von alleine darauf gekommen, dass er es gewesen war, der ihrem Vater den Brief mit der Warnung geschickt hatte. Dieser Gedanke freute ihn sehr. Omid war ein klein wenig stolz auf sich.

Wenn er Glück hatte, war Sophie noch im Kiosk. Er würde wieder unter einem Vorwand bei ihr vorbeischauen, vielleicht einen der Schokoriegel kaufen, den sie ihm das letzte Mal empfohlen hatte. Obwohl er eigentlich keine Süßigkeiten mochte, schmeckten ihm diese beiden Riegel besonders gut. Klar, schließlich waren es Sophies Favoriten.

»Ich komme in zwei Stunden wieder«, sagte Omid ins Wohnzimmer hinein, in dem seine Mutter und seine beiden Geschwister vor dem Fernseher saßen und gebannt eine Daily Soap verfolgten. Aisha sah ihrem Bruder wehmütig hinterher.

Kaum auf der Straße angekommen, steuerte Omid sofort auf den Kiosk zu. Sophie sortierte gerade Kaugummis in das Regal. Ihr

Vater war ebenfalls anwesend. Eher ungewöhnlich um diese Uhrzeit.

»Hallo Sophie«, begrüßte er sie. »Guten Tag, Herr Weber«, schob er sofort mit einem angedeuteten Diener hinterher. Sophie streifte ihren Mitschüler nur kurz mit einem scharfen Blick, der nichts Gutes vermuten ließ. Was hatte er jetzt schon wieder falsch gemacht? Omid hatte noch viel über Frauen zu lernen. Er ging an den Tresen, hinter dem ihr Vater stand, griff nach den Schokoriegeln, überlegte kurz, welcher ihm besser geschmeckt hatte, und entschied sich dann doch, beide zu nehmen. Omid legte sie auf den Tresen und warf dabei einen verstohlenen Blick Richtung Sophie.

»Was für ein Zufall. Das sind ja auch die Lieblingssorten meiner Tochter«, stellte Herr Weber beim Eintippen der Preise fest. »Macht dann ein Euro sechzig.«

Sophie sah ihren Vater kurz an. Es war nur eine Sekunde, aber Herr Weber wusste, dass Sophie jetzt nicht nach einer Begegnung mit Omid war.

»Wie läuft es in der Schule?«, fragte der Vater Omid dennoch freundlich.

»Ganz gut. Und bei Ihnen hier? Viel zu tun?«

»Das Übliche«, antwortete der Vater.

»Ich frag nur, weil sie heute zu zweit hier sind. In letzter Zeit ...«, an dieser Stelle unterbrach Omid seinen Satz. Wie sah das jetzt aus? Natürlich hätte er Sophie lieber alleine im Laden vorgefunden. Aber weiter kam er mit seinen Überlegungen nicht. Sophie stand plötzlich neben ihm.

»Und warum bin ich nicht allein im Laden? Weil die Gegend hier zu unsicher geworden ist. Weil jetzt am helllichten Tag alte Frauen auf der Straße überfallen werden. Weil sich hier dämliche Jugendgangs rumtreiben, die diese Gegend so unsicher machen, dass ich nicht mehr alleine im Kiosk arbeiten darf. Darum bin ich nicht alleine hier!«

Sie schmiss einen Packen Kaugummis zwischen Omid und ihren Vater auf den Tresen. Dann lief sie aus dem Geschäft. Mit offenem Mund sah ihr Omid hinterher.

»Ich verstehe nicht«, stammelte er.

»Frau Brunner wurde am Freitag überfallen. Nicht weit von hier. Sie ist eine alte Kundin von uns, und Sophie mag sie besonders gern.«

»Am Freitag?«

»Ja, am Freitag. Kurz nachdem du hier warst.«

Der Kioskbesitzer nahm den Karton Kaugummis vom Tresen und ging zum Regal hinüber, in das er die restlichen Päckchen mit wenigen Handgriffen einsortierte. Omid blieb am Tresen stehen. Verloren sah er Herrn Weber bei der Arbeit zu.

»Die ältere Dame, die bei Sophie drinnen war?«, erkundigte sich der Schüler.

»Ja, genau die.«

»Und Sophie denkt, dass ich damit zu tun habe?« Omid schüttelte den Kopf. »Das ist doch verrückt!«

Er nahm seine beiden Schokoriegel und ging.

Als Justin die Wohnung betrat, begrüßte ihn eine Wolke kalten Zigarettenrauchs. So wenig Geld für Essen jeden Monat übrig blieb, so viel Geld war jeden Monat für die Sucht seiner Mutter da. Er hatte bereits gegessen. Seit dem Verkauf des Diebesguts war Justin flüssig. Er musste nicht mehr bei seiner Mutter um eine Mahlzeit betteln. Endlich konnte er sich selbst versorgen.

Ohne in der Küche seine Mutter zu begrüßen, ging er direkt in sein Zimmer. Er stellte seine Anlage an, sehr laut, damit die Musik die Gedanken in seinem Kopf übertönte. Texte über Gewalt, Drogen und Sex dröhnten aus den Boxen. Hass war auch ein Thema. Das kannte Justin nur zu gut. Hass war das Grundthema seines Lebens. Seit er sich erinnern konnte, regierte dieses Gefühl sein Leben. Er hasste es, eine Mutter zu haben, die sich nicht um ihn kümmerte. Er hasste es, arm zu sein. Er hasste es, nicht so schlau zu sein wie Omid. Er hasste es, ohne einen richtigen Vater aufzuwachsen. Er hasste es, niemals eine richtige Chance im Leben bekommen zu haben. Aber am meisten hasste er, dass er sich vor allem selbst im Weg stand.

Nur in seiner Gang fand er etwas anderes. Er konnte dieses Gefühl gar nicht so genau definieren. Aber bei den Jungs fühlte er sich sicher. Es war so etwas wie Geborgenheit. Sie waren seine Familie.

Heute, während des Gesprächs mit Erkan, hatte er das erste Mal an der Loyalität seiner Freunde gezweifelt. Er würde für jeden von ihnen durchs Feuer gehen. Keiner würde den anderen verraten, da war er sich immer sicher gewesen. Bis jetzt.

Dieses verdammte Handy, dachte Justin. Hätte Erkan es doch niemals dieser Null abgenommen. Es hatte ihnen nur Ärger eingebracht. Sogar in der Gruppe gab es deswegen Unruhe. So was durfte nicht passieren!

Er hatte sich für den kommenden Morgen mit Erkan verabredet. Gemeinsam wollten sie Dennis sein Handy zurückgeben. Auf Omids Anwesenheit wollten sie bei diesem Zusammentreffen lieber verzichten. Er sollte Justin nicht wieder davon abhalten, Dennis zu vermöbeln, wenn es denn sein musste.

Seine Zimmertür öffnete sich. Mit einer Zigarette in der Hand trat seine Mutter ein.

»Mach die Musik leise!«, schrie sie.

»Das ist *mein* Zimmer. Verschwinde!« Er stand auf und schob seine Mutter raus.

Ein zweites Mal öffnete sich die Tür. Dieses Mal stand der neue Freund hinter seiner Mutter. Karl ging an ihr vorbei und schob Justin zur Seite, so wie der es eben mit seiner Mutter gemacht hatte. Karl drehte den Musikpegel runter, ehe er in normaler

Zimmerlautstärke sagte: »Klar ist das dein Zimmer. Aber du musst ja nicht das ganze Haus beschallen, oder?«

Justin nahm seine Jacke und stürmte aus der Tür. »Ihr könnt mich alle mal!«, schrie der Junge beim Verlassen der Wohnung.

DIENSTAG

Dennis dachte nach. Das war neben Kaugummiblasen machen derzeit seine Lieblingsbeschäftigung, wenn er durch die Straßen schlenderte. Er war auf dem Weg zur Schule. Der kleine Pfad, der ihm in letzter Zeit so viel Unglück gebracht hatte, lag links neben ihm. Das war die kürzeste Verbindung zwischen dem Getto und der Schule. Der sichere Weg an der Hauptstraße entlang dauerte etwa zehn Minuten länger. Ursprünglich hatte Dennis vorgehabt, den längeren Weg zu wählen, aber er war ungewohnt spät dran. So entschied sich Dennis in letzter Sekunde doch, den Weg über den kleinen Pfad zu nehmen. Er hoffte, dass die Gang ihm in einer Woche nicht ein zweites Mal dort auflauerte.

Während er die ersten Meter auf dem unsicheren Gelände voranschritt, fiel ihm der Mann mit Hut wieder ein, von dem Tim ihm erzählt hatte. Dennis hatte den Mann gestern in der Nähe der Unterführung gesehen. Allerdings hatte er sich nicht getraut, ihn anzusprechen. Heute musste er es tun. Die Zeit wurde knapp.

Er dachte auch über den Brief aus der Schule nach. Bis jetzt war er nicht gekommen. Dennis hatte den Briefkasten an jedem Nachmittag überprüft. Wenn er erst einmal das neue Handy hatte, würde er es Frau Schnitzler und dem Direx präsentieren und behaupten, er hätte es nur verlegt gehabt. Seine Eltern bräuchten dann auch nicht mehr in die Schule zu kommen. Er würde vorschlagen, es ihnen auszurichten. Von der ganzen Angelegenheit brauchten sie nichts zu erfahren.

Es war von seinem Plan begeistert. Sein Vater wäre sicher stolz auf ihn. Vielleicht nicht sein Vater, wie er heute war, aber sicher der Junge, der sein Vater früher einmal gewesen war.

Während er sich über seinen genialen Plan freute, bemerkte er nicht, dass Justin, hinter einem Gebüsch versteckt, lauerte. Erst als sein Erzfeind aus dem Versteck heraustrat, entdeckte Dennis ihn.

Mit einem Blick über die Schulter vergewisserte er sich, dass er in der Falle saß. Erkan stand hinter ihm.

»Ich habe nichts gesagt. Ehrlich! Die Schnitzler wollte, dass ich euch verpfeife, aber das hab ich nicht. Ich schwör!«, wimmerte Dennis. Er kniff bereits die Augen zusammen in Erwartung des Schlags, der ihn bei solchen Begegnungen mit Justin meistens zu Boden streckte.

»Machst dir gleich ins Hemd, was?«, tönte Erkan von hinten.

»Wir wollten nur was mit dir besprechen«, sagte Justin. Die Stimme war ungewohnt freundlich. So hatte Dennis seinen Widersacher noch nie erlebt. Justin trat einen Schritt auf Dennis zu und zog ihn am Nacken zu sich heran. Erkan stellte sich neben die beiden. Er zog das Handy aus seiner Jackentasche und ließ es zu Boden fallen. Dennis starrte auf das teure Teil, das ihm so viel Ärger eingehandelt hatte. Sein ganzer Körper war verkrampft, ausgehend von seinem Nacken, an dem Justin ihn mit eisernem Griff gepackt hielt. Er wollte schreien, traute sich aber nicht.

»Du willst dein Smartphone zurück?«, fragte Justin.

Dennis nickte fast unmerklich.

»Dann ist das heute dein Glückstag, Dennis. Da unten liegt es.«

Er ließ Dennis los, der sich nur langsam aus der Haltung löste, in die ihn Justins Nackengriff gezwungen hatte.

»Du kannst es dir nehmen.«

Es dauerte einige Sekunden, ehe Dennis die Lage realisiert hatte. Dann bückte er sich extrem langsam und ließ Justin dabei nicht aus den Augen. Vorsichtig nahm er das Handy an sich.

»Danke«, murmelte er.

»Aber da ist noch etwas«, sagte Erkan.

»Genau!«, bestätigte Justin.

Beide hatten wieder ihren gewohnt bösartigen Gesichtsausdruck aufgesetzt, den Dennis nur zu gut kannte.

»Die Datei!«, sagte Justin.

»Ich lösch sie! Niemand wird davon erfahren. Ehrenwort!«, versicherte Dennis, so laut er konnte.

»Davon geh ich aus«, sagte Justin. Fast unmerklich war seine Hand an seinen Rücken gerutscht. Mit einer sachten Bewegung zog er sie wieder nach vorne. Im Glanz der Morgensonne erstrahlte etwas in seiner Hand. Erst Augenblicke später erkannte Dennis, was es war. Justin hatte eine Knarre auf ihn gerichtet.

Kreidebleich lauschte er Justins Worten: »Wie ich schon mehrmals gesagt habe. Du bist tot, wenn irgendjemand das mit dem Bruch erfährt. Sobald einer von uns von den Bullen abgeholt wird, bleibt den anderen genügend Zeit, dich kaltzumachen!«

Justin drückte dabei Dennis den Lauf der Waffe unter das Kinn. Unweigerlich legte sich Dennis' Kopf in den Nacken. Erkan schluckte. Sekunden verstrichen. Dennis und Justin sahen sich an. Justin wartete nicht darauf, dass Dennis etwas erwiderte. Der kleine Wichser sollte nur spüren, wie sich der Tod anfühlte. Dann, ohne ein weiteres Wort zu verlieren, steckte Justin die Waffe wieder ein. Als wäre nichts gewesen, drehte er sich um, hob seinen Rucksack vom Boden auf und ging. Erkan trabte hinterher.

Aus der Ferne hörte der Junge Erkan sagen: »Voll fett, Alter!« Dennis Beine zitterten immer noch. Er sah auf das Handy in seiner Hand. Das Display war noch heil. Nur auf der Rückseite hatte es ein paar Kratzer abgekriegt. Tränen liefen seine Wangen hinab.

Omid hatte sich vorgenommen, mit Sophie zu reden, sobald sie in der Pause auf den Schulhof kam. Er konnte immer noch nicht glauben, dass sie ihm den Überfall auf eine alte Frau zutraute. Das verletzte ihn. Andererseits wusste Sophie, dass seine Freunde nicht gerade Unschuldslämmer waren. Woher konnte sie wissen, dass er zu den Guten unter den Bösen gehörte?

Sophie stand abseits, wie so oft. Selten sah Omid Sophie mit Freundinnen rumstehen. Die meisten von den Mädchen an der

Schule fand Omid oberflächlich, so wie Melanie. Er hoffte, dass seine Schwester nicht auch so eine Tussi würde, für die Klamotten und Schminktipps den Mittelpunkt ihres Lebens darstellten.

Sophie sah Omid auf sich zukommen. Sie wollte schon weggehen, als Omid sie am Arm festhielt. »Wir müssen reden.«

»Worüber?«, fragte sie gereizt. »Ich dachte, du bist nicht wie deine Freunde. Scheinbar habe ich mich in dir getäuscht.«

Sophie wollte sich abwenden, aber Omid hielt sie weiterhin am Oberarm fest.

»Ich war es nicht. Das mit der Frau. Ich weiß nicht, wieso du glaubst, dass ich es war.«

»Du hast daneben gestanden, als ich ihr das Portemonnaie zurückgegeben habe. Du hast gehört, dass sie ihre ganze Rente auf einmal abgehoben hatte!«

»Hab ich?« Omid erinnerte sich nicht daran, was die Frau gesagt hatte. Er hatte nur Augen für Sophie gehabt. Plötzlich bemerkte Omid seine Hand, die immer noch Sophie festhielt. Sofort ließ er sie los und griff sich an den Nacken, wie er es meist tat, wenn er sich unwohl fühlte.

»Entschuldigung!«

Er sah Sophie an, ihre blauen Augen, die so wunderschön waren.

»Glaubst du das wirklich?«, fragte Omid. »Glaubst du wirklich, dass ich dazu in der Lage wäre?«

»Ich kenne dich doch gar nicht«, antwortete Sophie.

Sie hatte recht. Sie kannte ihn nicht. Das tat ihm weh. Aber noch mehr schmerzte es ihn, dass er keine Chance mehr bei ihr hatte. Wenn sie ihm wirklich einen Überfall zutraute, zumal es kaum etwas Verabscheuenswerteres gab, als eine alte Frau wegen ihrer kleinen Rente zu überfallen, dann würde sie nie wieder ein Wort mit ihm reden.

Ohne sie weiter von seiner Unschuld überzeugen zu wollen, ließ er sie stehen. Er ging auf die andere Seite des Schulhofs zu seinen Freunden.

Klar, dass er sich dort versteckt, dachte Sophie. Was wollte er eigentlich von ihr? Alle Beweise sprachen gegen ihn. Sie hatte ihn am Kiosk gesehen, als sie Frau Brunner bedient hatte. Er hatte das gesamte Gespräch mitbekommen. Auch das mit dem vollen Portemonnaie. Wenig später war er über den Platz gerannt, als wäre der Teufel persönlich hinter ihm her gewesen. Und er war aus der Richtung des kleines Weges gekommen, in dem Frau Brunner überfallen worden war. Wer sonst konnte für diese Tat verantwortlich sein?

Dennis hatte seine letzte Stunde für diesen Tag hinter sich gebracht. Er hatte kaum etwas vom Unterricht mitbekommen, so sehr hatten ihn die Vorkommnisse der vergangenen Tage beschäftigt. Er wollte nur noch nach Hause, an seinen Computer und auf Leute ballern.

Er verließ als einer der Letzten das Klassenzimmer. Frau Schnitzler stand an der Tür und lächelte ihn an.

»Alles okay bei dir?«, fragte die Lehrerin Dennis, während sie die Tür schloss und dann mit ihm den Korridor entlangging.

»Klar«, murmelte Dennis.

»Hast du dein Handy zurück?«, fragte Frau Schnitzler direkt. Erschrocken blieb Dennis stehen.

»Wieso?«

Frau Schnitzler seufzte.

»Ich hatte gestern eine Unterhaltung mit Erkan.« Sie sah in Dennis aufgerissene Augen. »Keine Angst. Die Gang wird dir nichts mehr tun. Da bin ich mir sicher!«

»Ich hab mein Handy wieder. Aber sprechen sie nie wieder mit den Jungs. Sie machen alles nur noch schlimmer«, sagte er und lief davon.

Er lief, so schnell er konnte, den Weg entlang, an dem ihm die Gang in den letzten Tagen aufgelauert hatte, dann über den Platz, vorbei an Sophies Kiosk, den die Black Amigos in den kommenden Tagen überfallen wollte, bis nach Hause. Die Tür knallte hinter ihm ins Schloss. Außer Atem lehnte er sich an die Wand. Mit dem Jackenärmel wischte er sich die Tränen aus dem Gesicht. Wie hatte es nur so weit kommen können?

Er ging in sein Zimmer. Er schaltete nicht seinen Computer ein. Schweigend saß er nur da. Minuten später legte er das Handy auf den Tisch. Wie sehr hatte er sich darauf gefreut. Und wie sehr verabscheute er es jetzt. Mit einer Handbewegung schleuderte er das Handy vom Tisch. Er griff nach der Schublade, zog sie auf und holte ein Bündel Geldscheine daraus hervor. Er legte sie auf die Stelle, an der zuvor sein Handy gelegen hatte. Regungslos starrte er auf das Geld.

Es roch nach den köstlichen Gewürzen des Orients, als Omid die Wohnungstür aufschloss. Aisha telefonierte, sie kicherte. Vermutlich war Melanie am anderen Ende der Leitung. Mädchen haben es einfacher als Jungs, dachte Omid.

Er legte seine Tasche in sein Zimmer und ging danach in die Küche, um seine Mutter zu begrüßen, so wie er es jeden Tag tat. Heute war er jedoch ungewohnt schweigsam. Seine Mutter streichelte seine Wange.

»Was bedrückt dich, mein Junge?«, fragte sie auf Dari.

Wie konnte sie seine Gefühle nur immer lesen? Er lächelte sie an bei dem Gedanken, wie gut es ihm im Grunde ging. Er hatte eine Familie, die ihn liebte und auf die er sich immer verlassen konnte.

»Nur Schulkram.«

Die Mutter nickte schweigend, wusste sie doch, dass sie ihrem Sohn bei schulischen Problemen nicht helfen konnte. Sie hatte nur Lesen und Schreiben gelernt. Mit Zahlen konnte sie auch umgehen. Aber all diese modernen Sachen, die ihre Kinder in der Schule lernten, damit konnte sie nichts anfangen. Hinzu kam die fremde

Sprache. Omid hatte in der Grundschule schnell gelernt und sie bald mit seinem Wissen überholt. Das machte sie stolz. Sie wusste, dass aus ihrem Sohn irgendwann einmal etwas Großes würde. Und sie hatte Anteil daran, durch ihre Liebe, ihre Geduld und ihre Fürsorge.

»Nimmst du das Essen mit rein?«

Omid nahm zwei Schüsseln und ging ins Wohnzimmer. Aisha beendete ihr Gespräch am Telefon und setzte sich zu ihrem Bruder an den Tisch. Wie jeden Mittag aßen sie gemeinsam, tauschten Geschichten aus und genossen das Beisammensein. In diesen Momenten vergaß Omid seine Sorgen. In diesen Momenten war er glücklich.

Dave lief aufreget im Loch auf und ab, als Justin den Keller betrat.

»Was liegt an, Digger?«

Dave vergaß die Begrüßung. Er war viel zu aufgeregt.

»War Erkan am Versteck? Die Knarre ist weg. Ich schwör dir Alter, wenn ich die Knarre nicht zurückbekomme, mach ich Erkan platt.«

»Erkan?«, Justin lächelte. »Erkan war nicht dran.«

Der Schüler hob seinen Rucksack auf einen der Sessel. Er suchte etwas.

»Nein? Und wo ist sie dann? Ich bin ja so was von erledigt, wenn ihr mit dem Ding irgendeinen Scheiß gemacht habt.« Aufgeregt jagte Dave von einem Ende des Lochs zum nächsten.

»Keine Sorge, Digger. Da ist sie wieder«, dabei zog Justin das Leinentuch inklusive der Waffe aus seinem Rucksack. »Hab sie mir nur mal kurz ausgeliehen.«

Dave nahm das Leinenpäckchen, öffnete es, um sich davon zu überzeugen, dass die Waffe noch da war.

»Spinnst du Digger? Ich hab dir doch gesagt, dass die Knarre heiß ist!«

»Reg dich ab. Ich wollte sie ja nicht benutzen. Ich brauchte sie nur für ein, sagen wir mal, Schulprojekt«, sagte Justin grinsend und ließ sich dabei auf die Couch plumpsen.

»Du hattest das Ding in der Schule?« Dabei fuchtelte Dave mit der Waffe herum. »Bist du bescheuert? Wolltest du damit vor irgend'nem Weib angeben oder was?«

Justin fiel auf Anhieb Melanie ein. Die hätte sich garantiert davon beeindrucken lassen.

»Nein, aber jetzt, wo du es sagst ...«

Justin hatte offensichtlich immer noch nicht begriffen, was das Wort *heiß* bedeutete.

»Mann, Justin! Mit der Knarre wurde ein Typ kaltgemacht. Ich meine jetzt nicht so wie im Fernsehen. Sondern richtig! Aus und vorbei. Wenn die dich damit erwischen, landest du im Knast. Nicht so wie bei einem einfachen Diebstahl, wo sie deine Personalien aufnehmen und du dann wieder nach Hause kannst. Dann ist für ein paar Jahre schwedische Gardinen angesagt.«

Mit diesen Worten von Dave verschwand das selbstgefällige Lächeln aus Justins Gesicht.

»Tut mir leid«, sagte er und griff dabei zu einer Schachtel Kippen, die auf dem Tisch lag.

»Wir wollten nur Dennis einschüchtern.«

Dave schüttelte den Kopf.

»Ihr mit eurem scheiß Dennis. Ich nehm das Ding jetzt wieder mit, sonst kommt ihr auf noch dümmere Ideen.«

Der Ältere steckte das Leinenpäckchen in seine Jackentasche.

»Was machst du mit dem Ding?«, fragte Justin.

»Keine Ahnung. Ich soll sie nur verschwinden lassen. Vielleicht nimmt sie ja Bob.«

»Der Typ, der uns die Ware abgenommen hat?«, wollte Justin wissen.

»Ja, der handelt wirklich mit allem!«, sagte Dave noch, während er schon auf dem Weg nach draußen war.

✧✧✧

Statt wie gewohnt ihre Schicht im Kiosk anzutreten, stieg Sophie an diesem Tag in den Bus, der sie zum städtischen Krankenhaus brachte. An der Information fragte sie nach der Station und dem Raum von Frau Brunner. Sophie klopfte vorsichtig, ehe sie das Zimmer betrat, das sich Frau Brunner mit zwei anderen Patientinnen teilte.

Ihr Vater hatte Sophie am Morgen Geld für einen Blumenstrauß gegeben, den sie im Laden vor dem Krankenhaus gekauft hatte.

»Was machen Sie denn für Sachen?«, begrüßte Sophie die alte Dame.

»Ach, Sophie. Das ist nichts, wenn man alt wird.«

Frau Brunner nahm den Strauß entgegen. »Das wär aber wirklich nicht nötig gewesen.«

Sophie fand das nicht. Schließlich fühlte sie sich immer noch schlecht, weil sie vermutete, dass Omid mit dem Überfall zu tun hatte.

Die Bettnachbarin klärte Sophie darüber auf, wo man in dieser Station die Vasen aufbewahrte. »Direkt neben dem Schwesternzimmern.«

Sophie verschwand sofort und kehrte kurz darauf mit einem Glasbehältnis zurück, das die richtige Größe für die mitgebrachten Blumen zu haben schien. Sie füllte Wasser ein und drapierte den Frühlingsstrauß gekonnt darin. Auf dem kleinen Nachttisch wirkte die Pracht vielleicht ein wenig übertrieben, aber Sophies Ansicht nach konnte man nicht genug schöne Dinge in seinem Leben haben.

»Die sind wirklich hübsch«, bemerkte Frau Brunner.

»Ich habe gehört, was Ihnen passiert ist«, begann Sophie sofort. »Es tut mir ja so leid!«

»Dafür können sie ja nichts, mein Kind«, dabei tätschelte sie Sophies Hand, die auf dem Bett lag. »Es ist halt alles nicht mehr so wie früher.«

Die anderen Patientinnen bestätigten lautstark ihre Aussage.

»Haben sie den Täter denn schon erwischt?«, fragte Sophie, nachdem die Früher-war-alles-besser-Tiraden der alten Damen wieder abgeebbt waren.

»Noch nicht. Aber die Polizei ist zuversichtlich. Obwohl ich nicht mehr so gut laufen kann, sind meine Augen immer noch recht brauchbar. Vielleicht nicht ganz so gut, wie die von einem Luchs, aber ich konnte den Jungen doch sehr genau beschreiben.«

Sophies Atem stockte. Bitte, lass es nicht Omid gewesen sein, dachte sie, als Frau Brunner fortfuhr. »Du könntest ihn vielleicht kennen. Er war an dem Tag auch am Kiosk, als ich bei euch einkaufen war.«

Sophie schloss die Augen. Wie konnte er sie dermaßen täuschen? Er hatte ihr ins Gesicht gelogen und gesagt, dass er damit nichts zu tun habe, dass er einer von den Guten sei.

»Omid!«

»Omid?«, fragte Frau Brunner. »Der sah mir eher wie ein Frank aus. Oder ist das so ein neumodischer Name?«

Sekundenlang sah Sophie auf die alte Dame im Bett.

»Omid ist einen Kopf größer als ich, ungefähr sechzehn Jahre alt. Er hat dunkle Haare, ganz kurz hinten. Oben ein wenig länger. Nussbraune Augen und etwas dunklere Haut. Sah er so aus?«, fragte Sophie aufgeregt.

»Nein!«, sagte Frau Brunner entschieden. »Er war viel kleiner, ein blasser Typ. Das war sicher nicht dein Omid«, beruhigte sie das Mädchen.

Sophie seufzte vor Erleichterung. An einen anderen Jungen am Kiosk konnte sie sich nicht erinnern. Aber darum würde sich die Polizei kümmern. Vermutlich hatte ein Fremder Frau Brunner überfallen. Jemand, der nicht aus ihrem Viertel kam, dachte Sophie. Letztendlich traute sie keinem ihrer Kunden eine so gemeine Tat zu. Tief in ihrem Inneren hatte sie auch nicht geglaubt, dass Omid schuldig war.

Unruhig hielt sie das weitere Gespräch mit Frau Brunner und ihren Mitpatientinnen noch eine weitere Stunde lang aus. Unter dem Vorwand, noch am Kiosk arbeiten zu müssen, wie Frau Brunner ja wüsste, verabschiedete sich Sophie von den drei alten Damen. Sie versprach, in den kommenden Tagen noch einmal wiederzukommen.

Sophie lief den Krankenhausflur entlang. Im Eilschritt trabte sie zur Bushaltestelle. Sie musste sich, so schnell es ging, bei Omid entschuldigen.

Omid hatte gerade seine Hausaufgaben erledigt, als er die Wohnungstür ins Schloss fallen hörte. Er ging in die Küche und fragte seine Mutter, ob Aisha zu ihrer Freundin rübergegangen sei. Sie bestätigte seine Vermutung. Auch Omid wollte noch einmal raus. Er wollte mit Justin reden. Vielleicht wusste der ja etwas über den Überfall auf die alte Frau. Er gab seiner Mutter einen Kuss auf die Wange und versprach, spätestens zum Abendessen wieder zu Hause zu sein. Dann verließ er die Wohnung.

Als er ins Treppenhaus trat, hörte er noch die Schritte seiner Schwester, die unten aus dem Haus lief. Auf dem Weg in die Schule legte sie ein gemütlicheres Tempo ein. Sobald sie auf dem Weg zu Mel war, rannte sie. Aus dem Fenster des Treppenhauses sah Omid, wie sie über den Platz ging.

Zehn Minuten später kam er im Loch an. Justin lag auf der Couch und döste. Im Hintergrund spielte Musik, nicht so laut, dass sie bei einem Gespräch störte. Dennoch schaltete Omid die Anlage aus.

»Ey, was soll das?«, fragte Justin. »Ich brauch das, um mich zu entspannen.«

Omid stellte die Musik wieder an, drehte sie jedoch ein wenig leiser. »Okay so?«

Justin grummelte.

»Was gibt's?«

»Vor ein paar Tagen wurde eine alte Frau überfallen«, erzählte Omid.

»Und?«, fragte Justin.

»Weißt du was darüber?«

Justin setzte sich auf. Er sah seinem Freund in die Augen. Einige Momente vergingen. »Warum ich? Ich hab damit nichts zu tun.«

»Sag ich doch auch nicht.« In letzter Zeit nahm Justin alles so persönlich. Er musste wie ein rohes Ei angefasst werden. Solche Phasen kamen bei ihm immer mal wieder vor und seine Freunde nahmen für gewöhnlich Rücksicht darauf. Alle wussten schließlich, wie Justins Familienleben aussah.

»Du kennst doch so viele Leute. Hörst so viel. Es ist nur so, dass Sophie *mich* verdächtigt«, erklärte Omid.

»Dich?«, sagte sein Freund laut. »Dass ich nicht lache. Weiß sie nicht, dass du ein Heiliger bist.«

Omid ließ sich auf den Sessel fallen. »Scheinbar nicht. Sie hat mich am Kiosk gesehen, als die alte Frau da eingekauft hat. Kurz danach wurde sie überfallen.«

Justin schmunzelte. »Jeder hier im Getto würde eher eine alte Frau überfallen als du. Sogar der kleine Dennis würde das eher bringen.«

Ob die letzte Aussage seines Kumpels als Beleidigung gedacht war oder einfach nur die Erkenntnis, dass er und Justin so rein gar nichts in dieser Hinsicht gemein hatten, wusste Omid nicht.

»Falls du was hörst ...«, begann Omid. Sein Freund ließ ihn jedoch nicht weitersprechen. »Was dann?« Justin sah ihm dabei fest in die Augen. Er stellte die Frage nicht, die Omid dennoch in ihnen las.

»Ich will es nur wissen. Mehr nicht!«

»Erkan vielleicht?«, überlegte Justin laut. »Er hat heute Morgen das Handy zurückgegeben. Irgendjemand hat uns bei Frau Schnitzler verraten. Vielleicht brauchte er Geld für ein neues Telefon? Ich mein ja nur.«

Omid stand auf. Er ging zur Tür. Dann drehte er sich noch einmal um.

»Erkan macht so was nicht. Außerdem war der Überfall auf die Frau schon vorher. Wollt ihr immer noch den Kiosk von Sophies Vater ausrauben?«

Justin antwortete nicht. Stattdessen zuckte er mit den Schultern.

»Habt ihr nicht genug Kohle mit dem Bruch vor ein paar Tagen gemacht?«, fragte Omid nach.

»Was ist schon genug?«, stellte Justin in den Raum und legte sich wieder auf das Sofa.

Melanie lag auf dem Bett und sah fern, als es an der Tür klingelte. Ihre Mutter öffnete und ließ die Freundin der Tochter herein. Höflich begrüßte das Mädchen die Mutter, zog die Schuhe aus und betrat dann Mels Zimmer.

»Da bist du ja!«

»Du weißt doch, dass ich nicht immer zu Hause rauskomme«, rechtfertigte Aisha sich. »Was gibt es denn so Wichtiges?«

Melanie drehte sich auf den Rücken. In ihren Armen hielt sie ein Kissen, das sie ganz fest umschlungen an sich drückte. Ihre Augen lächelten verträumt.

»Ich habe mit ihm gesprochen«, erzählte Melanie.

»Mit wem?«

»Mit wem wohl? Justin! Ich habe ihn angesprochen«, berichtete sie voller Stolz.

»Und?«, wollte Aisha wissen. »Was ist passiert?«

In ihrer Fantasie, die durch das Studium des Jugendmagazin in den letzten Tagen auf Hochtouren kochte, spielten sich die abenteuerlichsten Szenen ab. Hatten sie sich etwa geküsst?

»Nichts ist passiert«, sagte Mel zur Enttäuschung ihrer Freundin.

»Vorläufig nicht«, ergänzte Melanie schnell.

Aisha überlegte. »Was meinst du damit?«

»Er hat mich eingeladen. Justin meinte, er hätte so einen Kellerraum, voll eingerichtet, mit Musik und allem. Da hätten sie sogar Bier. Die Jungs hängen da immer ab. Und wenn ich will, kann ich mal mitkommen«, erklärte Melanie.

»Aber wenn du mit den Jungs abhängst ...«, Aisha verstand das nicht. Sie würde niemals auf die Idee kommen, mit Jungen abzuhängen. Nicht mit einem, geschweige denn mit mehreren.

»Wenn ich es geschickt anstelle, treffe ich Justin dort, wenn er alleine ist. Er meinte, dass er dort auch viel Zeit ohne seine Freunde verbringt.«

»Und dann?«, fragte Aisha aufgeregt.

»Was weiß ich?« Melanie nahm das Kissen und drückte es kichernd an ihre Brust.

»Ich glaube nicht, dass das eine gute Idee ist.«

»Was kann da schon passieren?«

Melanie nahm die Fernbedienung. Der verträumte Gesichtsausdruck war klarer Nüchternheit gewichen. Sie zappte zu einem anderen Kanal, auf dem ihre Lieblingssängerin performte. Dann drehte sie auf, ganz laut, und wippte mit dem Kopf zum dröhnenden Beat.

Das Gespräch mit Justin war nicht so gut gelaufen, wie Omid gehofft hatte. Er konnte nur schwer einschätzen, was mit Justin los war. Wahrscheinlich traute Justin ihm nicht mehr. Dabei konnte er doch noch gar nichts von dem Brief wissen, den Omid an Sophies Vater geschickt hatte.

Allein die Tatsache, dass er sich oft auf die Seite von Dennis gestellt hatte, konnte nicht ausschlaggebend für Justins jetziges Verhalten sein. Omid stellte sich oft auf die Seite von Schwächeren. Das machte seinem Kumpel für gewöhnlich nichts aus. Schließlich hatte Justin damit einen Ansatzpunkt, um Omid immer wieder aufzuziehen. Justin brauchte das. Er machte sich gerne über einen aus der Gang lustig. Mal war es Milan, weil der nicht besonders clever war, mal eben Omid, weil er auf seine Schwester aufpasste und sich für Schwächere einsetzte. Justin war schon ein merkwürdiger Typ.

Omid ging über den Platz am Kiosk vorbei. Alle Menschen waren in letzter Zeit ein wenig komisch. Er dachte an Sophie, die in ihm einen Wirbelsturm der Gefühle auslöste. Vielleicht steht der Mond irgendwie falsch, dachte er gerade, als Sophies Vater ihm hinter dem Fenster zulächelte. Heute wollte Omid keine Schokoriegel kaufen. Er lächelte nur zurück und ging weiter.

Hinter sich hörte er eine Stimme, die nach ihm rief. Sie war weit entfernt, sodass Omid sie zunächst niemandem zuordnen konnte. Hinter dem großen Busch kam plötzlich Sophie zum Vorschein, die wie wild winkte.

»Omid, warte!«

Außer Atem blieb Sophie vor ihm stehen. Sie hielt sich mit einer Hand ihre Seite. Die andere legte sie auf Omids Schulter.

»Gut, dass ich dich noch erwische«, keuchte sie. »Ich habe dich aus dem Bus heraus gesehen.«

»Alles in Ordnung?«, fragte Omid besorgt. »Komm doch erst mal wieder zu Atem.«

»Alles bestens. Ich komme aus dem Krankenhaus«, dabei lächelte sie. »Frau Brunner liegt dort.« Sophie holte tief Luft.

»Die Frau, die überfallen wurde?«

Sophie nickte.

»Geht es ihr wieder gut?«, fragte Omid. Er wirkte ehrlich interessiert.

»Es tut mir so leid«, sagte Sophie. »Ich hatte wirklich geglaubt, dass du damit zu tun hast. Du bist ihr an dem Tag hinterhergelaufen. Und als du zurückkamst, bist du über den Platz gerannt.«

Hilflos sah Sophie Omid an.

»Und jetzt glaubst du das nicht mehr?«

»Es war ein kleiner, schmächtiger Typ, hat Frau Brunner gesagt.«
Omid lächelte.

»Ich bin am Freitag nicht der Frau hinterhergelaufen, sondern Dennis. Ich wollte mit ihm reden. Aber das hat sich ja jetzt auch erledigt, da Dennis sein Handy zurückhat«, erzählte Omid.

»Dennis hat sein Handy zurück?«

»Heute Morgen wohl, so hat es mir Justin erzählt. Ich weiß nicht, warum sie es zurückgegeben haben. Erkan wollte es eigentlich behalten.«

Omid war überglücklich. Sophie sprach mit ihm. Sie war ihm hinterhergerannt, hatte seinen Namen gerufen und war außer Atem, als sie bei ihm ankam. Er wusste nicht viel von Frauen. Aber das war mit Sicherheit ein gutes Zeichen.

Sophie nahm langsam ihren Arm von seiner Schulter. Ihr Gesicht wurde wieder ernster und Omid verfluchte in diesem Moment den Mond.

»Was ist?«, fragte er vorsichtig.

»Du bist Dennis an dem Tag hinterhergelaufen?«, fragte sie.

Omid nickte. »Ja, es hatte da so ein Missverständnis am Vormittag gegeben.«

»Er war auch am Kiosk, kurz nach dir, als ich Frau Brunner verabschiedete«, erinnerte sich Sophie und sah Omid dabei in die Augen. Dann, wenige Sekunden später, schüttelten beide lächelnd ihre Köpfe.

»Nein, Dennis doch nicht!«, sprach Omid das aus, was beide einen Moment lang gedacht hatten.

Es war bereits halb sieben. Aus dem Fernseher dröhnte die Musik einer Retortenband, die in einer der vielen Castingshows der letzten Jahre zusammengewürfelt worden war. Mel fand die drei Mädels cool. Die haben es geschafft, dachte sie, während die Sängerinnen sich leicht bekleidet auf dem Bildschirm rekelten.

Aisha saß neben ihr. Sie blätterte durch die Jugendmagazine der vergangenen Wochen, die ihre Freundin neben dem Bett stapelweise liegen hatte.

»Kannst sie ja mitnehmen«, sagte Melanie, bevor sie eine Kaugummiblase zerplatzen ließ.

Aisha sah auf, zum Fernseher hin. Niemals würde sie eines dieser Hefte auch nur in die Nähe ihrer Eltern bringen. Obwohl ihr Vater es wahrscheinlich nicht herausfinden würde, wenn sie ein Heft in ihrem Schulranzen nach Hause schmuggelte und es unter ihrem Bett, in der hintersten Ecke, hinter all dem Spielzeug ihrer Kindheit versteckte. Aber Aisha würde das Heft nie wieder hervorholen, aus Angst, dabei erwischt zu werden. Themen wie Masturbation oder der erste Sex gehörten nicht unter ihr Bett, da war sich Aisha sicher.

Als sie das ausgelesene Heft auf den Stapel neben dem Nachttisch zurücklegen wollte, blieb ihr Blick am Wecker hängen.

»Verdammt«, stieß Aisha hervor und sprang sofort vom Bett. »Sag, dass das nicht wahr ist.«

Erschrocken sah ihre Freundin zu ihr auf.

»Was?«

Aisha griff zu ihrem Handy. Dessen Uhr zeigte dieselbe Zeit an. Es war schon halb sieben.

»Verdammt! Verdammt! Verdammt!«, rief sie aus, während sie aus dem Zimmer stürmte.

Omid hatte einen schönen Nachmittag mit Sophie verbracht. Nachdem sie über die schwierigen Themen gesprochen hatten, waren sie zur Eisdiele ins Einkaufszentrum gefahren. Sie saßen auf einer Bank in einem nahegelegenen Park, auf der die um diese Jahreszeit immer noch schwachen Sonnenstrahlen den beiden ein wenig Wärme spendeten. Omid erzählte von seiner Kindheit in Afghanistan und Sophie von dem viel zu frühen Tod ihrer Mutter.

Er versuchte, ihr zu erklären, warum die Gang wichtig für ihn war. Und sie versuchte, ihn davon zu überzeugen, dass er ohne seine Gang besser dran sei.

Sie lachten ausgelassen. Die Zeit verflog viel zu schnell. Omid brachte sie schließlich zum Platz der Siedlung zurück, auf dem sie sich mit einem freundlichen Handschlag und einem tiefen Blick in die Augen verabschiedeten, so wie es sich für ein erstes Date gehörte.

Danach schwebte Omid zu seinem Haus. Er lächelte bei der Erinnerung an den Nachmittag. Er schloss die Haustür auf. Seine Mutter steckte den Kopf aus der Küche, um ihn sofort wieder darin verschwinden zu lassen. Noch ehe er die Situation erfasst hatte, war bereits sein Vater aus dem Wohnzimmer in den Flur getreten.

»Wo ist Aisha?«, fragte er mit vor Zorn bebender Stimmer.

Omid griff zu seinem Handy. Doch bevor er ihre Nummer gewählt hatte, öffnete sich hinter ihm die Wohnungstür. Aisha stand im Türrahmen. Ihre Augen waren zusammengekniffen und ihre Schultern nach oben gezogen. Sie ahnte, was sie nun erwartete.

Als Erkan im Loch eintraf, waren alle anderen schon da. Alle, außer Omid. Der hatte ihm kurz vorher eine SMS geschickt, dass er nicht kommen würde. Familienangelegenheiten! Erkan hatte ihn nicht weiter danach gefragt. Schließlich war es bei Omid nicht ungewöhnlich, dass er für seine Schwester den Aufpasser spielen musste.

Justin reichte Dave eine Flasche Bier. Die beiden Kleinen hatten schon jeweils eins vor sich auf dem Tisch stehen, und auch Erkan sagte nicht nein, als ihm Justin das Getränk reichte.

»Omid kommt nicht«, sagte er dann in die Runde. »Stress zu Hause!«

»Gut«, meinte Justin. »Ein Problem weniger.«

»Problem? Was denn für 'n Problem, Alter?«

»Nichts gegen Omid. Aber er ist in letzter Zeit, sagen wir mal, ein wenig lasch geworden. Vielleicht liegt es daran, dass er sich in die Kleine vom Kiosk verguckt hat«, erklärte Justin. »Dave und ich haben uns vorhin darüber unterhalten, dass wir den Bruch in den Kiosk am Platz möglichst bald durchziehen sollten. Sonst dreht Omid noch am Rad.«

Alle vier sahen aufmerksam zu Justin, der wie immer das Kommando an sich gerissen hatte.

»Ich schlage vor, dass wir es gleich heute Abend über die Bühne bringen. Was meinst du?«, dabei sah Justin Erkan an.

»Wie letztes Mal? Treffen wir uns wieder um eins?«

Dave und Justin nickten sich gegenseitig zu. Milan stand auf: »Ich will dieses Mal auch dabei sein!« Aufgeregt sah er zu seinem Freund hinüber, der ihn überrascht anstarrte.

»Klar, jeder ist willkommen!«, meinte Dave und setzte dabei die Flasche zu einem großen Zug an.

»Wie sieht's mit dir aus?«, fragte Justin Rico.

»Echt nicht, Mann. Meine Eltern killen mich, wenn ich erwischt werde!«

»Ach was. Die erwischen uns doch nicht«, sagte Milan und sah dabei in die Runde. »Das wird voll krass!«

Omid lag auf seinem Bett und starrte an die Decke. Eine Woche Hausarrest, und das ausgerechnet jetzt. Seine kleine Schwester hatte ihm das eingebrockt. Wenigstens hatte sie gleich zwei Wochen aufgebrummt bekommen. Schließlich war sie es gewesen, die zu spät nach Hause gekommen war.

Aber all der Ärger verflog, sobald er an Sophie dachte. An ihren Nachmittag im Einkaufszentrum, an ihr Gespräch auf der Bank. Er konnte ihr einfach alles erzählen. Dabei schämte er sich für nichts. Er hatte das Gefühl, dass sie alles verstand und ihn für nichts verurteilte. Er war verknallt, das war klar. Er war das erste Mal in seinem Leben richtig doll verliebt.

Er drehte sich auf die Seite und überlegte, wie die kommenden Tage aussehen würden. Wenigstens konnte er sie in der Schule sehen. Er musste ihr sagen, dass er sich für ein paar Tage rarmachen musste. Sie sollte nicht denken, dass er sie nun wieder links liegen ließ.

Ein Seufzer entfuhr Omid. Und wenn sie heute Nachmittag nur hatte freundlich sein wollen? Vielleicht hatte sie sich nur wegen der falschen Verdächtigungen bei ihm entschuldigen wollen. Aber Sophie war ihm über den Platz hinterhergerannt, war völlig außer Atem gewesen, als sie bei ihm angekommen war. Das musste doch etwas zu bedeuten haben. Frauen liefen doch nicht ohne Grund einem Mann hinterher. Frauen waren ja so kompliziert!

Der Platz vor dem Kiosk war ungewohnt still, als Justin mit seinen Komplizen auftauchte. Milan hatte Wort gehalten und wartete mit Erkan und Dave an der Hausecke, während Justin die Lage erkundete. Er überzeugte sich, dass niemand in der Nähe war. Rundherum war es menschenleer.

Dave hatte eine Brechstange mitgebracht. Sie wollten nicht wie beim letzten Mal durch eine kaputte Fensterscheibe klettern müssen. Es wäre auch zu laut geworden, eine Scheibe in der bewohnten Gegend mitten in der Nacht einzuschlagen, zumal rundherum kein einziges Geräusch zu hören war außer dem, das sie selbst verursachten. Die gläserne Eingangstür war zusätzlich mit einer Gittertür gesichert. Justin zerschnitt bereits mit einem Bolzenschneider das Vorhängeschloss, das die Gittertür sicherte, als die Jungen sich dazugesellten.

»Das war doch kinderleicht«, sagte der Anführer, der stolz das Schloss nach oben hielt.

Wie beim ersten Einbruch hatten sie Motorradmasken auf. Dave öffnete die Gittertür, ehe er das Brecheisen positionierte und dann mit voller Wucht gegen den Türrahmen drückte. Mit einem lauten Wums rutsche das Metall ab. Daves Hand blutete.

»Ruhig, Mann!«, zischte ihn Justin an. Er nahm nun selbst das Werkzeug in die Hand und setzte erneut an. Diesmal schlug er es mit seinem Handballen in den Schlitz tiefer hinein. Es brauchte nur zwei dumpfe Schläge, dann saß die Stange fest. Mit einem kräftigen Ruck riss Justin daran, worauf sich der Spalt zwischen Türblech und Rahmen an dieser Stelle weitete. Die Tür bewegte sich jedoch nicht einen Zentimeter.

»Verdammt!«, fluchte Dave, der ein Papiertaschentuch auf seine offene Wunde drückte. Wütend stapfte er auf die andere Seite des Platzes zu der Grünfläche, auf der ein paar Bäume wuchsen. Dave schaute zu Boden, als suchte er etwas. Die drei anderen Jungen sahen ihm dabei aus der Ferne zu. Als Dave nicht fündig zu werden schien, ging er zu den Parkplätzen rüber.

»Was macht Dave?«, fragte Milan.

»Keine Namen, Mann!«, zischte Erkan von der Seite.

Nun trat Dave mit seiner Fußsohle in den Boden. Er löste scheinbar etwas. Justin ahnte, was sein Freund vorhatte. Mit einem Pflasterstein kehrte Dave zu seinen Freunden zurück.

»Also dann doch die Scheibe«, grummelte er und warf sofort den Stein in die Glastür. Lautes Scheppern hallte durch die Nacht. Erschrocken sahen sich alle vier um.

Stille. Nichts als Stille. Die Jungs lachten. Dann übernahm Erkan die Führung, löste noch ein paar lose Glassplitter aus der Tür und betrat anschließend den Kiosk. Die anderen folgten ihm.

»Das ist ja geil«, sagte Milan aufgeregt und stürmte auf das Regal mit den Süßigkeiten zu. Er schnappte sich ein paar Tüten Gummibärchen und griff auch bei den Schokoladennüssen zu. Beides stopfte er sich in die Jackentasche, während seine Mitstreiter schon durch die Lagertür verschwunden waren. Milan schnappte sich noch einen Müsliriegel und schlurfte dann hinterher.

»Das ist ja wie im Schlaraffenland«, schwärmte er mit vollem Mund. Die anderen hatten allerdings nicht den Kopf frei für Milans Kindereien. Sie füllten bereits die mitgebrachten Taschen je zur Hälfte mit Zigaretten und Alkohol.

»Nicht so viel Sprit«, mahnte Dave. »Das kriegt Bob nicht so gut los wie die Kippen.«

Die sind sowieso leichter, dachte Justin, während er die zweite Tasche bereits befüllte. Auch Milan kümmerte sich jetzt um das Diebesgut, das es zu verstauen galt. Langsamer als seine Kollegen begutachtete er jedoch auch die Ware, bevor er sie in die Tasche stopfte.

»Wer raucht denn die Marke?«, fragte er in den Raum und warf dann eine Stange, die er nicht kannte, über seine Schulter.

»Was soll der Scheiß?«, fragte Dave verärgert. »Du bist hier nicht auf 'ner Butterfahrt. Nimm mit, was du kriegen kannst, und dann nichts wie weg hier.«

Schweigend packten die Jungs weiter.

Als der Polizeiwagen in die Siedlung einbog, war alles still. Seit dem Einbruch im nahegelegenen Kiosk am Bahnhof und dem Überfall auf die Rentnerin hatte man die Polizeipräsenz im Viertel erhöht. Sie fuhren daher nun schon zum dritten Mal während ihrer Schicht am Platz vorbei. Langsam, fast im Schritttempo, warfen sie einen Blick auf den Supermarkt, den Imbiss und auch den Kiosk im schwachen Laternenlicht. Es schien alles in bester Ordnung zu sein.

»Warte mal«, sagte der Polizist auf dem Beifahrersitz. »Schau mal, da drüben. Da stimmt doch was nicht.«

Er deutete auf die offenstehende Gittertür und die kaputte Glasscheibe dahinter.

»Schon wieder ein Einbruch? Ruf Verstärkung!«, forderte der Beamte auf dem Fahrersitz seinen Kollegen auf. Er parkte am Straßenrand und verließ den Wagen, während sein Freund über Funk weitere Einsatzfahrzeuge anforderte.

»Aber dieses Mal leise und ohne Blaulicht!«

Sie verließen das Lager mit vollgepackten Taschen. An der Kiosktür ließ Justin seine Augen über den Platz wandern. Nach wie vor war dieser immer noch leer. Hinter den Bäumen hätte man die Umrisse eines Autos vermuten können. Aber warum sollte dort mitten in der Nacht ein Auto parken?

Er wollte schon den Kiosk verlassen, als Dave ihn am Ärmel zurückzog. Im schwachen Licht des Platzes bewegte sich etwas. Es war nur schwer zu erkennen, aber es war eindeutig ein Mann. Der Mann kam langsam näher an den Kiosk heran. Er hatte eine Mütze auf, die stark nach der eines Polizisten aussah.

»Scheiße, Scheiße, Scheiße«, wimmerte Erkan. »Sind das etwa die Bullen?«

Die vier Jungen kauerten hinter dem Zeitschriftenregal am Boden. Dave wies sie an, noch einmal zurück ins Lager zu gehen. Sie mussten überlegen, wie ihre scheinbar aussichtslose Situation vielleicht doch noch zu retten war.

»Wenn wir sagen, dass wir gesehen haben, dass die Tür offen stand, und nur gucken wollten, was los ist ...«, schlug Milan vor, während Dave den hinteren Raum nach einer Fluchtmöglichkeit absuchte.

»Und bei der Gelegenheit haben wir gleich die mitgebrachten Taschen gefüllt? Blödsinn!«, fauchte Justin.

»Er war allein«, stellte Dave nüchtern fest, der nur ein vergittertes Fenster gefunden hatte. »Der wird uns nicht allen gleichzeitig hinterherlaufen können.«

»Und wenn er einen erwischt?«, fragte Erkan verängstigt.

»Das darf einfach nicht passieren«, antwortete Justin.

Voller Wut trat er ein Regal um. Flaschen, Schokoriegel und andere Verkaufsartikel, die hier gelagert wurden, fielen zu Boden. Es schepperte um sie herum. Dave zischte seinen Freund mit aufgerissenen Augen an. »Geht's noch, Digger.«

Erkan war kreidebleich. Hilflos sah er seine Freunde an.

»Und wenn sie uns doch erwischen?« Milan biss sich auf die Unterlippe.

»Dann halten wir dicht!«, sagte Dave bestimmt, der in dieser Situation als Einziger einen klaren Kopf bewahrte. »Euch kann nichts passieren. Ihr seid nicht vorbestraft. Die nehmen höchstens eure Personalien auf und schicken euch wieder nach Hause!«

Dave sah durch die Lagertür an der Eingangstür vorbei auf den Platz. Er erkannte durch die zerschlagene Scheibe nun auch eine zweite Person. Es wurde höchste Zeit, dass sie sich aus dem Staub machten, ehe noch mehr Bullen anrückten.

»Alles klar? Lasst die Sachen hier liegen und dann nichts wie weg!«, gab Dave das Kommando und sprintete auch schon los. Die anderen folgten ihm.

Das Telefon klingelte. Es war zwei Uhr in der Früh. Herr Weber reckte sich im Bett und überlegte gerade, warum er immer von klingelnden Telefonen träumte, als Sophie in sein Schlafzimmer trat.

»Die Polizei ist am Telefon!«

Schlagartig war Sophies Vater wach. Er sprang auf und nahm seiner Tochter das Telefon aus der Hand: »Weber!«

»Herr Weber, wir müssen Ihnen leider mitteilen, dass heute Nacht in Ihrem Geschäft eingebrochen wurde.«

Er hörte wie in Trance, was ihm der Mann am Telefon erzählte. Eine Bande, Fensterscheibe kaputt, Glück gehabt, vorbeikommen. Er konnte es immer noch nicht fassen. Sein Kiosk, die

Existenzgrundlage für seine Familie, und darin war eingebrochen worden. Verdammt!

Man hatte ihn gewarnt. Dennoch hatte er keine Konsequenzen daraus gezogen. Für so etwas gab es Sicherheitsdienste und Alarmanlagen. Aber dafür war kein Geld da. Derzeit zumindest nicht. Die Umsätze waren schon lange nicht mehr so gut wie damals, als er und seine Frau den Kiosk eröffnet hatten. Als später der Discounter an der Ecke eröffnete, waren die Umsätze stark eingebrochen.

»Kommen Sie vorbei?«, fragte der Polizist am Telefon ein zweites Mal.

»Natürlich«, murmelte Herr Weber. »Ich bin gleich unten.«

Sophie stand immer noch im Flur. Sie war hellwach, im Gegensatz zu ihm, der immer noch schlaftrunken seinen Kopf hielt.

»Geh ins Bett. Es wurde im Laden eingebrochen. Ich muss runter. Pass auf deinen Bruder auf. Wenn was ist, bin ich über mein Handy zu erreichen.«

Herr Weber stürmte in sein Zimmer und warf sich in die erstbesten Klamotten, die er in die Finger bekam. Danach eilte er im Flur noch einmal an seiner Tochter vorbei, gab ihr einen Kuss und verschwand durch die Wohnungstür.

Nach einer halben Stunde traf auch Justin im Loch ein. Erkan und Dave warteten dort bereits auf ihn.

»Da bist du ja, Alter!«, begrüßte ihn Erkan gelöst und drückte ihn dabei an seine Brust.

»Dauert bei mir eben immer etwas länger«, antwortete der und sah sich im Loch um.

»Wo steckt Milan?«

Die beiden zuckten mit den Schultern.

»Er war noch nicht da«, sagte Erkan bleich und setzte sich wieder auf den Sessel, von dem er zuvor aufgesprungen war.

»Ausgerechnet Milan«, sagte Justin leise.

»Das heißt doch gar nicht, dass sie ihn gekriegt haben. Vielleicht hat sich Milan so doll erschreckt, dass er sofort zu seiner Mutti gerannt ist.« Dave hatte offensichtlich keine Angst um ihren Kumpel.

»Wir waren hier verabredet!«, sagte Justin laut. Er stand immer noch im Eingang, in der Hoffnung, dass er die Schritte seines Freundes jeden Moment im Flur hören würde. Aber es blieb still im Kellergang. Minutenlang war nichts zu hören. Dann sprach Erkan das aus, was alle dachten.

»Und wenn sie ihn doch haben und er uns verpfeift?«

Erschrocken sahen sich alle an. Sie waren alle müde und doch innerlich hellwach. Es war nicht die richtige Zeit, um über einen Verräter in ihren Reihen nachzudenken.

»Wenn wir ihn anrufen und nachfragen, ob er zu Hause ist?«, fragte Justin, der nicht wahrhaben wollte, dass Milan geschnappt worden war.

»Wenn die Bullen sein Handy haben und auf dem Display erscheint, dass Justin anruft? Mitten in der Nacht?« Dave schüttelte den Kopf. »Ich glaube, dass das keine gute Idee ist.«

»Man kann doch anonym anrufen«, sagte Justin aufgeregt.

Er nahm sein Handy und tippte darauf herum. Dave lehnte sich nach vorne: »Was machst du da, Digger?«

Erkans Handy klingelte.

»Ist meine Nummer zu sehen?«, fragte Justin.

»Nö, nichts«, antwortete Erkan. »Unbekannte Nummer steht hier nur.«

Erneut tippte Justin etwas ein. Er wartete. Zwei, drei, vier Pieptöne drangen an sein Ohr. Dann hörte er eine Stimme sagen: »Ja?«

Justin drückte sofort auf den Auflegeknopf. Versteinert starrte er auf das Display.

»Und?«, wollte nun auch Dave wissen.

»Das war nicht Milan!«

Als Herr Weber an seinem Kiosk ankam, standen bereits drei Polizeiwagen davor. Das Blaulicht überzog den Platz mit einem unruhigen Flackern. An der Seite eines Wagens standen zwei Polizeibeamte, die sich mit einem Jungen unterhielten. Beim zweiten Blick erkannte Herr Weber, dass der Junge seine Hände auf dem Rücken hatte. Wahrscheinlich trägt er Handschellen, dachte Sophies Vater.

»Ist das einer von ihnen?«, fragte Herr Weber einen Polizisten, der vor der kaputten Eingangstür stand und auf einem Block Notizen machte.

»Wahrscheinlich«, antwortete der Beamte. »Sind Sie Herr Weber?«

Sophies Vater nickte.

»Haben Sie Ihren Personalausweis dabei?«, fragte der Polizist. »Ich muss das überprüfen. Schließlich ist das hier ein Tatort.«

Der Kioskbetreiber zog aus seiner hinteren Hosentasche sein Portemonnaie, suchte nervös darin herum und reichte dem uniformierten Beamten das gewünschte Dokument.

»Danke, Herr Weber«, sagte der Polizist, nachdem er die Personalien überprüft hatte. Er notierte sich einige Angaben und gab seinem Gegenüber den Personalausweis zurück.

»Wir haben vorhin telefoniert. Kennen Sie den Jungen denn?«

Der Kioskinhaber schüttelte den Kopf.

»Macht nichts«, antwortete der Polizist. »Bisher verweigert er jede Auskunft. Wir werden ihn deshalb mit aufs Revier nehmen. Da klären wir dann erst einmal seine Identität.«

Herr Webers Blick wanderte vom unbekannten Jungen über den Platz in sein Geschäft hinein. Glasscherben bedeckten den Boden. Vor dem Regal mit den Illustrierten sah er eine Reisetasche liegen, die er nicht kannte. Er wollte die kaputte Tür aufschließen, doch der Polizist hielt ihn davon ab.

»Erlauben Sie?« Er nahm Herrn Weber den Schlüsselbund ab.

»Die Spurensicherung muss erst ihre Arbeit beenden. Danach können Sie hinein. Okay?«, fragte der Polizist, ohne eine Antwort zu erwarten. Er gab den Schlüssel weiter an eine junge Frau, die sich daran machte, mit einem Pinsel die Tür abzupudern.

»Wir werden Sie noch für eine Aussage auf dem Revier benötigen«, wandte sich der Polizist wieder an Herrn Weber.

Der nickte nur. Sophies Vater spürte die kalte Morgenluft an sich hochkriechen. Erst jetzt bemerkte er, dass er keine Jacke angezogen hatte, als er aus der Wohnung gestürmt war. Nachts war es im April noch sehr kalt.

Milan lehnte sich auf der kalten Bank der Zelle zurück, auf der er saß, während er auf die Ankunft seiner Eltern wartete.

Er konnte es nicht fassen. Im Sportunterricht war er einer der schnellsten Sprinter überhaupt. Normalerweise hängte er Erkan und Justin locker ab. Warum hatte sich der Polizist ausgerechnet an seine Fersen geheftet? Schließlich waren alle anderen vor ihm losgestürmt.

Er war gerade erst vierzehn Jahre alt. Damit fiel er nur unter das Jugendstrafrecht. Dave hatte gesagt, dass ihm nichts passieren konnte. Personalien aufnehmen und dann nach Hause schicken. Das klang doch gut.

Weniger gut allerdings fand Milan die Tatsache, dass seine Eltern verständigt worden waren. Sein Vater würde ihn verprügeln, das wusste Milan jetzt schon. Das änderte aber nichts daran, dass er seine Kumpel nicht verraten würde. Das würden die anderen auch nicht tun. Sie hatten es sich schließlich gegenseitig geschworen.

Milan würde schweigen. Nicht ein einziges Wort sagen. Er hatte ihnen nur seine Personalien verraten. Spätestens wenn seine Eltern kamen, mussten sie ihn nach Hause schicken. So, wie Dave es gesagt hatte.

Eine Träne stieg in sein rechtes Auge, die er sofort wieder wegwischte. Jetzt nur keine Schwäche zeigen!

Sophie lag hellwach in ihrem Bett. Wie kam ihr Vater auf die Idee, dass sie jetzt noch schlafen konnte. Seit einer Stunde flogen Gedankenfetzen durch ihren Kopf und wurden sofort wieder durch andere verdrängt.

Sie hatten es tatsächlich gemacht. Sophie hatte die Ankündigung im Brief nicht wahrhaben wollen. Omid hatte auf ihre Frage, ob er ihnen das Schriftstück geschickt habe, nicht klar geantwortet. Er hatte es aber auch nicht abgestritten. Wer sonst, als die Black Amigos, konnten für den nächtlichen Einbruch in ihrem Kiosk verantwortlich sein?

Sophie stand auf und ging in die Küche. Sie war besonders leise, um ihren Bruder nicht zu wecken. Aus dem Kühlschrank holte sie eine Tüte Milch, die sie in einem Topf auf dem Herd erwärmte. Heiße Milch beruhigt, hatte ihre Mutter früher gesagt und ihr immer dann zubereitet, wenn Sophie nicht einschlafen konnte. Damals, als sie noch ein kleines Mädchen gewesen war.

Noch vor wenigen Stunden war sie mit Omid zusammen gewesen. Wenn es tatsächlich Omid war, der ihr den Brief geschrieben hatte, und daran wollte Sophie unbedingt glauben, warum hatte er sie dann heute Nachmittag nicht erneut gewarnt? Eine kleine Andeutung hätte genügt. Sophie hätte sie verstanden. Oder hatte er etwas gesagt, das sie nicht richtig interpretiert hatte?

Die Milch kochte schon fast über, als Sophie sie von der Platte zog. Dampfend füllte sich der Becher. Sie gab einen großen Löffel Honig hinein. Nervennahrung! Dann nahm sie wieder am Küchentisch Platz und überlegte mit dem heißen Getränk in der Hand, was Omid heute Nachmittag alles gesagt hatte.

Nachdem sie das dritte Mal das Gespräch durchgegangen war, war sich Sophie sicher, dass sie nichts überhört hatte. Omid hatte sie nicht gewarnt. War er vielleicht doch nicht der Verfasser des Briefes? Oder wusste er einfach nicht, was seine Freunde planten? Schließlich hatte Omid den ganzen Nachmittag bis in den frühen Abend hinein mit ihr verbracht.

Sie nahm einen Schluck heiße Milch. Ihre Mutter hatte recht, dachte Sophie. Heiße Milch beruhigt. Sie gab sicherheitshalber einen zweiten Löffel mit Honig in den Becher. Vielleicht war es ja auch der Honig, der ruhiger machte. Sie konnte sich nicht mehr so genau daran erinnern.

Es war müßig, sich Gedanken darüber zu machen, was Omid wusste, was er tat oder nicht tat, und warum er sie nicht gewarnt hatte. Vielleicht war es ja doch nicht seine Gang gewesen. Sophie musste bis zum kommenden Morgen warten, wenn sie Omid in der Schule traf. Erst dann konnte sie ihn fragen. Bis dahin wollte sie Omid nicht vorverurteilen. Damit hatte sie schon beim Überfall auf Frau Brunner falschgelegen und viel Schaden angerichtet.

Nachdem sie den Becher geleert hatte, legte sie sich zurück in ihr Bett. Wohlig warm war ihr, und auch der Kopf schien nicht mehr vor lauter Gedanken platzen zu wollen. Vielleicht gibt es für alles eine ganz einfache Erklärung, war ihr letzter Gedanke, ehe sie in einen tiefen Schlaf fiel.

Dave, Erkan und Justin hockten im Loch. Die Zeit des Wartens zog sich ins Unerträgliche. Jedes winzige Geräusch ließ sie aufschrecken. Sie sahen sich nicht an und sprachen nicht miteinander. Jeder hing seinen Gedanken nach. Justin sah immer wieder auf das Display seines Handys, und Erkan atmete alle paar Minuten ganz schwer ein. Gegen drei brach Dave das Schweigen.

»Milan kommt nicht mehr. Ich bin mir sicher, dass sie ihn haben.«

Erkan stand die Panik ins Gesicht geschrieben.

»Das darf doch alles nicht wahr sein, Digger! Wenn meine Eltern das erfahren«, sagte Erkan.

»Er hält dicht!«, war Justin immer noch überzeugt. Er warf Erkan einen stechenden Blick zu. »Er würde uns nie verraten. Milan ist ein echter Kumpel!«

Dave sah zu Justin rüber, der Milan mit so viel Entschlossenheit verteidigte. Er fragte sich, ob er selbst schweigen würde, wenn sie ihn erwischt hätten. Dave musste sich eingestehen, dass er sich nicht sicher war. Schließlich war er schon wegen diverser Kleinigkeiten polizeilich aufgefallen, weshalb er einen Gefängnisaufenthalt in einem solchen Fall nicht mehr für unwahrscheinlich hielt.

»Milan ist ein taffer Kerl«, sagte Dave aus seinen Überlegungen heraus. »Ich glaube auch, dass er dichthält.«

Erkan stand auf. »Ich muss los, sonst bin ich nicht zu Hause, wenn mein Vater aufwacht.«

Auch Dave stand auf. »Was ist mit dir, Justin?«

»Ich penn heute hier«, mit dem Kopf zeigte er zum Sofa. Allen war klar, dass keiner von ihnen ein Auge zumachen konnte, solange ihr Kumpel im Knast war. Dennoch verabschiedeten sie sich voneinander. Sie alle wollten jetzt alleine sein, um ihren Gedanken nachhängen zu können.

Während Erkan zu seinem Hochhaus hinüberrannte, fragte er sich, ob die Bullen immer noch in der Gegend waren. Aber als er den Platz überquerte, war nur noch die notdürftig geflickte Tür als Zeuge ihrer Tat übrig.

Mit gesenktem Haupt saßen seine Eltern am Tisch, als Milan das Vernehmungszimmer betrat. Sein Ihr-könnt-mir-gar-nichts-Lächeln gefror auf der Stelle. Seine Mutter hatte geweint, der

Ausdruck auf dem Gesicht seines Vaters schwankte zwischen Wut und Unglaube. Der Sohn setzte sich zu den beiden an den Tisch.

Der Polizeibeamte, der Milan bei der Verfolgungsjagd geschnappt hatte, war auch für die Vernehmung zuständig.

»Name, Anschrift, Alter und so weiter«, sagte der Mann mit Blick auf seine Notizen, »haben wir ja schon. Nun zum Tathergang. Milan, vielleicht möchtest du uns jetzt, da deine Eltern anwesend sind, erzählen, was heute Nacht passiert ist.«

Milan schwieg.

»Es kann vor Gericht nur von Vorteil für dich sein, wenn du kooperativ bist.«

»Aus mir kriegt ihr kein Wort raus«, blaffte Milan über den Tisch.

Die Mutter schluchzte laut auf. Ihr Sohn blickte starr auf die Tischplatte vor sich.

»Wir wissen, dass du im Kiosk warst. Und wir wissen, dass du Komplizen hattest«, versuchte es der Vernehmungsbeamte wieder.

»Ich hatte nichts damit zu tun«, sagte Milan trotzig.

»Und warum bist du dann weggerannt, als ich hinter dir her lief?«

»Nur so«, antwortete Milan knapp.

»Was soll das?«, fragte der Vater. »Was hast du nachts auf der Straße zu suchen? Warum warst du nicht in deinem Bett?«

»Die Bullen können mir gar nichts. Ich bin erst vierzehn! Sollen sie mich doch anzeigen. Dafür geh ich nicht in den Knast. Dafür krieg ich höchstens ein paar Sozialstunden.«

Milan sah den Beamten trotzig an.

Solche Jugendlichen hatte der Polizist schon zu Genüge erlebt. Es fing mit kleinen Einbrüchen an, dann kamen Festnahmen bei Schlägereien hinzu und irgendwann wurden sie bei etwas Größerem erwischt. In diesem Fall taten ihm die Eltern leid, die die erste Straftat ihres Jungen tatsächlich zu überraschen schien.

»Wenn du meinst. Jetzt wäre die beste Gelegenheit für dich zu reden. Wenn wir einen deiner Komplizen erwischen und der quatscht, ist es für dich zu spät.«

»Die quatschen aber nicht!«

»Also warst du doch dabei«, stellte der Polizist fest, während er etwas in das Protokoll schrieb.

»Das hab ich nicht gesagt«, keifte Milan. »Ich habe nichts damit zu tun. Egal was. Ich weiß von nichts!«

Mit verschränkten Armen lehnte sich Milan demonstrativ nach hinten. Sein Vater hatte nun auch Tränen in den Augen.

»So hab ich dich nicht erzogen, Sohn.«

Jetzt nicht weich werden. Du darfst jetzt nicht nachgeben, schoss es Milan durch den Kopf.

»Vielleicht redet dann ja einer deiner Kumpel.«

Der Polizist klappte den Hefter vor sich auf dem Tisch zusammen und stand auf.

»Ihr habt ja nur mich verhaftet«, sagte Milan leise.

»Vielleicht. Vielleicht aber auch nicht«, sagte der Polizist mit Blick auf Milan, der seinen Kopf beharrlich gesenkt hielt. Er wartete noch einige Sekunden. Dann hob sich Milans Kopf. Sie sahen sich direkt in die Augen.

»Ihr habt niemand von den anderen erwischt. Und wenn, dann quatschen die nicht!«, schrie der Junge den Polizisten an. Dann starrte er wieder vor sich auf den Tisch. Fast flüsternd sagte Milan noch: »Keiner von denen würde mich verpfeifen.«

Herr Weber nahm im Geschäft alles in Augenschein. Die Taschen mit dem Diebesgut waren von der Polizei ausgepackt und die Ware sorgfältig auf den Tresen gelegt worden. Sophies Vater überflog den Bestand im Lager und glich ihn mit dem Diebesgut ab. Wenn man vom Schaden im hinteren Zimmer absah, schien nichts zu fehlen.

Im Lager entdeckten die Ermittler der Polizei zwischen Flaschensplittern und anderen Dingen, die auf dem Boden verteilt im ausgelaufenen Alkohol herumschwammen, auch einen angebissenen Müsliriegel. Die Spurensicherung nahm ihn als Beweisstück mit, nachdem Herr Weber versichert hatte, dass weder er noch seine Tochter Süßigkeiten unverpackt liegen lassen würden.

»Wegen des Ungeziefers«, erklärte der Kioskbesitzer.

Im Polizeiwagen wurde er kurz darauf zum Revier gefahren, auf dem er seine Anzeige aufgeben sollte. Er hätte auch später am Morgen zur Polizei fahren können, aber das wollte Herr Weber nicht. Er erledigte die unangenehmen Dinge lieber sofort.

Ein Beamter führte ihn in ein Vernehmungszimmer, indem seine Aussage aufgenommen werden sollte. Da er erst nach der Polizei am Ort des Geschehens eingetroffen war, dauerte das nicht besonders lange.

»Sie kommen dann einfach noch mal bei uns vorbei, wenn Sie eine Inventur gemacht haben und die Summe des entstandenen Schadens genau kennen«, sagte der Polizist und verabschiedete sich.

Der Beamte, der ihn aufs Revier mitgenommen hatte, bot Herrn Weber an, ihn wieder nach Hause zu fahren. Da so früh morgens die Busse nur sehr selten fuhren, nahm Herr Weber dieses Angebot dankend an.

»Die Diebstähle in kleinen Geschäfte nehmen leider zu«, erzählte der Polizist, als sie an einer Bank vorbeikamen, auf der ein Paar im mittleren Alter saß. Die Frau schluchzte. Herr Weber dachte bei ihrem Anblick, dass er noch Glück gehabt hatte. Bei ihm war es nur ein materieller Schaden. Dem Paar war vielleicht etwas viel Schlimmeres passiert.

Schweigend fuhren Sophies Vater und der Polizist zurück ins Viertel, an der Bushaltestelle vorbei, an der Omids Vater bereits auf den Bus zur Arbeit wartete.

»Danke noch mal«, verabschiedete sich Herr Weber, als er aus dem Polizeiauto stieg. »Einen schönen Tag noch.«

Der Wagen fuhr ab. Dann stand Herr Weber allein auf dem Platz. Er sah auf seinen Kiosk, den er vor vielen Jahren mit seiner Frau eröffnet hatte. Noch nie war so etwas passiert. Kleine Ladendiebstähle von Kindern oder manchmal auch alkoholisierten Erwachsenen waren die schlimmsten Delikte, mit denen er bisher zu tun gehabt hatte. Die Gegend wurde schlimmer. Das wusste er schon lange.

Mit gesenktem Kopf schlenderte Sophies Vater durch die morgendliche Kälte. Am Bahnhof kaufte er frische Brötchen und ging dann nach Hause. In der Küche setzte er Kaffee auf, deckte den Tisch und wartete darauf, dass seine Kinder aufstanden.

Als Sophie schlaftrunken die Küche betrat, hatte ihr Vater bereits seinen dritten Kaffee getrunken. Er war hellwach.

»Guten Morgen, meine Kleine«, begrüßte er seine Tochter, als wäre nichts geschehen. Die tiefen Ringe unter seinen Augen sprachen eine andere Sprache.

Sophie nahm ihren Vater in den Arm und drückte ihn. »Alles okay?«, fragte sie.

»Natürlich, Sophie.«

Sie setzte sich an den Tisch und sah ihren Vater erwartungsvoll an. Der füllte einen weiteren Becher Kaffee und schob ihn seiner Tochter rüber.

»Und?«

»Na was schon? Es wurde eingebrochen. Die Polizei hat einen Verdächtigen mitgenommen. Ein Junge, vielleicht in deinem Alter. Klein und schmächtig.«

Herr Weber sah in seinen Becher, während er erzählte.

»Wurde viel gestohlen?«, fragte seine Tochter.

Er schüttelte den Kopf. »Nein, scheinbar wurden sie von der Polizei während der Tat ertappt.«

»Zum Glück«, murmelte Sophie in den Becher hinein.

»Sophie, und wenn schon. Das ist doch alles nur materielles Zeug! Dafür gibt es Versicherungen.«

Schweigend tranken sie ihren Kaffee.

Nachdem Milan im Verhörzimmer seine Aussage verweigert hatte, waren seine Eltern wieder in den Flur gesetzt worden, um auf ihren Sohn zu warten. Es waren noch ein paar Formalitäten zu klären. Fingerabdrücke und eine DNS-Probe wurden von dem Verdächtigen genommen, da man am Tatort einen abgebissenen Müsliriegel und ein paar Blutspritzer gefunden hatte.

Milan hatten sich zwar geweigert, seine Eltern willigten jedoch ein. Der Vater schüttelte immer wieder den Kopf und sagte: »Was ist nur aus dir geworden, mein Junge? Wie konntest du nur?«

Die Mutter sagte weiterhin nichts. Sie weinte still während der Vernehmung ihres Sohnes und auch, als sie auf dem Korridor saßen und Herr Weber an ihnen vorbeiging, der seine Kundschaft immer so zuvorkommend bediente. Sie konnte nicht aufhören zu schluchzen. Glücklicherweise hatte der Kioskbesitzer sie nicht erkannt.

Als Milan den Verhörraum verließ, schoss er an seinen Eltern vorbei. Der Vater stützte seine Frau beim Aufstehen. Dann folgten sie ihrem Sohn. Der Polizist trat auf den Flur und sah den beiden hinterher. Sein Kollege stellte sich daneben.

»Die Eltern tun mir leid«, sagte der erste leise.

»Ach, Peter. Die Eltern haben doch selbst Schuld!« Dabei klopfte der zweite Polizist dem anderen auf die Schulter und ging ins Verhörzimmer zurück.

Vor dem Gebäude wartete Milan auf seine Eltern. Statt reumütig auf die Schelte seines Vaters zu warten, blaffte Milan ihn an.

»Wie konntet ihr denen nur erlauben, meine Speichelprobe zu nehmen? Das durften die doch gar nicht!«, Milan drehte sich um und ging drei Schritte, ehe er sich wieder seinen Eltern zuwandte.

»Die hätten mir gar nichts gekonnt. Aber ihr müsst denen ja die Beweise direkt vor die Nase legen!«

Wie wild lief Milan vor seinen Eltern auf und ab. Er schüttelte den Kopf und sprach wie in Trance: »Die können mir gar nichts. Ich komm nicht in den Knast!«

Der Vater ballte seine Fäuste, riss sich aber zusammen. Am liebsten hätte er seinen Sohn genommen und geschüttelt. So lange geschüttelt, bis er wieder zu Verstand gekommen wäre. Aber er tat es nicht. Die Zeit, dass er seinen Sohn für Vergehen schlug, war jetzt vorbei.

»Du warst es, oder? Du bist in den Kiosk eingebrochen?«

Wütend sah Milan zu seinem Vater.

»Na, und wenn schon. Was geht es dich an?«

Die Mutter krümmte sich vor Kummer. Milans Vater hatte jetzt keine Zeit, sich um sie zu sorgen. Er schritt auf seinen Sohn zu, dessen Augen ihn immer noch voller Wut anstarrten.

»Das ist nicht recht! So was tut man nicht. Dafür kommt man ins Gefängnis«, schrie der Vater seinen Sohn an. »Verstehst du das denn nicht?«

Milan drehte sich weg. Er ging wieder ein paar Meter und blieb dann stehen.

»Was wollen die denn? Ich bin nicht vorbestraft. Das kommt noch nicht mal zur Gerichtsverhandlung, sagt Dave.«

Milans Gesicht hatte weichere Züge angenommen. Fast wirkte er wieder wie der kleine Milan, den sein Vater noch vor wenigen Jahren auf seinem Schoss sitzen hatte.

»Und wer ist dieser Dave? War der etwa auch mit dabei?«, wollte der Vater wissen.

Ängstlich sah Milan zum Polizeirevier im Hintergrund.

»Nein! Und ich geh jetzt nach Hause. Ich bin müde.«

Mit diesen Worten ließ Milan die beiden stehen. Er drehte sich um und stapfte zur Bushaltestelle. Seine Eltern folgten ihm.

MITTWOCH

In der Schule war der nächtliche Einbruch in Sophies Kiosk Thema Nummer eins. Im Pausenraum wurde Sophie von vielen Mitschülern umringt, die alle die Geschichte hören wollten. Eine Geschichte, die sehr kurz war, da Sophie ja so gut wie nichts wusste.

Omid versuchte, mit ihr Kontakt aufzunehmen, aber es war unmöglich. Immer wieder drängelte sich ein Mitschüler vor ihn, bis er es schließlich aufgab und den Raum verließ.

Der Schulkorridor wirkte auf ihn wie ein Ameisenhaufen. Seine Mitschüler bewegten sich hektisch in alle Richtungen. Dann sah er Justin in Begleitung von Rico auf sich zukommen. Aufgeregt fuchtelte der Jüngere mit den Händen. Justin schien das wenig zu kümmern. Er hielt scheinbar Ausschau nach jemand anderem. Kurz trafen sich ihre Blicke, aber Justin tat so, als hätte er ihn nicht gesehen und ging weiter.

Omid sah seinem Freund irritiert hinterher. Warum hatte Justin ihn nicht gegrüßt? Ignorierte er ihn? Was war seit ihrer letzten Begegnung geschehen? Omid versuchte, die Puzzleteile zusammenzusetzen.

Als er am Morgen am Platz vorbei zur Schule gegangen war, hatte er bemerkt, dass die Tür des Kiosks mit einem Holzbrett notdürftig verschlossen war. Bei genauerer Betrachtung erkannte man ein Polizeisiegel, das einen Tatort markierte. Omid ahnte, dass in der Nacht im Kiosk eingebrochen worden war.

Auf dem restlichen Weg zur Schule hatte Omid versucht, sich einzureden, dass seine Gang nichts damit zu tun hatte. Ganz sicher war er sich allerdings nicht gewesen. Schließlich hatte Justin, als Omid ihn gestern danach gefragt hatte, nicht konkret darauf geantwortet, sondern nur mit den Schultern gezuckt.

Jetzt, nach Justins Verhalten in der Schule, verstärkte sich sein Eindruck, dass sein Freund ihn gelinkt hatte. Sie waren es gewesen. Sie waren gestern Nacht in Sophies Kiosk eingebrochen. Da war sich Omid inzwischen sicher.

Sollte er seinen Freund zur Rede stellen? Aber vor Sophies Augen? Vielleicht würde das alles noch schlimmer machen. Könnte er doch nur mit ihr reden. Ihr erklären, dass er nichts davon gewusst hatte. Er ging zurück in den Pausenraum und versuchte erneut, sich dem Kreis der Zuhörer zu nähern.

Ein Mädchen tuschelte mit einem anderen: »Sie haben einen erwischt. Der ist wohl jetzt im Gefängnis.«

Erkan oder Dave, schoss es Omid durch den Kopf. Dann sah er wieder zu Sophie, die ihren Blick über die Menge schweifen ließ. Einen Moment trafen sich ihre Augen, doch ihr Blick huschte weiter und hielt erst zwei Sekunden später inne. Sie sah jetzt wieder ihn an und lächelte. Omid lächelte zurück. Zum Glück war sie dieses Mal nicht sauer auf ihn. Vielleicht war es ja doch nicht seine Gang gewesen? Einen hatten sie ja geschnappt. Und Sophie kannte alle Jungs der Black Amigos.

Er sah wieder zu seinen Freunden rüber. Erkan stand mittlerweile neben den anderen beiden. Aufgeregt unterhielten sich die drei. Justin schob seine Freunde in die Ecke. Offensichtlich sollte niemand mitbekommen, was sie zu besprechen hatten. Sie sind es also doch gewesen, dachte Omid. Wenn Justin und Erkan beide hier waren, dann hatte die Polizei wohl Dave festgenommen, vermutete er.

Er entschied sich, erst einmal nicht mit ihnen zu reden, auch wenn er vor Neugierde fast platzte. Zunächst wollte er mit Sophie alles klären. Sie sollte nicht wieder auf falsche Ideen kommen. Deshalb ging er ohne Umwege in sein Klassenzimmer. In Kürze war Unterrichtsbeginn.

Zum Schichtwechsel auf dem Revier sprachen die Polizisten die Vorkommnisse der Nacht mit den Kollegen der Tagesschicht durch.

»Zwei Schlägereien, den Typ aus der Ausnüchterungszelle könnt ihr um zehn Uhr gehen lassen. Eine nächtliche Ruhestörung, Familienstreitigkeiten, ihr wisst schon, nichts Besonderes. Und dann haben wir noch einen weiteren Einbruch in einen Kiosk. Dieses Mal hat es den direkt auf dem Platz der Siedlung erwischt.«

Der andere Beamte nahm dem ersten das Protokoll aus der Hand. »Der zweite Einbruch in so kurzer Zeit. Da könnte eine Gang hinterstecken. Wenn wir nicht aufpassen, dann nisten die sich in unserem Kiez ein.«

Sein Kollege stimmte ihm zu.

»Aber dieses Mal haben wir einen erwischt. Ein Junge, vierzehn Jahre alt.« Der Polizist erinnerte sich wieder an die Eltern, vor allem an die verzweifelte Mutter. »Die Jungs werden immer jünger.«

»Warte mal«, unterbrach ihm sein Kollege. Er sah sich das Bild des Jungen an, las das Protokoll und fuhr fort. »Hatten wir vor ein paar Tagen nicht einen Überfall auf eine Rentnerin? Das war doch auch ein junger und schmächtiger Typ in seinem Alter.«

»Der war aber dunkelblond. Zumindest nach der Erstvernehmung des Opfers«, sagte der dritte Kollege im Raum. »Dieser Milan hat dunkelbraune Haare.«

»Und wenn sich die Dame irrt? Sie ist schließlich auch nicht mehr die Jüngste. Sechsundsiebzig Jahre steht hier. Wir sollten eine Gegenüberstellung veranlassen.«

In der ersten großen Pause hatte sich die Aufregung in der Schule größtenteils wieder gelegt. Sophie unterhielt sich mit zwei Klassenkameradinnen auf dem Schulhof, als sie Omid herauskommen sah. Sie verabschiedete sich schnell von den beiden

Mädchen und ging geradewegs auf Omid zu. Aus der Ferne beobachtete Justin sie.

»Hi«, begrüßte Omid sie. »Es tut mir so leid«, sagte er sofort. »Ich wusste davon nichts. Ehrlich, du musst mir glauben.« Seine Augen verrieten, dass er die Wahrheit sagte.

»Das habe ich auch nicht geglaubt.« Dieses Mal zumindest, dachte Sophie, die überglücklich war, dass sie sich nicht in ihm getäuscht hatte.

»Wenn ich es gewusst hätte, dann hätte ich euch gewarnt. Aber gestern sah es nicht so aus ...«, er sah sich nach seiner Clique um. Justin hatte ihn fest im Blick. »Die Jungs hatten nichts mehr erwähnt. Vielleicht waren sie es ja auch nicht«, versuchte er ein letztes Mal, sich selbst von der Unschuld seiner Freunde zu überzeugen.

Er fühlte sich schlecht, weil Sophie unter dem Einbruch litt. Und er fühlte sich schlecht, weil er nicht wusste, ob seine Freunde an diesem Einbruch beteiligt waren.

»Ich muss mit ihnen reden«, sagte er zu Sophie, »um herauszufinden, was vorgefallen ist.«

Jetzt sah auch Sophie zu Omids Freunden rüber. Justin hatte sie nicht aus den Augen gelassen. In seinem gehässigen Blick erkannte sie, dass er etwas über den Einbruch wusste.

»Pass auf dich auf!«, sagte sie zu Omid.

»Was sollten die mir schon tun?«

»Pass einfach auf dich auf!«, sagte Sophie noch einmal und ließ Omid dann allein.

Aus der Ferne hatte Dennis die ganze Szene beobachtet. Er sah auch, wie Omid danach zu seiner Gang rüberschlenderte. Was will Sophie von dem, fragte sich Dennis. Der war nicht besser als seine Freunde, auch wenn Dennis sich eingestehen musste, dass Omid ihn mehr als einmal vor Justin in Schutz genommen hatte. Dennoch hatte Sophie etwas Besseres verdient als ausgerechnet Omid. Warum unterhielt sich Sophie nie so vertraut mit ihm?

Dennis dachte an die Aufnahme der CD in seinem Schreibtisch, mit der er beweisen konnte, dass Omid über den Einbruch im Kiosk ihres Vaters Bescheid wusste. Wenn sie das wüsste, dachte Dennis, dann hätte Omid bei ihr verspielt. Und er hätte vielleicht bei ihr eine Chance.

Natürlich durfte er Sophie nicht einfach die Datei geben. Justin hatte ihn unmissverständlich gewarnt. Und Dennis war sich sicher, dass er es diesmal mehr als ernst gemeint hatte. Er müsste es geschickter anstellen, sodass die Spur nicht zu ihm zurückzuverfolgen war, aber dennoch Omids Schuld eindeutig bewiesen werden konnte. Er würde dafür sorgen, dass Sophie erfuhr, was für ein Mistkerl ihr Omid in Wirklichkeit war.

Justin war wie immer der Mittelpunkt der Gruppe. Rechts und links von ihm standen Rico und Erkan. Der Jüngere wirkte sichtlich mitgenommen, als Omid in den Kreis trat und seine Freunde begrüßte.

»Beehrt der Herr uns auch noch«, sagte Justin mit einem verächtlichen Blick auf Omid. »Machst dich ja ganz schön rar zur Zeit!«

Omid ging nicht darauf ein. Er begrüßte zunächst Rico mit ihrem typischen Handschlag und danach auch Erkan. Die beiden waren offensichtlich nicht so schlecht auf ihn zu sprechen.

Omid überlegte, wie er am besten erfahren konnte, was in der vergangenen Nacht geschehen war, ohne dass Justin ihn für einen Spitzel hielt.

»Der Kiosk von Sophies Vater wurde in der letzten Nacht ausgeraubt«, stellte Omid deshalb nur fest und hoffte, dass entweder Erkan oder Rico den Köder schluckten.

»Und Milan sitzt jetzt im Knast«, stieg Rico sofort ein.

»Halt's Maul«, zischte ihn Justin an.

»Milan?« Omid war entsetzt. »Wieso Milan? Warum habt ihr den nicht aus eurem Scheiß rausgehalten?"

»Milan wollte es so. Er hat wenigstens Mumm in den Knochen«, sagte Justin, der nervös immer wieder nach rechts und links sah.

»Verdammt«, murmelte Omid. »Und jetzt?«

»Was schon? Er wird uns nicht verpetzen. Wenigstens auf den können wir uns verlassen«, sagte Justin und sah Omid dabei fest in die Augen.

»Was soll das heißen?«, fragte Omid. »Meinst du, dass ich nicht dichthalte?«

»Wer weiß? Du scheinst dich ja immer besser mit Sophie zu verstehen. Vielleicht läufst du ja gleich rüber und erzählst ihr alles!«

Irritiert sahen Rico und Erkan abwechselnd von einem Freund zum anderen.

»Das meinst du doch nicht wirklich?«

»Wieso nicht? Gestern Nacht waren auf jeden Fall die Bullen da«, sagte Justin und spuckte danach auf den Boden. Er ließ seinen Kontrahenten nicht aus den Augen.

Omid überlegte kurz, was zu tun war. Er konnte auf keinen Fall klein beigeben. Es war an der Zeit, Justin in seine Schranken zu weisen. Omid näherte sich Justin. Beide standen sich nun gegenüber. Es trennte sie kein halber Meter mehr. Omid blickte auf den einen Kopf kleineren Freund herab. Justins Augenlid zuckte.

»Ich wusste nicht, dass ihr den Einbruch für gestern geplant hattet. Als ich dich danach fragte, hast du nicht geantwortet. Erinnerst du dich an gestern Nachmittag?«, fragte Omid in ruhigem Tonfall.

Rico und Erkan verfolgten das Geschehen. Sie blickten von einem zum anderen. Erkan reagierte als erster.

»Stimmt«, bestätigte er Omids Einwand. »Du hast es erst gestern Abend vorgeschlagen und Omid war da nicht dabei.«

»Ich glaube auch nicht, dass irgendjemand aus der Gang einen anderen verpfeift«, mischte sich Rico ins Gespräch ein.

Alle drei starrten nun Justin an und warteten seine Reaktion ab. Er versuchte, Omid fest in die Augen zu schauen, aber sein Augenlid zuckte wieder. Justin hasste es, wenn das geschah. Damit zeigte er Schwäche. Hoffentlich bemerkte es niemand. Dann hörte Justin den Pausengong. Endlich, dachte er.

»Von mir aus«, sagte Justin und stand auf. »Sehen wir uns heute im Loch?«, fügte er hinzu, als wäre gerade nichts geschehen.

Erkan und Rico nickten.

»Ich kann nicht. Hab Hausarrest«, entschuldigte sich Omid. »Seit Aisha mit Mel befreundet ist, macht sie nur Ärger.«

»Aisha macht Ärger und du kriegst Hausarrest?«, das amüsierte Justin wiederum. »Sorry, Digger! Aber eure Religion, oder was auch immer, ist echt schräg.«

Omid schüttelte den Kopf. Sollte sich Justin doch über ihn lustig machen. Wenigstens stand Omid jetzt nicht mehr als mutmaßlicher Verräter auf Justins Abschussliste.

Langsam reckte er sich in seinem Bett. Die Sonne strahlte in sein Gesicht. Milan überlegte, was er für einen komischen Traum gehabt hatte. Er hatte geträumt, er wäre bei einem Einbruch erwischt worden. Er drehte sich auf die Seite und überlegte, welcher Wochentag war. Die Uhr zeigte halb zwölf. Er hatte gestern die Geschichtsarbeit geschrieben, also musste heute Mittwoch sein. Nur sehr langsam realisierte Milan, dass er nicht geträumt hatte. Das alles war wirklich geschehen. Der Einbruch! Er war geschnappt worden und seine Eltern hatten ihn mitten in der Nacht vom Polizeirevier abholen müssen.

Schlagartig saß er aufrecht im Bett. Was hatte er getan? Seine Mutter hatte geweint, sogar als sie gemeinsam im Bus nach Hause gefahren waren. Sein Vater hatte stumm auf den Boden gesehen.

Milan hatte ihn angeschrien, er solle ihn in Ruhe lassen. Er hatte seinen Vater vorher noch nie angeschrien. Normalerweise hätte sein Vater Milan eine gescheuert. Aber gestern hatte er das nicht getan. Der Mann, der in Milans Augen immer so stark gewesen war, hatte auf einmal alt und schwach gewirkt.

Als sie von der Polizei nach Hause gekommen waren, war Milan direkt in sein Zimmer gegangen. Er hatte seinen Vater im Flur auf- und abgehen gehört. Durch die dünne Wand war das Wimmern seiner Mutter gedrungen. Milan hatte sich das Kissen auf sein Ohr gepresst, um sie nicht mehr hören zu müssen. Aber das hatte auch nicht geholfen. Letztendlich wusste er, dass er der Grund für ihren Kummer war.

Bei seinen Freunden hatte er sich seit seiner Verhaftung nicht mehr gemeldet. »Nichts übers Handy mailen«, hatte Dave gesagt, »falls sie einen von uns erwischen.« Das hatte sich Milan gemerkt. Er hatte ihnen heute alles erzählen wollen, doch für die Schule war es jetzt zu spät. Aber am Nachmittag, im Loch, würde er ihnen davon berichten. Justin war so gut wie immer da. Der konnte die anderen anrufen. Milan musste nur aufpassen, dass er nicht von den Bullen verfolgt wurde. Er hatte genug Krimis gesehen und wusste genau, wie die Polizei vorging. Sie ließen einen Verdächtigen laufen, damit er sie zu seinen Komplizen führte. Aber Milan war nicht so blöd, wie die Polizei vielleicht glaubte. Er würde sie schon abhängen.

Milan fragte sich, wie er die restliche Zeit bis zum Treffen mit seinen Freunden verbringen wollte. Sein Magen knurrte. Er überlegte, ob er sich in der Küche was zu essen machen solle, entschied sich dann aber dagegen. Seine Mutter saß irgendwo da draußen. Wahrscheinlich heulte sie immer noch. Er hatte keine Lust, sie so zu sehen. Er würde sich anziehen und einfach verschwinden. Mit Glück erreichte er die Haustür, bevor sie ihn abfangen konnte und ihn mit tränenverschmiertem Gesicht ansah.

Er saß in der Scheiße, doch er würde da alleine wieder rauskommen. Seine Mutter sollte nur endlich aufhören zu heulen.

Nach der Schule ging Sophie direkt zum Kiosk. Jonas war bereits
da. Er half seinem Vater dabei, wieder Ordnung in das Chaos zu
bringen, das die Einbrecher in der vergangenen Nacht hinterlassen
hatten. Die Splitter der zerbrochenen Fensterscheibe hatten sich im
ganzen Laden verteilt. Der Vater hatte den größten Teil schon
zusammengefegt und entsorgt. Aber auch in die Regale hatten sich
spitze Glasstücke verirrt, die er jetzt mit Hilfe seines Sohnes
beseitigte. Stolz begrüßte Jonas seine Schwester: »Wir sind schon
fast fertig!«

Sophie strich ihrem Bruder über den Kopf.

»Dann kann ich ja wieder gehen.«

»Nichts da!«, protestierte Jonas. »Da du endlich da bist, kann ich
losgehen und Essen holen.«

Der Vater hatte schon seine Geldbörse in der Hand. Er gab seinem
Sohn zwanzig Euro und fragte dann: »Currywurst und Pommes für
alle?«

Der Kleine hüpfte wie ein Gummiball. »Für mich mit Majo und
Ketchup!«, rief Jonas. Sophie nickte nur stumm. Ihr Blick war auf
das Chaos im Geschäft gerichtet. Auf dem Boden lag Ware herum,
die aus den Regalen gefallen oder geworfen worden war, die Polizei
hatte Fingerabdruckpulver auf einigen Flächen hinterlassen und
die Glassplitter der kaputten Scheibe hatten sich im Raum verteilt.

Jonas stürmte mit dem Geld in der Hand raus und über den Platz
zum Imbiss hinüber. Herr Weber folgte Sophies Blick.

»Das ist gar nicht so schlimm, wie es jetzt aussieht. In wenigen
Stunden sind wir fertig damit. Im Lager haben sie mehr Unordnung
angerichtet.«

Als wäre dies die Aufforderung nachzusehen, ging Sophie in das
Hinterzimmer. Ihr Vater hatte nicht gelogen. Ein Regal lag

umgestoßen quer im Raum. Die Flüssigkeit, die aus den kaputten Flaschen gelaufen war, tauchte den Raum in eine Wolke aus Alkohol. Sophie hielt sich die Nase zu. Das Fenster zum Hof war schon geöffnet. Wahrscheinlich hatte sich auch ihr Vater am Geruch der verdunstenden Spirituosen gestört.

Herr Weber stand neben ihr, während sie das Chaos begutachtete. Er legte ihr den Arm auf die Schulter und drückte sie dabei ganz fest.

»Auch das hier sieht schlimmer aus, als es ist«, sagte er und küsste Sophie auf die Wange.

»Was meinst du, kriegen wir das Regal gemeinsam wieder aufgestellt, bevor Jonas mit dem Essen kommt?«

Sophie legte ihre Tasche und ihre Jacke auf dem Tresen im vorderen Raum ab. Dann krempelte sie sich die Ärmel nach oben. Ihr Vater bahnte sich einen Weg bis zum hinteren Teil des Regals und Sophie packte das vordere Ende an.

»Auf drei«, sagte sie.

Unter großem Scheppern und Klirren richteten sie das metallene Gestell wieder auf. Ein paar Flaschen, die vorher zwischen Regal und Boden verkeilt gewesen waren, fielen nun ganz runter. Lebensmittel, die ebenfalls hier gelagert waren, schwammen in der Flüssigkeit, die sich im ganzen Raum auf dem Boden ausgebreitet hatte.

»Ich fange, glaube ich, mit großen Müllsäcken an. Was meinst du?«, fragte Sophie ihren Vater, der ihr schon eine Rolle blauer Beutel und ein paar Haushaltshandschuhe entgegenstreckte.

»Soll ich aufschreiben, was ich wegwerfe? Für die Versicherung, oder so?«

»Lass mal. Ich hab die Lagerbestände in einer Liste. Ich mache morgen eine Inventur. Dann weiß ich Bescheid. Danke, mein Liebes.«

Er ging in den Laden zurück, um weiter die Glassplitter einzusammeln. Sophie seufzte noch einmal, als sie sich ihre

Aufgabe ansah. Dann zog sie die Handschuhe über und begann mit der Arbeit.

Als Jonas mit dem Essen vom Imbiss kam, machten die beiden Pause. Sie setzten sich zu dritt auf die Holzbank vor dem Kiosk. Der Vater holte noch einen Tisch und drei Flaschen Limonade heraus. Dann machte es sich die Familie gemütlich.

»Wir haben lange nicht mehr gemeinsam zu Mittag gegessen«, sagte Jonas und schob sich dabei eine Pommes in den Mund.

»Stimmt. Siehst du, Sophie. Bei dem ganzen Ärger, den wir jetzt haben, hat die ganze Sache auch etwas Gutes. Wir können endlich mal wieder zusammen Mittag essen.«

Sophie konnte nur noch mit dem Kopf schütteln. Ihr Vater blieb ein unverbesserlicher Optimist. Meistens war das gut. Heute war ihr allerdings nicht nach dem berühmten halb vollen Glas.

Ein Streifenwagen fuhr langsam am Platz vorbei.

»Wenigstens tun sie jetzt was. Auch wenn es ein wenig zu spät ist«, sagte Sophie mit gesenktem Blick.

»Wenn sie nicht gewesen wären, dann hätten die Diebe ihre Beute mitgenommen«, nahm Herr Weber die Polizisten in Schutz.

»Wissen sie schon, wer es war?«, fragte Sophie.

»Es soll ein Junge aus deiner Schule sein. Aber ich weiß nicht, wie er heißt.«

Der Vater aß weiter. Ihn schien das alles nicht aus der Ruhe zu bringen. Dafür bewunderte sie ihn. Jonas hatte seine frittierten Kartoffeln schon fast aufgegessen. Sophie legte ihm deshalb noch ein paar ihrer Pommes in seine Schale. Ihr war heute sowieso nicht nach Essen.

Während die Familie vor dem Kiosk zu Mittag aß, ließ sich Dave auf einer der kaputten Bänke des Platzes nieder. Er sah ihnen dabei zu, wie sie sich unterhielten und das Mädchen ihrem Bruder Pommes rüberschob.

Ein Polizeiwagen, der hinter seinem Rücken am Platz entlangfuhr, zog seine Aufmerksamkeit auf sich. Er war auffällig langsam. Dave drehte sich nicht um. Wahrscheinlich beobachteten die Bullen den Platz jetzt besonders aufmerksam. Nur gelassen bleiben, sagte sich Dave.

In seinem Rücken spürte er den harten Gegenstand, den er seit gestern mit sich herumtrug. Es wurde langsam gefährlich, die Waffe immer bei sich zu haben. Er sollte sie schnellstmöglich loswerden. So gelassen wie möglich nahm er eine Zigarette in den Mund und zündete sie an. Der Polizeiwagen bog um die Ecke.

Geschafft!

Er stand auf, sah noch einmal zu Sophies Familie rüber, die jetzt gemeinsam über etwas lachte, und dachte sich gerade, dass es in der letzten Nacht nicht die Falschen getroffen hatte, als ein Polizist auf ihn zukam. Dave sah sich um. Der Polizeiwagen war nicht abgebogen. Er hatte nur an der Ecke geparkt.

Verdammt!

Der uniformierte Mann begrüßte Dave höflich. Er lächelte sogar. Auf einmal wurden Daves Hände feucht. Hoffentlich sammeln sich keine Schweißperlen auf meiner Stirn, dachte Dave. Bleib locker, Mann. Bleib ganz ruhig!

»Guten Tag. Oberkommissar Schulz. Wir ermitteln wegen des Einbruchs in der vergangenen Nacht.«

»Welcher Einbruch?«, versuchte Dave, den Unwissenden zu spielen.

Der Beamte drehte sich um und sah auf den Kiosk mit der kaputten Glasscheibe, die immer noch provisorisch von einem Brett verdeckt wurde.

»*Der* Einbruch«, sagte er und wies dabei mit einer Kopfbewegung auf Sophies Familie.

»Wir suchen zur Zeit nach Komplizen unseres Hauptverdächtigen.«

Der Polizist zog ein Foto aus seiner Hemdtasche.

»Kennen Sie den? Oder wissen Sie, wer seine Freunde sind?«

Dave atmete schwer ein. Milan war, mit einer Erkennungsnummer vor sich, auf dem Foto zu sehen. Sie hatten ihn also wirklich erwischt.

Was sollte er jetzt antworten? Lügen? Die Wahrheit sagen? Überleg! Überleg jetzt schnell!

»Ich kenne ihn. Der war früher mal auf meiner Schule«, erzählte Dave und zog darauf an seiner Zigarette. »Wieso wollen Sie das wissen?«

»Das gehört zu unserer ganz normalen Ermittlungsarbeit.«

Der Beamte schrieb etwas in seinen Block.

»Wissen Sie, was er für Freunde hat? Kennen Sie ihre Namen?«

Dave fasste sich an sein Kinn. Er überlegte kurz. Dann schüttelte er seinen Kopf.

»Nein. Namen? Ich kenne ihn selbst ja so gut wie gar nicht. Keine Ahnung.«

Die Waffe in seinem Hosenbund drückte. Jetzt spürte Dave, dass der Schweiß seitlich an seinem Oberkörper herunterrann.

»Wenn das alles ist?«, fragte er den Polizisten. »Ich muss wieder.«

Der Mann vor ihm schrieb noch etwas in seinen Block, ohne Dave dabei anzusehen. Dann nahm er den Kopf hoch.

»Das wäre eigentlich alles. Danke für Ihre Hilfe.«

In diesem Augenblick fielen dem Polizist die Schweißperlen auf der Stirn des Befragten auf.

»Ganz schön heiß für diese Jahreszeit. Man möchte gar nicht meinen, dass wir erst April haben.«

Dave nickte mehrfach. Er spürte die Waffe in seinem Rücken. Er durfte jetzt auf gar keinen Fall durchdrehen. Bleib cool, Mann, sagte sich Dave immer wieder. Bleib einfach cool!

»Man weiß morgens gar nicht, was man anziehen soll«, sagte Dave kurz darauf und wischte sich dabei die Stirn mit dem Jackenärmel trocken.

»Bei meinem Beruf ist die Bekleidungswahl ja eh ein wenig eingeschränkt«, scherzte der Polizist. »Wie dem auch sei. Ich wünsche Ihnen noch einen schönen Tag.«

Während er das sagte, tippte der Streifenbeamte sich mit seinen Fingerspitzen an den Schirm seiner Mütze. Er drehte sich um und ging jetzt auf den Kiosk zu. Der Inhaber saß immer noch mit seinen beiden Kindern davor.

Dave ging erst langsam. Dann wurden seine Schritte immer schneller. Als er außer Sichtweite des Platzes war, rannte er. Er musste Bob finden, und zwar so schnell wie möglich!

Sie hatten ihr Essen schon so gut wie aufgegessen, als der Polizist an den Tisch der Webers trat. Er hob kurz seine Dienstmütze zum Gruß und wünschte allen einen guten Appetit.

»Ich hoffe, dass ich nicht störe?«

»Nein, wir sind ja fast fertig. Setzen Sie sich doch. Holst du noch den Stuhl von drinnen?«

Jonas sprang auf und stürmte sofort rein.

»Danke«, sagte der Polizist und legte seine Mütze auf den Tisch. »Ganz schön warm heute.«

Der kleine Junge keuchte, als er den schweren Schreibtischstuhl seines Vaters anschleppte. Der Polizist setzte sich und nahm auch die Einladung zu einem Kaltgetränk an, das Jonas in kürzester Zeit aus dem Kiosk heranschaffte.

»Wir haben ja gestern einen Tatverdächtigen festgenommen«, begann der Polizist den ernsten Teil des Gesprächs. »Im Moment versuchen wir herauszubekommen, wer seine Freunde sind. Ich habe ein Foto von ihm dabei. Wenn Sie es sich mal anschauen könnten.«

Herr Weber nahm das Foto und sah es sich genau an. Dann reichte er es seiner Tochter.

»Ich habe gestern Abend schon gesagt, dass ich ihn nicht kenne.«

»Aber ich. Das ist Milan«, sagte Sophie sofort. »Der geht auf meine Schule.«

»Das wissen wir schon. Weißt du denn, mit welchen Jungs er immer, na ja, abhängt?«

Sophie nickte.

»Natürlich. Das sind alles Mitglieder der Black Amigos.«

Der Beamte sah sie fragend an.

»Das ist seine Gang. Na, nicht so wirklich eine Gang. Das sind halt ein paar Jungs, die zusammen abhängen und so«, erklärte Sophie dem Beamten, der den Namen der Gang in sein Notizheft schrieb.

»Black Amigos also. Und wer sind seine Freunde?"

Sophie sah ihren Vater an, ehe sie antwortete. Er hatte sie gelehrt, immer ehrlich zu sein.

»Justin und Erkan auf jeden Fall. Aber Milans bester Freund ist Rico. Der ist eigentlich ganz nett.«

Der Polizist schrieb wieder, drehte ein Blatt nach hinten und schrieb weiter.

»Rico«, wiederholte er den letzten Namen. »Die gehen alle auf eure Schule?«

Sophie bestätigte das.

»Und sonst noch jemand?«

Sophie zuckte mit den Schultern.

»Da ist noch ein älterer Typ bei, aber der ist letztes Jahr von der Schule geflogen. Hatte zu viel Mist im Kopf. David hieß er, oder so ähnlich.«

»Das ist gut. Damit hast du uns sehr geholfen.«

»Wir danken Ihnen«, sagte nun der Vater wieder. »Glauben Sie, dass Sie alle erwischen?«

»Erwischen? Vielleicht. Aber der Junge verweigert die Aussage. Es ist schwer, den anderen etwas nachzuweisen, wenn Milan weiterhin den Mund hält.«

Der Polizist trank sein Getränk aus und sah zum Streifenwagen rüber. Sein Kollege stand an der geöffneten Beifahrertür. Er schien etwas über Funk durchzugeben.

»Ich muss wieder. Danke noch einmal für den Eistee. Der tat richtig gut.«

Der Polizist verabschiedete sich und ging. Sophie stand auch auf. Sie räumte schweigend den Tisch ab und machte sich dann wieder an die Arbeit. Ihr Vater sah ihr hinterher.

Dave japste nach Sauerstoff, als er bei Bob unter der Unterführung ankam. Mehrmals hatte er sich auf dem Weg zu Bob umgeschaut, dass ihm auch ja kein Bulle folgte. Er war sogar noch einen Umweg gelaufen, um sicherzugehen. Aber es war ihm niemand gefolgt.

Mit rotem Kopf hielt sich Dave die Seite. Dann legte er die letzten Meter über die Straße in normalem Tempo zurück.

»Hi Digger, was liegt an?«, begrüßte ihn Bob, der Dave ein paar Meter von den anderen Kerlen wegzog, die hier ebenfalls ihren sogenannten Geschäften nachgingen.

Bob sah sich mehrfach um. Dann fragte er seinen Freund direkt.

»Wart ihr das letzte Nacht?«

Dave sah zu Boden und nickte.

»Sie haben einen von uns erwischt!«

Dave holte die Zigaretten aus seiner Jackentasche und gab Bob eine ab. »Sie waren plötzlich draußen. Zwei Typen in Uniform. Wir sind in unterschiedliche Richtungen davon. Den Kleinsten hat's halt erwischt.«

»Mist«, sagte Bob, der immer wieder die Straße mit seinen Augen absuchte. »Und? Was willst du? Habt doch nichts mitgehen lassen, wie man so hört.«

Das Getto war schlimmer als jedes Dorf, wenn es um die Verbreitung von Nachrichten ging.

»Ich hab was anderes. Eine Knarre. Ich will sie loswerden. Aber ...« Dave sah die Straße auf und ab, ehe er fortfuhr. »Die ist heiß. Du weißt, was ich meine?«

»Klar, Mann!«

Bob nahm einen Zug und sah Dave dabei direkt an.

»Im Moment haben wir ziemlich viel Polizeipräsenz im Viertel.« Er rieb sich sein Kinn. »Eine heiße Knarre? Ich weiß nicht.«

Dave griff hinter seinen Rücken, um die Waffe vorsichtig nach vorne zu holen, damit Bob sie in Augenschein nehmen konnte. Sein Freund erkannte sofort, was Dave vorhatte und schob ihn deshalb weiter zur Seite.

»Bist du verrückt? Du hast das Ding doch nicht etwa mit dabei? Was soll der Scheiß?«

Ängstlich sah ihn Dave an.

»Ich weiß nicht, wohin damit. Zuhause geht's nicht, ich hab kleine Geschwister.« Dave war sichtlich überfordert.

Wieder sah Bob die Straße entlang.

»Gib das Ding her«, sagte Bob und nahm die Waffe entgegen. Anschließend steckte Bob sie in seinen Hosenbund hinter dem Rücken, so wie Dave sie zuvor getragen hatte.

»Hier haste 'n Fünfziger dafür. Mehr gibt's für 'ne heiße Knarre nicht. Verstanden?«, sagte der Hehler.

»Klar!«

Dave war froh, das Teil nicht mehr mit sich herumschleppen zu müssen.

»Meinst du, du wirst sie los?«, fragte Dave und warf dabei seine Kippe auf den Boden.

»Es gibt immer irgendeinen Deppen, der eine Knarre will. Mach dir darum mal keine Sorgen«, war das Letzte, was Bob sagte, ehe er mit der Waffe in der Unterführung verschwand.

Omid war nach der Schule direkt nach Hause gegangen. Die Stimmung beim Mittagessen war an diesem Tag nicht so ausgelassen wie sonst. Aisha und er tauschten mehrmals Blicke aus. Auch die Mutter sah beide Kinder immer wieder mit einer Mischung aus Mitgefühl und Sorge an.

Aisha half ihrer Mutter danach bei der Küchenarbeit. Omid zog sich wie immer in sein Zimmer zurück, wo er mit seinen Hausaufgaben begann. Nach einer Stunde hatte er diese Arbeit erledigt und überlegte, was er mit dem Rest des Nachmittags anstellen sollte. Seine Freunde waren sicherlich schon im Loch und besprachen die Vorkommnisse der letzen Nacht. Hilflos sehnte er sich danach, bei ihnen zu sein. Er wollte mit Milan reden. Nicht, um zu erfahren, was er auf dem Revier erlebt hatte, sondern um ihm noch einmal eindringlich ins Gewissen zu reden. Milan hatte den falschen Weg eingeschlagen. Omid musste seinen Freund davon abhalten, weiterhin mit Justin und den anderen Mist zu bauen. Damit würde sich Milan alles kaputt machen. Seine Zukunft, sein Leben. Einfach alles!

Omid wusste, wie schwer es war, als Kind mit Migrationshintergrund in einem fremden Land Fuß zu fassen. Dennoch hatte Omid die Hoffnung nicht verloren, einen guten Schulabschluss zu machen und einen Ausbildungsplatz zu finden. Vielleicht würde er sogar studieren? Informatik interessierte ihn.

Sein Vater sagte immer, dass man im Leben alles erreichen konnte, wenn man es sich nur fest genug vornahm und hart genug dafür arbeitete. Omid zweifelte allerdings, dass ein vorbestrafter Jugendlicher die Chance bekam, sein Leben als Erwachsener wieder in den Griff zu bekommen. Dafür gab es im Getto zu viele lebende Beweise. Hier wohnten zahlreiche junge Männer, die in ihrer Jugend mit dem Gesetz in Konflikt geraten waren und heute entweder vom Amt lebten oder weiterhin mit Kleinkriminalität ihren Lebensunterhalt bestritten. Vielleicht käme Milan ja mit einem blauen Auge davon. Vielleicht stimmte, was Dave immer behauptet hatte, und sie wären beim ersten Vergehen eines Jugendlichen wirklich gnädig und ließen Milan mit Sozialstunden davonkommen.

Omid dachte auch über Rico nach. Er hatte sich bisher nicht auf die Spielchen seiner Kameraden eingelassen. Rico war zwar cleverer als Milan, aber Omid wusste nicht, welchen Druck Justin jetzt auf Rico ausüben würde. Justin hatte alle im Griff. Omid hoffte, dass die Mitglieder der Gang vorerst ein wenig Angst bekommen hatten und keine weiteren Einbrüche planten. Wenigstens bis nächste Woche, wenn sein Hausarrest vorbei war und er wieder als Teil der Gruppe Einfluss nehmen konnte. Einer musste den Kleinen helfen. Milan und Rico waren noch zu jung, um sich gegen Justins großspurige Art zur Wehr zu setzen.

Omid seufzte. Er lag auf seinem Bett und dachte über den Vormittag nach. Justin hatte ihn des Verrats beschuldigt. Das tat weh, obwohl Justin ja nicht ganz unrecht hatte. Er hatte Sophies Vater vor dem Einbruch gewarnt.

Die fünf Jungs waren so etwas wie ein Teil seiner Familie. Sie standen ihm so nah, dass es ihm tatsächlich Bauchschmerzen verursachte, wenn er dabei zusehen musste, was derzeit mit Milan geschah. Er musste einfach dafür sorgen, dass wenigstens Rico und Milan nicht im Strudel der Kriminalität untergingen, in den sie die älteren Gangmitglieder hineinzogen. Eine schwere Aufgabe lag vor ihm. Und die Zeit arbeitete ausgerechnet diese Woche gegen ihn.

Zwei Polizeibeamte betraten das Zimmer von Frau Brunner. Sie fühlte sich schon wieder besser und sollte in den kommenden Tagen entlassen werden.

»Guten Tag Frau Brunner«, begrüßte sie der Polizeibeamte, der bereits vor ein paar Tagen ihre Anzeige aufgenommen hatte.

»Erinnern Sie sich noch an mich?«

»So einen netten jungen Mann wie Sie vergisst eine alte Frau nicht so schnell«, schäkerte Frau Brunner.

Der Polizist lächelte und zog sich einen Stuhl ans Krankenbett. »Ich habe ein paar Fotos für Sie mitgebracht. Es wäre schön, wenn Sie da mal einen Blick drauf werfen könnten. Vielleicht erkennen Sie ja den jungen Mann, der Sie überfallen hat.«

Er reichte Frau Brunner sechs Fotos, die sie aufmerksam durchsah.

»Der auf gar keinen Fall. Der auch nicht.« Beim dritten Foto stockte sie kurz. »Nein, der war es auch nicht.«

Nachdem sie noch ein weiteres Bild aussortiert hatte, zögerte sie bei den letzten beiden Gesichtern.

»Also, ich bin mir wirklich nicht sicher. Ist er bestimmt dabei?«, wollte sie wissen.

»Wir nehmen es an«, erklärte der Polizist. »Lassen Sie sich ruhig Zeit.«

Der zweite Beamte sah von Frau Brunner zu den anderen Patientinnen, die das Geschehen aus der Ferne beobachteten. Er lächelte ihnen zu. Wie Kinder, die beim Plätzchenklau erwischt wurden, drehten sich die beiden alten Damen blitzartig weg und wandten sich ihrer ursprünglichen Beschäftigung zu.

»Der vielleicht«, sagte Frau Brunner und streckte dabei das Foto von Milan den Polizisten entgegen. »Aber ich bin mir nicht hundertprozentig sicher.«

»Das reicht uns schon, Frau Brunner. Wenn Sie aus dem Krankenhaus entlassen wurden, melden Sie sich bitte bei uns. Dann machen wir eine direkte Gegenüberstellung.«

Der Polizist stand auf und stellte den Stuhl zurück an seinen Platz. Nachdem die Tür geschlossen war, drehte eine Bettnachbarin den Fernseher wieder lauter. Eine Talkshow lief, die die zunehmende Gewaltbereitschaft von Jugendlichen zum Thema hatte. Wie passend, dachte sich Frau Brunner, und füllte dann weiter das Rätsel der Zeitschrift aus, das sie schon den halben Nachmittag beschäftigte.

Justin schlenderte in Richtung Loch. Er hatte sich zu Hause ein Brot gemacht, das er bereits halb gegessen hatte. Im Keller wartete eine halbe Kiste Bier auf ihn. Er hatte Durst. Aber vor allem brauchte er jetzt ein Bier, um ein wenig runterzukommen und abzuschalten.

Als er um die Ecke ins Loch bog, sah Justin bereits Milan auf einem Sessel sitzen. Er hatte kein Licht angemacht. Nur der schwache Schimmer der flackernden Neonröhre im Kellergang erhellte ein wenig den kleinen Raum.

Justin warf sein angebissenes Brot auf den Tisch und drückte den Freund an seine Brust. Dann setzte er sich auf den Tisch direkt vor Milan und strahlte seinen Kumpel an.

»Wir haben dich echt vermisst, Digger!«

»Ja, ich hatte 'ne lange Nacht.«

Sekunden des Schweigens erfüllten den Raum, in denen sich die beiden Jungen ansahen. Dann sprang Justin auf, schaltete das Licht ein und warf sich auf das Sofa.

»Erzähl schon. Was ging ab?«, forderte Justin Milan auf.

Milan grinste.

»Das Übliche. Personalien aufnehmen und dann nach Hause schicken.«

»Du hast nicht gequatscht?«, fragte Justin mit einer Prise Besorgnis.

»Ich doch nich', Digger! Die haben alles versucht, mir sogar gesagt, dass sie noch einen Zweiten von uns hätten, der angeblich quatschen würde. Aber ich hab dichtgehalten.«

»Und sie haben dich gehen lassen?«

»Siehst ja, dass ich hier bin.«

Beide strahlten, als hätten sie den Jackpot im Lotto geknackt. Justin griff in die Bierkiste und warf seinem Kumpel eine Flasche rüber. Dann nahm er sich selbst auch eine, öffnete sie mit einem Feuerzeug und trank einen großen Schluck daraus.

»Ich hab's den anderen gesagt, dass du nicht quatschst. Ich wusste es«, sagte Justin, dem ein zentnerschwerer Stein vom Herzen gefallen war.

»Auf uns«, rief Milan und erhob sein Bier.

»Auf die Gang«, stimmte Justin ein und stieß mit ihm an. »Die können uns mal, die Bullen!«

Dann feierten sie den Rest des Nachmittags. Sie tranken ein Bier nach dem anderen. Dave und Erkan stießen später noch dazu. Immer wieder berichtete Milan von seiner Heldentat auf dem Revier. Dave ging noch mal los und besorgte im Supermarkt Nachschub. Bis in den frühen Abend hinein saßen die Jungs beisammen. Dann stand Milan auf und sagte lallend.

»Ich muss los. Ich hab nämlich Hausarrest.« Alle grölten vor Lachen. Milan torkelte grinsend hinaus. Erst als ihn der Fahrstuhl ins Erdgeschoss brachte und die frische Abendluft sein Gesicht streichelte, verschwand sein Grinsen. Stattdessen stiegen Tränen in ihm auf.

Familie Weber verbrachte gemeinsam den Nachmittag im Kiosk. Am späten Nachmittag waren sie sogar so weit, dass sie den Laden wieder öffnen konnten. Jonas ließ sich heute nicht nach Hause schicken. Er wollte seinem Vater im Geschäft helfen. Der ein oder andere Kunde lobte den kleinen Jonas für seinen Fleiß.

Das Gesprächsthema Nummer eins an diesem Tag war der Einbruch in der vergangenen Nacht. Nachdem die Leute ihr Bedauern bekundet hatten, fragte jeder nach den Einzelheiten. Sophies Vater erzählte die Geschichte immer und immer wieder. Auch wenn er selbst Klatsch und Tratsch verabscheute, war er doch schlau genug zu wissen, dass kleine Läden wie seiner eine zentrale Anlaufstelle für nachbarschaftlichen Austausch waren.

Immer wieder bediente er Frauen, die mit entsetztem Gesichtsausdruck seiner Geschichte lauschten, und Männer, die ihm Tipps zur Absicherung seines Ladens gaben. Sophie räumte währenddessen weiter im Lager auf. Ihr war nicht nach Kundengesprächen dieser Art. Als sie endlich fertig war, fragte sie ihren Vater, ob sie nach Hause gehen dürfe. Sie wolle später wiederkommen und weiterhelfen. Natürlich war Herr Weber einverstanden. Sophie schenkte ihrem Vater ein Lächeln, ehe sie durch die Ladentür verschwand.

Im Hausflur ging sie wie jeden Tag zum Briefkasten. Sie nahm einen Stapel Briefe heraus. Schon im Fahrstuhl sah Sophie die Post durch. Das machte sie täglich, fast automatisch, auch wenn sie selbst keine Briefe erwartete. Wie immer bestand das Bündel aus mehreren kleinen Umschlägen für ihren Vater. Dieses Mal war jedoch noch ein größerer, brauner Umschlag dabei. Er hatte keine Briefmarke. Auch die Beschriftung war ungewöhnlich. Statt einer Adresse stand lediglich »Sophie« drauf. Mehr nicht.

Die Fahrstuhltür hatte sich noch nicht komplett geöffnet, da eilte Sophie schon hinaus und in die Wohnung. Sie warf die restliche Post auf den Küchentisch und öffnete den an sie adressierten Umschlag. Im Inneren befand sich eine CD. Das Mädchen überlegte. War die CD von Omid? Aber der hatte doch Hausarrest. Schnell ging sie in ihr Zimmer und startete ihren Computer. Was befand sich auf dieser CD, fragte sich Sophie, während sie wie gebannt auf den Monitor starrte.

Milan torkelte nach Hause. Es war gerade mal kurz nach sechs. Er hatte an diesem Tag deutlich mehr Bier getrunken als sonst. Schließlich hatte er auch allen Grund dazu gehabt. Die Bullen hatten ihn zwar in der vergangenen Nacht erwischt, hatten ihn allerdings auch wieder laufen lassen. Es ist sicher ein Scheißgefühl für so einen Cop, wenn sie die bösen Jungs gleich wieder nach Hause schicken müssen, dachte Milan, als er die Wohnungstür aufschloss.

Leise zog er seine Jacke aus. Sein Vater müsste schon zu Hause sein. Und als hätte dieser seine Gedanken gelesen, tauchten seine Eltern auch schon in der Wohnzimmertür auf.

»Hi, was geht ab?«, lallte Milan seinen Eltern entgegen und bemühte sich währenddessen, im Flur, der sich um ihn zu drehen schien, nicht das Gleichgewicht zu verlieren.

»Gibt's was zu essen?«, fragte er gleich im Anschluss, obwohl ihm in diesem Moment nicht wirklich danach war, seinen Magen mit der fettigen Hausmannskost seiner Mutter zu füllen. Eine Pizza wäre vielleicht noch gegangen, aber der Gedanke an eine Bohnensuppe ließ die Magensäfte in seine Speiseröhre aufsteigen.

»Aber wenn ich darüber nachdenke«, sagte Milan, während er auf seine Eltern zustolperte, »sollte ich wohl lieber ins Bett gehen.«

Seine Mutter hatte wieder Tränen in den Augen. Warum war er nur so früh gekommen? Er hätte warten sollen, bis seine Eltern im Bett wären. In diesem Moment traten zwei unbekannte Männer aus dem Wohnzimmer. Nur die Dienstmarken, die sie Milan unter die Nase schoben, wiesen die beiden als Polizisten aus. Die Zivilkleidung, die die Männer trugen, hätte Milan eher auf zwei Luden vom Kiez tippen lassen.

»Ich glaube, das ist kein guter Tag, um mit mir zu reden.«

Milan hielt sich die Hand vor den Mund. Die Übelkeit war kaum noch unter Kontrolle zu halten.

»Ich hab ein klein wenig getrunken.« Ein Rülpser folgte.

Die beiden Polizisten sahen sich an. Einer der beiden flüsterte seinem Kollegen etwas ins Ohr. Das Weinen seiner Mutter hörte Milan nicht mehr. Der Brechreiz, der in ihm tobte, forderte seine ganze Aufmerksamkeit.

Dann sagte einer der Polizisten zu Milans Eltern: »Wir haben Ihren Sohn auf frischer Tat bei einem Einbruch erwischt. Weiterhin besteht der Verdacht, dass er für den Überfall auf eine alte Dame verantwortlich ist, die derzeit immer noch im Krankenhaus liegt.« Jetzt füllten sich auch die Augen des Vaters mit Tränen. Milan begriff nur sehr langsam, was der Polizist ihm vorwarf. »Und jetzt, wo wir ihn für eine weitere Vernehmung abholen wollen, finden wir Ihren Sohn in betrunkenem Zustand vor.« Milan wankte, während er die Polizisten anstarrte. »Ich denke, es wäre das Beste für ihn, wenn er vorerst in einer betreuten Jugendeinrichtung unterkäme.«

»Was?«, rief Milan mit aufgerissenen Augen. Sein Verstand arbeitete auf einmal wieder gestochen scharf. »Wieso eine betreute Einrichtung? Das war doch das erste Mal, dass ihr mich erwischt habt. Dafür gibt es doch höchstens Sozialstunden!«

Die Mutter verschwand im Wohnzimmer. Milans Vater warf seinem Sohn noch einen schmerzerfüllten Blick zu, bevor er seiner Frau folgte. Wimmernd stand Milan im Flur.

»Das kann doch nicht wahr sein.«

»Sie haben die Möglichkeit, freiwillig mit aufs Revier zu kommen, oder wir nehmen Sie vorläufig fest und führen Sie in Handschellen ab. Außerdem möchte ich Sie darauf aufmerksam machen, dass wir überlegen, Ihre Eltern wegen Vernachlässigung der Aufsichtspflicht anzuzeigen. Also überlegen Sie genau, was Sie tun.«

Während der eine Polizist Milan über seine Optionen und die Konsequenzen seiner Handlungen belehrte, ging der andere Mann zur Wohnungstür und versperrte damit Milans Fluchtweg.

Verletzung der Aufsichtpflicht, schoss es Milan durch den Kopf.

»Aber sie wussten doch gar nicht, was ich getan hab«, flüsterte der Junge. »Meine Eltern können gar nichts dafür.«

»Kriegen wir es ohne Handschellen hin?«, fragte ein Polizist den anderen.

»Ich denke schon. So betrunken, wie der ist, käme er eh nicht weit.«

»Bis morgen passiert nichts«, beruhigte einer der Polizisten Milans Eltern im Wohnzimmer. »Wir lassen ihn erst einmal ausnüchtern und informieren das Jugendamt. Ohne die Anwesenheit eines Erziehungsberechtigten dürfen wir Ihren Sohn ja sowieso nicht vernehmen.«

In Begleitung der beiden Zivilfahnder verließ Milan darauf die Wohnung. Er wimmerte wie ein kleiner Junge, dem man sein Lieblingsspielzeug weggenommen hatte. Dann stiegen in Milans Erinnerung ein paar Wortfetzen auf, die der Beamte vor wenigen Minuten fallen gelassen hatte: »Überfall auf eine alte Frau, die immer noch im Krankenhaus liegt.« In diesem Moment begriff Milan erst, dass er so richtig tief in der Scheiße steckte.

Sophie schaltete den Computer wieder aus. Sie hatte die Aufnahme auf der CD mindestens ein Dutzend Mal gehört. Sie erkannte sofort die Stimme von Omid und natürlich auch aller anderen Beteiligten.

Es lag kein Zettel im Umschlag. Sie überlegte, wer den Brief geschickt haben konnte. Omid war es mit Sicherheit nicht gewesen. Warum hätte er das tun sollen? Und wenn, dann hätte er ihn ihr doch persönlich gegeben oder zumindest eine kleine Notiz dazugelegt.

Sophie ging in die Küche. Sie nahm den Umschlag und schüttelte ihn aus. Dann sah sie noch einmal hinein, um sicherzugehen. Und tatsächlich klebte im Inneren des Umschlags ein kleiner Post-it-Zettel. »So ist dein Freund Omid wirklich!«, stand darauf.

Sophie erschrak. Da hatte es jemand auf Omid abgesehen. Ganz offensichtlich wollte ihn jemand in die Pfanne hauen. Wer von den Gangmitgliedern war so hinterhältig, ein Gespräch aufzuzeichnen, damit ein anderes Gangmitglied Ärger bekam? Justin schoss ihr sofort in den Kopf. Aber das war unsinnig. Er würde sich mit dieser Aufnahme selbst viel mehr belasten. Sophie musste mit Omid sprechen. Gleich morgen früh. Am besten noch vor Schulbeginn.

DONNERSTAG

Milan wachte mit einem dicken Schädel in der Ausnüchterungszelle wieder auf. Das Bett, in dem er lag, war hart. Eigentlich war es nur eine Pritsche. Er erinnerte sich nur sehr verschleiert an die Ereignisse des vergangenen Tages. Dann fiel es ihm wieder ein: Die Polizei hatte ihn mitgenommen, weil er getrunken hatte.

Die Zelle war hell gestrichen. Nur ein paar Sprüche, die Leute vor ihm in die Wand geritzt hatten, lockerten das schrille Weiß auf, das jetzt in seinen Augen brannte. Es war viel zu hell. Milan überlegte, ob er sich auch verewigen solle, schob diese Ambitionen aber gleich wieder beiseite. Selbst wenn er etwas gehabt hätte, um Linien in die Wand zu schaben, wäre das Geräusch, das er damit verursacht hätte, unzumutbar für seinen Kopf gewesen, der von hämmernden Schmerzen geplagt wurde.

Er hätte nicht nach dem Bier noch die Kurzen trinken sollen, die Dave im Supermarkt gekauft hatte. Milan hielt sich den Schädel, als plötzlich die Tür aufgerissen wurde.

»Sie sind schon wach? Wie schön. Dann kommen sie doch bitte gleich mal mit.«

Milan folgte dem Polizisten über den Flur ins nächstgelegene Vernehmungszimmer. Leise nahm er am Tisch Platz. Der Beamte schloss die Tür. Es dauerte einige Minuten, bis der Polizist mit einem anderen Mann wiederkam. Jetzt erinnerte sich Milan daran, dass ihn gestern zwei Zivilbullen abgeholt hatten. Wahrscheinlich war das auch so einer von denen.

»Ich sage nichts ohne meine Eltern«, sagte Milan sofort zu dem unbekannten Mann.

»Musst du auch nicht«, antwortete der andere.

»Das ist Herr Baum vom Jugendamt. Er wird dich gleich mitnehmen. Aber vorher möchte ich dich noch über ein paar Dinge aufklären.«

»Wieso mitnehmen? Ich will nach Hause!«, rief Milan und sah dabei von einem Mann zum anderen.

»Das hast du jetzt nicht zu entscheiden. Das Jugendamt hat vorläufig das Sorgerecht und damit auch das Aufenthaltsbestimmungsrecht. Tut mir leid«, erklärte Herr Baum.

»Ich komm nicht mit«, sagte Milan und schob sich mit beiden Armen vom Tisch weg.

»Das klären wir später. Ich will dich noch einmal über deine Situation aufklären, damit du dir überlegen kannst, ob du auch weiterhin die Aussage verweigern willst.«

Düster sah ihn Milan an. Der Junge hatte beide Arme vor sich verschränkt. Es ist mir egal, was du sagst, mich kriegt ihr nicht zum Reden, drückte jede Faser seines Körpers aus.

»Da wäre zum einen der Einbruch mit versuchtem Diebstahl, den du offensichtlich mit mehreren Komplizen begangen hast. Zwei Polizisten, die als Zeugen gegen dich vor Gericht aussagen werden, sollten jeden Richter überzeugen.«

Er nahm das Blatt vom Stapel und sah intensiv auf das darunterliegende Papier.

»Viel schwerwiegender allerdings ist der Überfall auf die alte Frau«, begann der Beamte.

»Welcher Überfall?«, unterbrach Milan. »Ich habe niemanden überfallen! Was soll der Scheiß?« Hilfesuchend sah Milan zu Herrn Baum.

»Wir haben eine Zeugin, die dich auf einem Foto identifiziert hat. Es wird noch mal eine direkte Gegenüberstellung geben. Aber so wie ich das sehe, ist das eine reine Formsache.«

Nun legte er auch dieses Blatt zur Seite und sah Milan an.

»Es sieht nicht gut für dich aus.«

»Ich hab nichts mit dem Überfall zu tun«, sagte Milan erneut.
»Verdammt! Warum glaubt mir denn keiner? Der Einbruch, von
mir aus. Aber ich würde doch niemanden überfallen!«

Panik lag in seinen Augen. Der Polizist seufzte.

»So wie es im Moment aussieht, bist du für beides
verantwortlich. Und bei zwei Delikten, die zeitlich so nah
beieinanderliegen ... Außerdem haben wir gehört, dass du Mitglied
in einer Gang bist, den Black Amigos. Wir kannten die bisher noch
nicht, aber jetzt haben wir euch auf dem Schirm. Und bei Gangs
verstehen die Richter keinen Spaß. Deswegen ist auch Herr Baum
vom Jugendamt hier. Meines Erachtens solltest du mit einer
Haftstrafe rechnen, vor allem weil du keinerlei
Kooperationsbereitschaft zeigst.«

Während er das sagte, ließ er Milan nicht aus den Augen. Der
Junge hat noch eine Chance, dachte der Polizist. Es war ihm noch
nicht gleichgültig, was mit ihm geschah.

»Ich hab doch nichts mit der Frau gemacht. Das müssen Sie mir
glauben«, sagte Milan mit seiner kindlichen Stimme. »Ich will doch
nur wieder nach Hause.«

»Das wird nicht gehen. Der angetrunkene Zustand gestern
Abend, das waren immerhin über zweieinhalb Promille, war alles
andere als gut für die Gesamteinschätzung. Klar, dass das
Jugendamt da einschreiten muss.«

Jetzt sah der Polizist zum ersten Mal zu Herrn Baum rüber, der
diesen Blick als Einladung verstand und das Wort ergriff.

»Es ist nur eine vorläufige Maßnahme. Wir müssen uns einfach
einen Gesamteindruck von dir und deinem Umfeld verschaffen.
Danach entscheiden wir, wie es mit dir weitergeht. Vielleicht
kommst du schneller zu deinen Eltern zurück, als du denkst.
Zunächst werden wir dich in einer betreuten Jugendgruppe
unterbringen. Du kannst weiterhin auf deine Schule gehen, wohnst
aber eben vorerst bei uns. Solltest du dich nicht an unsere Regeln

halten oder abhauen, bringen wir dich in einer geschlossenen Einrichtung unter. Aber das liegt ganz an dir. Verstehst du das?«

Milan antwortete nicht. Er sah nur noch auf den Boden und schluchzte. »Das war doch mein erstes Mal. Und wir haben noch nicht einmal was mitgenommen.«

Sophie hatte es an diesem Morgen besonders eilig, das Haus zu verlassen. Sie machte Jonas wie gewohnt sein Schulbrot und ließ dann den Bruder alleine zu Ende frühstücken. Aus ihrem Zimmer holte sie ihren Rucksack und verstaute ihre Dose mit Brot und einem klein geschnittenen Apfel hinein. Jonas biss in sein Brot mit Schokoaufstich.

»Ich hab heute Morgen noch was zu erledigen!«, sagte Sophie.

Sie gab ihrem Bruder einen Kuss auf die Stirn und verließ die Küche.

»Bis später«, rief Jonas hinterher, nachdem er sein Brot heruntergeschluckt hatte. Sophie hörte es nicht mehr.

Fast eine halbe Stunde lang zogen Gruppen von Teenagern an ihr vorbei. Sie hatte sich auf halber Höhe des kleinen Pfades platziert, um Omid auf seinem Weg in die Schule abzufangen. Aber wie es aussah, musste sie ihn im Trubel der vorbeiziehenden Jugendlichen übersehen haben. Sie wollte ihr Unternehmen gerade aufgeben, als sie Aisha in der Menge entdeckte. Wie erwartet trottete Omid neben ihr her. Automatisch formten Sophies Mundwinkel ein Lächeln.

»Morgen Aisha. Hallo Omid«, begrüßte sie die zwei.

Omids kleine Schwester grüßte freundlich zurück und ging ohne weitere Aufforderung ein wenig schneller, um Sophie und ihren Bruder allein zu lassen.

»Wie komme ich denn zu der Ehre?«, begrüßte er Sophie und konnte dabei nur schwer seinen Impuls zurückhalten, sie in den Arm zu nehmen.

»Ich habe etwas Wichtiges mit dir zu besprechen«, begann Sophie und erzählte Omid sogleich von dem anonymen Umschlag, den sie gestern erhalten hatte.

Alle Fragen, die sich nach dem Abspielen der Datei für sie ergeben hatten, sprudelten aus ihr hervor: Wer hatte die Aufnahme gemacht? Und vor allem, warum? Was hatte Omid mit der Sache zu tun? Sie sprach fast, ohne Luft zu holen. Statt Omid auf ihre Fragen antworten zu lassen, erzählte sie ihm von dem Besuch des Polizisten, der ihr ein Foto von Milan gezeigt und sie gefragt hatte, welche Freunde Milan hätte. Omids Namen habe sie nicht erwähnt, fügte sie nach einer kurzen Pause hinzu, in der Omid, sichtlich angestrengt, die Sache durchdachte.

»Danke«, murmelte er. »Aber wenn die Aufnahme bei der Polizei landet, bin ich wahrscheinlich auch dran. Wegen Mitwisserschaft oder so.«

Aisha lief weiterhin vor ihnen her. Aber da die beiden ins Gespräch vertieft waren, bemerkten weder Omid noch Sophie, dass sich der Abstand deutlich verringert hatte. Seine kleine Schwester hörte aufmerksam zu, was sich die beiden zu erzählen hatten.

»Du kennst die Aufnahme?«, fragte Sophie überrascht.

»Dennis hat sie gemacht.« Omid überlegte, was er Sophie erzählen konnte, ohne seine Freunde dabei zu verraten. Auch wenn er ihre kriminellen Machenschaften verurteilte, schuldete er ihnen dennoch Loyalität.

»Er hat uns abgehört, mit seinem neuen Handy. Und nachdem Erkan das Handy gestohlen hatte, hat er uns mit einer Kopie der Datei erpresst.«

Das waren erst einmal genug Informationen, beschloss Omid und wartete lieber Sophies Reaktion ab. Es dauerte ein wenig, da Sophie alle Informationen erst einmal für sich sortieren musste. Für sie blieben aber noch viele Fragen offen, die nur Omid ihr beantworten konnte.

»Den Brief an meinen Vater hast du aber geschrieben?«

Er nickte stumm.

»Danke dafür. Ihr habt Dennis das Handy also nur zurückgegeben, weil er euch erpresst hat?«

»Ich denke schon. Erkan wollte es zunächst auch trotz Erpressung nicht rausgeben«, erklärte Omid.

»Und von wem kommt jetzt dieser Brief?«

»Da keiner von uns die Datei vom Handy runtergeladen hat, denke ich mal, dass Dennis ihn geschickt hat.«

»Bist du sicher?«

»Wieso?«, fragte Omid.

»Es lag noch ein Zettel bei«, antwortete Sophie leise.

»Und? Was stand drauf?«

Sophie nahm den Zettel aus der Jackentasche und reichte ihn Omid.

»›So ist dein Freund Omid wirklich!‹ Was soll das denn?«

»Das frage ich mich auch. Was hat Dennis davon, wenn er dich bei mir schlechtmacht?«, dachte Sophie laut.

»Vielleicht hat Dennis ja ein Auge auf dich geworfen?«, sagte Omid mit einem breiten Grinsen im Gesicht.

Sophie stieß ihm den Ellenbogen in die Seite.

»Warum sollte er auch nicht?«, fragte sie keck.

»Er ist doch noch ein Kind.«

»Natürlich ist er nicht so erwachsen wie du.«

Omid blieb stehen. Seine Kehle schnürte sich zu. Was hatte sie jetzt schon wieder gemeint? Wusste sie etwa, dass er sie mochte?

»Wir müssen uns beeilen«, erlöste Sophie ihn aus seinen Überlegungen. »Nun komm schon. Wir sind spät dran!«

Aisha hatte gerade etwas erfahren, was bisher so gut wie keiner an ihrer Schule wusste. Noch nicht einmal ihre beste Freundin Mel, die normalerweise mehr mitbekam als jeder andere. Omids Schwester war sich sicher, dass Melanie vor Aufregung platzen würde, wenn sie diese Neuigkeiten erfuhr. Ihre Freundin würde damit zur interessantesten Gesprächspartnerin an der Schule aufsteigen. Für Aisha war diese Rolle nichts. Sie hielt sich lieber im Hintergrund. Aber für Mel war das die perfekte Bühne, um sich bei den anderen tollen Mädchen noch beliebter zu machen, als sie es sowieso schon war.

Aisha musste es aber geschickt anstellen. Es war ratsam, es ihrer Freundin häppchenweise anzuvertrauen. Dann würde Aisha mehrere Tage die ungeteilte Aufmerksamkeit Mels genießen. So würde sie indirekt auch im Ansehen ihrer Mitschülerinnen aufsteigen, ohne sich dafür ins Rampenlicht stellen zu müssen, und mit etwas Glück wäre sie schon bald Melanies beste Freundin.

In der ersten großen Pause zog Aisha ihre Freundin zur Seite. »Weißt du, wer heute nicht in die Schule kommt?«

Fragend sah Melanie ihre Freundin an.

»Milan«, brach es aus Aisha heraus. »Der hat nämlich den Kiosk bei uns überfallen. Und jetzt sitzt er im Knast.«

Neugierig wartete Aisha auf die Reaktion ihrer Freundin, die nicht beeindruckt schien.

»Der wurde gestern schon wieder nach Hause geschickt. Britany hat ihn gesehen, wie er gestern besoffen über den Platz torkelte. Wahrscheinlich haben sie nichts gegen ihn in der Hand.«

Melanie wollte schon wieder zu ihren anderen Freundinnen rübergehen, als Aisha sie am Arm zurückhielt.

»Aber es gibt einen Beweis, der alle Jungs der Black Amigos mit den Einbrüchen in Verbindung bringt.« Aisha sah sich um. Sie bemerkte Erkan, der gerade den Flur entlang kam, nicht, als sie hinzufügte: »Dennis hat sie bei einem Gespräch aufgenommen. Und die Datei scheint es in sich zu haben.«

Das wiederum interessierte Mel. Sie sah Aisha erwartungsvoll an.

»Erzähl!«, forderte Mel Omids Schwester auf.

Aufgeregt berichtete Aisha haargenau, was sie am Morgen vom Gespräch zwischen Omid und Sophie mitbekommen hatte. Sie schmückte es an einigen Stellen ein wenig aus und genoss dabei, im Mittelpunkt von Mels Aufmerksamkeit zu stehen. Ihr Vorsatz, alle Informationen in den kommenden Tagen stückchenweise preiszugeben, war auf einmal völlig vergessen. Und Erkan, der sich hinter einer Gruppe Schüler versteckt hatte, blieb unentdeckt. Aufmerksam hörte er jedes Wort mit.

Erkan stürmte über den Schulhof auf die Bank zu, um die sich die Jungs versammelt hatten. Rico und Omid saßen auf der Lehne und hatten ihre Füße auf die Sitzfläche gestellt. Justin stand breitbeinig vor ihnen. Seine Hände steckten in den hinteren Hosentaschen. Als Erkan bei ihnen ankam, spuckte Justin vor sich auf den Boden. Alle rätselten darüber, was wohl mit Milan los war. Warum war er heute nicht zur Schule gekommen?

»Vielleicht ist ihm die Sache auf den Magen geschlagen?«, scherzte Rico.

»Ihr hättet ihn da raushalten sollen«, wiederholte Omid für Justins Empfinden zum tausendsten Mal.

»Er hat es selbst entschieden. Vielleicht hat ihn sein Vater ja so verprügelt, dass er sich mit den blauen Flecken nicht in die Schule traut«, erwiderte Justin trotzig.

»Wir sollten ihn anrufen oder so«, schlug Omid vor.

Erkan konnte seine Anspannung nicht weiter zurückhalten. Er zog Justin zur Seite, sodass sie außer Hörweite ihrer Freunde waren. Justin war überrascht.

»Was soll das denn, Digger?«

»Omid hat uns doch verraten. Ich hab gerade ein Gespräch seiner Schwester belauscht«, berichtete Erkan aufgeregt. In wenigen Sätzen versuchte er, das eben Gehörte wiederzugeben. Dass Omid mit Sophie gesprochen hatte, dass selbst Aisha schon von Dennis' Datei wusste, wegen der alle aus der Gang im Knast landen würden, und dass laut Aisha etwas zwischen Sophie und Omid lief.

Justin hörte aufmerksam zu. Er sah dabei zu Rico und Omid rüber und versuchte, sich die Wut nicht anmerken zu lassen, die in ihm aufstieg. Hatte er also recht gehabt: Omid war ein Verräter. Dass er mit Sophie über ganginterne Angelegenheiten sprach, war Verrat! Aber das musste hintangestellt werden. Dennis war wieder einmal das größere Problem.

In diesem Moment piepste Justins Handy. Auf dem Display erschien eine Nachricht:»Bin in einer Wohngruppe gelandet. Komme heute nicht in die Schule. Melde mich, sobald es geht. Milan«

»Verdammt«, schoss es aus Justin heraus.»Jetzt läuft wohl alles schief.«

Er zeigte Erkan die Nachricht. Gemeinsam gingen sie zu Rico und Omid zurück, die immer noch auf der Bank saßen.

»Sie haben Milan in eine Wohngruppe gesteckt.«

Verwundert sahen sich die Jugendlichen an.

»Was soll das denn?«, fragte Rico als Erster.

»Keine Ahnung. Aber jetzt wird es eng für uns. Wenn die Bullen die Aufnahme kriegen«, dabei sah er Omid scharf an,»und Milan umfällt, dann sind wir alle am Arsch.«

Zustimmend nickten Erkan und Rico.

»Wir treffen uns heute Abend im Loch«, sagte Justin im Befehlston.

»Ich kann immer noch nicht«, wandte Omid ein.

»Vielleicht ist das auch besser so. Kümmere du dich darum, dass deine Sophie die CD vernichtet.«

Omid zuckte fast unmerklich zusammen. Deine Sophie? Was meinte Justin damit?

Nachdem Justin seine Befehle erteilt hatte, ließ er die Jungen stehen und sprintete über den Schulhof. Erkan jagte ihm hinterher. Nur Rico blieb bei Omid zurück.

213

Die Pause war schon fast vorbei, als Omid seinen Kopf in das Klassenzimmer seiner Schwester steckte. Ein paar Mädchen fingen an pfeifen. Aisha drehte daraufhin ihren Kopf in Richtung Tür und stellte ein wenig enttäuscht fest, dass es nur ihr Bruder war, dem die Pfiffe der Mitschülerinnen galten.

Mit einer Mischung aus Überraschung und böser Vorahnung kam sie der Aufforderung ihres Bruders nach, ihm in den Flur zu folgen. Sein Gesichtsausdruck war angespannt. Er erinnerte sie in diesem Moment an ihren Vater. Auch der guckte immer so, wenn einer von ihnen etwas ganz Schlimmes angestellt hatte. Aufgewühlt fragte Omid seine kleine Schwester: »Hast du heute etwas von dem Gespräch zwischen mir und Sophie mitbekommen?«

Automatisch überkam sie ein schlechtes Gewissen.

»Ein bisschen«, antworte sie leise.

»Und hast du es jemandem erzählt? Melanie oder so?«

»Vielleicht«, sagte sie nun wispernd.

»Vielleicht?«, fragte Omid und schnappte sich nun ihren Arm. »Hast du es Mel erzählt?«

»Ja, hab ich. Sie war neugierig«, antwortete Aisha, die dabei versuchte, den schmerzenden Griff ihres Bruders abzustreifen.

»Verdammt«, fauchte Omid. »Wir sprechen uns noch!«

Damit ließ er seine Schwester stehen und stürmte den Korridor hinunter.

Das Telefon klingelte, als Dennis' Mutter die Wohnung betrat. Ihr Sohn hatte das Öffnen der Tür bereits gehört und versuchte deshalb gar nicht erst, das Gespräch entgegenzunehmen. Sie würde das Telefon eher erreichen.

Es dauerte einige Minuten, dann riss Dennis' Mutter die Zimmertür auf und redete, immer noch in Straßenkleidung, auf ihren Sohn ein.

»Du wirst in der Schule gehänselt? Die anderen schlagen dich und klauen dein Telefon? Und was für eine Datei hast du, die Justin belastet? Dennis, was ist denn um Himmels willen los?«

»Was?«, fragte der Teenager, der von der neuen Situation komplett überrascht wurde. »Wieso gestohlen? Mein Handy ist doch hier!«

Dennis zeigte seiner Mutter sein Handy und hoffte, damit das Schlimmste abzuwenden.

»Frau Schnitzler hat gerade angerufen. Sie hat gefragt, ob es meiner Mutter wieder besser geht. Ich wüsste nicht, dass dein Vater und ich dich jemals alleine zu Hause gelassen hätten, um irgendwo für längere Zeit hinzufahren.«

Seine Mutter nahm auf seinem Bett Platz. Dennis hatte viel zu erklären. Er musste jetzt schnell denken, um sich ja nicht allzu sehr in Widersprüche zu verwickeln.

»Die Schnitzler muss da was verwechseln«, sagte er so energisch, dass es fast überzeugend klang. »Die Frau wird alt. Vielleicht meint sie einen anderen Schüler.«

»Und was ist mit diesem Justin?«

Dennis zuckte mit den Schultern. »Ich habe überhaupt keinen Justin in meiner Klasse.«

Die Mutter sah ihren Sohn an. Lange überlegte sie, wem sie glauben sollte. Wie viele Kinder flunkerte auch ihr Sohn hin und wieder, wenn es beispielsweise um das Verschwinden von Süßigkeiten aus dem Küchenschrank ging. Aber dieses Mal sprachen sie nicht über Kleinigkeiten.

»Und was meint sie damit, dass dich andere schlagen? Hat sie dich da auch mit jemandem verwechselt?«, fragte die Mutter in möglichst ruhigem Ton, der ihre innere Aufregung jedoch nicht verbergen konnte.

»Manchmal kommt das schon vor. Aber nicht so oft. Das sind so kleine Rangeleien unter Schülern.«

Dennis sah seiner Mutter stur in die Augen. Sie musste ihm einfach glauben.

»Gut«, war das erlösende Wort seiner Mutter, die daraufhin ihren Sohn auf die Stirn küsste und das Zimmer verließ.

Erleichtert atmete Dennis aus. Seine Hände waren eiskalt und gleichzeitig klitschnass. Wenn die Schnitzler von der Aufnahme wusste, dann war es nur noch eine Frage der Zeit, bis Justin erfuhr, dass Dennis sie weitergegeben hatte. Er musste jetzt dringend etwas unternehmen.

Es war schon fast Abend, als Omid mit seinen Hausaufgaben fertig wurde. Es hatte heute etwas länger gedauert, weil er sich beim besten Willen nicht auf Algebra konzentrieren konnte. Immer wieder waren seine Gedanken zu Sophie abgeschweift, zu der Gang und vor allem zu Dennis, den Omid durch sein Gespräch mit Sophie in Gefahr gebracht hatte. Jetzt lief er in seinem Zimmer auf und ab und überlegte, was er tun konnte, um Dennis zu helfen. Er musste Dennis einfach helfen. Es war klar, dass Justin seinen ganzen Frust und seine Wut an dem jüngeren Schüler auslassen würde. Und so wie sein Freund heute Morgen drauf gewesen war, wusste Omid nicht, wie weit Justin gehen würde, um Dennis den Verrat an der Gang heimzuzahlen.

Das Gespräch mit Frau Schnitzler war ein guter Anfang gewesen. Sie hatte überrascht gewirkt, als Omid heute Vormittag in ihrem Büro erschienen war. Noch überraschter war sie jedoch, als sie die ganze Geschichte von ihm erfuhr. Sie versprach ihrem Schüler, diskret vorzugehen, und bedankte sich für seine Offenheit.

Dennoch war sich Omid nicht sicher, ob dieses Gespräch ausreichte. Er befürchtete, dass Justin sich an Dennis rächte, ehe Frau Schnitzler etwas unternehmen konnte. Er musste mit der Gang reden. Heute noch! Mit Erkan oder Rico, die noch nicht ganz so durchgeknallt wie Justin waren. Vielleicht konnten die beiden ihren Freund von einer größeren Dummheit abhalten. Omid hoffte dies zumindest.

Nachdem er in den Flur getreten war, wo es bereits herrlich nach Curry und Koriander duftete, atmete er noch einmal tief ein. Dann ging er ins Wohnzimmer. Sein Vater saß wie jeden Abend am Couchtisch und las die Tageszeitung. Omid setzte sich ihm gegenüber. Er wartete geduldig, bis sein Vater den Artikel zu Ende gelesen hatte und dann die Zeitung senkte. Damit war sich Omid der Aufmerksamkeit seines Vaters sicher, die er sich in diesem Moment im selben Maße wünschte wie fürchtete.

»Ich muss heute Abend mit meinen Freunden reden. Ich weiß, dass ich immer hoch Hausarrest habe. Und ich würde dich nicht darum bitten, wenn es nicht wirklich wichtig wäre«, begann der Sohn. Der Vater sah Omid in die Augen und legte dann seine Zeitung beiseite. Omid begann zu erzählen. Jetzt, da er begonnen hatte, spürte er, wie ihm eine Last abgenommen wurde. Er berichtete seinem Vater alles, die ganze Geschichte, wie es zum ersten Einbruch gekommen war, den Omid nicht hatte verhindern können, bis zur aktuellen Bedrohung eines Mitschülers. Sein Vater unterbrach ihn nicht ein einziges Mal. Er hörte ihm einfach nur zu. Während des Gesprächs, in dessen Verlauf Omid am liebsten vor Scham und Reue im Erdboden versunken wäre und in dem der Vater viele Dinge zu hören bekam, die ihm nicht gefielen, war der Vater das erste Mal in seinem Leben wirklich stolz auf Omid, der mit der Entscheidung, nun das Richtige zu tun und für seine Taten die Verantwortung zu übernehmen, zu dem Sohn geworden war, den der Vater sich immer gewünscht hatte.

»Das sieht echt nicht gut aus«, sagte Erkan so laut im Kellerflur zu Dave, dass es auch im Loch noch zu hören war.

Als die beiden durch die Tür traten, stand Mel im Raum, mit dem Rücken zu ihnen, und hantierte an ihrer Bluse herum. Justin lag halb auf dem Sofa und zog den Reißverschluss seiner Hose nach oben. Als Mel nach ihrer Jacke schnappte und mit feuchten Augen an den beiden anderen Gangmitgliedern vorbeischoss, grinste Justin nur.

»Die Weiber wissen halt nicht, was sie wollen«, erklärte Justin. Die beiden anderen Jugendlichen sahen Melanie noch kurz hinterher, aber bevor sie dazu etwas sagen konnten, übernahm Justin wieder das Kommando.

»Erkan hat dich schon informiert?«

»Das mit Milan ist scheiße«, kommentierte Dave die Situation und ließ sich neben Justin auf die warme Couch fallen.

»Ja. Und wenn er nicht dichthält?«, Justin führte den Gedanken nicht weiter aus. Alle Anwesenden wussten, was das bedeuten würde.

»Dennis nervt aber noch viel mehr«, sagte Justin stattdessen. »Wir hatten ihm sehr deutlich klargemacht, dass er nicht quatschen soll, und jetzt verteilt er sogar CDs mit dieser verdammten Aufnahme.«

Sie hatten Omid nicht kommen hören, der wie aus dem Nichts aufgetaucht war und nun in der Tür stand.

»Er hat sie nicht einfach so in der Schule verteilt. Er hat eine Kopie an Sophie geschickt. Vermutlich, weil er mir eins auswischen wollte«, erklärte Omid.

»Dir?«, fragte Justin.

»Er will wohl was von Sophie und wollte mich bei ihr schlechtmachen. Das ist alles.«

»Das reicht doch schon. Er hat immer noch nicht kapiert, wer hier die Regeln aufstellt. Dem müssen wir eine Lektion erteilen!«

Justins Tonfall war deutlich aggressiver als sonst. Er lief mittlerweile wie ein tollwütiger Hund durchs Loch, der den kleinen Dennis am liebsten in Stücke gerissen hätte. Auch Dave und Erkan blieb Justins Stimmung nicht verborgen.

»Und was hast du vor?«, fragte Dave.

»Ich lass mir was einfallen. Morgen ist er dran. Seid ihr dabei?«
Justin sah dabei sowohl Erkan als auch Dave abwechselnd an.

»Bin dabei«, erklärte Erkan.

»Morgen hab ich keine Zeit. Muss zu einem anderen Typen. Wir haben da eine Art Teamsitzung«, Dave lächelte verschmitzt.

»Toll! Muss ich mich hier um alles allein kümmern?«

»Ich komm mit, wenn du willst«, sagte Omid unaufgefordert.

»Lass mal. Besser, wenn der kleine Omid nichts davon mitbekommt.« Zu Erkan sagte Justin: »Ich schick dir 'ne SMS, wann und wo wir das mit Dennis regeln.«

»Aber, ich kann doch ...«, versuchte Omid, sich wieder ins Gespräch zu bringen.

»Ich will dich aber nicht dabeihaben!«, schrie Justin seinen Freund an. »Kapierst du das endlich?«

Alle drei starrten ihren Kumpel an. Die Blicke schienen Justin zu durchbohren. Was wollten sie eigentlich von ihm?

»Ich werde ihm eine Lektion erteilen.« Justin wirkte auf einmal unerwartet ruhig. »Sieh du lieber zu, dass deine Sophie ihre Datei verschwinden lässt. Du bist sonst nämlich genauso dran wie wir anderen auch.«

Danach griff Justin zu seiner Jeansjacke und stürmte raus. Er musste dringend an die frische Luft, weg von den Idioten, die sich um die Scheiße, in der sie alle zusammen steckten, einen Dreck scherten.

Es war schon nach acht. Justin hatte Durst auf ein Bier. Normalerweise kaufte er das im Supermarkt. Die Kassiererinnen interessierten sich nicht für sein Alter.

»Ein Bier«, grunzte Justin durch das Verkaufsfenster des Kiosks.

»Hast du einen Ausweis dabei?«, fragte Herr Weber.

»Muss ich wohl zu Hause liegen gelassen haben«, antwortete der Jugendliche patzig, ohne vorher wenigstens anstandshalber in der Jackentasche nachgesehen zu haben.

»Dann geht es nicht«, sagte Sophies Vater. »Vielleicht eine Cola?«

»Cola?«

Justin spuckte auf den Boden und ging. Was für ein Schwachsinn ist das mit dem Kauf von Alkohol, dachte der Jugendliche. Er war alt genug, um in so einen Laden einzusteigen, also sollte er doch auch alt genug sein, sich ein Bier zu kaufen. Eines Tages würde er es auch diesem aufgeblasenen Typen zeigen. Aber heute musste er andere Dinge erledigen.

Herr Weber kümmerte sich weiter um die Bestellung für die folgende Woche, als ein anderer Junge vor die Fensterscheibe trat.

»Entschuldigung. Ist Sophie da?«, fragte Omid.

»Sie ist noch im Lager«, antwortete der Vater, der herzlich lächelte, als er den jungen Mann erkannte. »Du kannst durch die Ladentür gehen. Die ist offen.«

Omid folgte der Einladung und marschierte direkt durch in das hintere Zimmer. Sophie saß an einem Tisch und sortierte Schokoriegel. Sie nahm sie aus einer großen Plastikkiste heraus, wischte sie mit einem feuchten Tuch ab und legte sie nach Sorten getrennt auf die Tischplatte vor sich.

»Ist das eine Strafarbeit?«, fragte Omid, dem es beim Anblick von Sophie immer gleich viel besser ging.

»Das Chaos haben deine Freunde bei uns hinterlassen«, antwortete sie mürrisch, obwohl ihre Grübchen verrieten, dass sie sich über Omids Kommen freute.

»Möchtest du einen?«

»Nein danke.«

Omid setzte sich mit an den Tisch. Er reichte Sophie einen Riegel aus der Box zum Abwischen rüber.

»Du bist doch nicht hier, um mir bei der Arbeit zu helfen?« Sie hielt einen Augenblick inne und sah ihn an. Etwas belastete ihn offensichtlich.

»Was ist los, Omid?«

»Sie wollen ihn aufmischen. Justin hat es fest vor. Ich hab ihn nicht davon abbringen können. Er nimmt Erkan mit. Der hat versprochen, ein wenig aufzupassen. Damit es nicht so heftig wird. Ich war auch bei Frau Schnitzler, aber ich glaube nicht, dass die etwas unternehmen kann.«

»Wieso wollen sie wieder was von Dennis? Ich dachte, das mit dem Handy wäre erledigt.«

»Es geht um die Aufnahme. Als du mir das heute Morgen erzählt hast, hat Aisha uns belauscht. Sie hat alles Mel erzählt, und die hat es in der ganzen Schule verbreitet.«

Beide starrten sie vor sich auf die sortierten Süßigkeiten. Sophie nahm einen Karamellriegel und biss hinein. Omid sah ihr dabei zu. Er verstand Leute nicht, die in so einer Situation essen konnten. Wenn er Stress hatte, bekam er nie einen Bissen herunter.

»Nervennahrung«, erklärte Sophie, die seinen Blick richtig gedeutet hatte.

Nach einigen Minuten des Schweigens sagte Omid: »Ich muss zur Polizei gehen. Vielleicht brauche ich die Aufnahme dafür, als Beweis oder so.«

»Aber dann belastest du dich selbst.«

Während sie das sagte, griff Sophie automatisch zu einem zweiten Riegel, den sie mit drei Bissen in ihrem Mund verschwinden ließ. Omid lächelte.

»Was gibt es da zu grinsen?«, nuschelte sie mit vollem Mund.

»Du bist wegen Mitwisserschaft dran.«

»Ich weiß«, antwortete Omid ernst. »Ich habe heute mit meinem Vater gesprochen. Wenn ich deswegen anzeigt werde, kann ich es nicht verhindern. Aber ich kann nicht wieder still zusehen, wie

Justin Dennis vielleicht krankenhausreif schlägt. Das könnte ich mir nie verzeihen.«

»Ich komme mit, wenn du willst.«

»Das ist nett von dir. Ich gehe morgen, direkt nach der Schule. Ich hoffe, dass es dann noch nicht zu spät ist. Bringst du die CD mit?«

Sie nickte stumm.

»Wird schon gut gehen«, sagte er leise. Sie nahm seine Hand und lächelte. Einen Moment lang sahen sie sich in die Augen.

»Die Riegel«, sagte Sophie verlegen und sah auf den Berg Süßigkeiten, der vor ihr auf dem Tisch lag.

Omid lächelte. Gemeinsam säuberten sie die Riegel weiter. Auch wenn Omid am nächsten Tag direkt ins Gefängnis müsste, hätte er sich keine schönere Beschäftigung für diesen Abend vorstellen können. Nachdem alle Schokoriegel abgewischt und in die Verkaufsregale einsortiert waren, verabschiedete sich Omid. Schließlich hatte er ja Hausarrest.

Die Sonne stand schon sehr tief, als der Junge die Unterführung erreichte. Bob war wie jeden Tag da und wartete geduldig auf Kundschaft. Auch wenn er die meisten Leute kannte, die mit ihm Geschäfte machen wollten, wunderte er sich nicht, wenn auch mal Fremde auf Empfehlung eines Bekannten an ihn herantraten.

»Ich brauch 'ne Knarre«, sagte der Junge ohne die üblichen Begrüßungsfloskeln.

Bob lachte. »Ehrlich? Ich glaube nicht. Geh lieber nach Hause zu deiner Mutti!«

Der Jugendliche holte ein Bündel Fünfziger aus der Tasche, die er Bob unter die Nase hielt.

»Ich brauch eine Knarre«, wiederholte er. »Egal ob Revolver oder Automatik. Hauptsache klein.«

»Wie viel ist das denn?«, fragte Bob mit Blick auf das Geld. Wie üblich checkte er bei solchen Verhandlungen immer die Straße ab.

»Fünfhundert Euro!«

Bob grinste.

»Du hast Glück. Ich hab da grad was reingekriegt. Für genau fünfhundert Piepen. Komm in zwanzig Minuten wieder.«

Der Kleine packte das Geld mit zittrigen Händen zurück in die Jackentasche.

»Ich warte lieber hier auf dich!«

»Auch gut«, antwortete der Verkäufer.

Bob ließ den Jungen stehen und flitzte davon.

Endlich hatte er alles zusammen. Der morgige Tag konnte kommen. Sogar Bier hatte Justin an diesem Abend noch kaufen können, obwohl sich immer mehr Ladenbesitzer in letzter Zeit weigerten, Alkohol an Jugendliche zu verkaufen. Vielleicht wirkte Justin mit der neuen Errungenschaft unter seiner Jacke aber auch einfach nur erwachsener als vorher. Der Jugendliche fühlte sich zumindest viel männlicher damit, und am Bahnhofskiosk hatte der Bierkauf am Ende ja doch noch geklappt.

Jetzt saß Justin wieder allein in seinem Loch. Milan hockt wahrscheinlich auch allein in einem kalten Zimmer, dachte Justin. Milan, der keiner Fliege etwas antun konnte. Warum hatten sie ihn gleich in so eine betreute Einrichtung gesteckt? Im Gegensatz zu ihm war Milan ein unbeschriebenes Blatt.

Angst kam in Justin auf. Er war dem Jugendamt schon seit frühster Kindheit bekannt. Auch die Polizei musste mittlerweile eine dicke Akte von ihm haben, die mit Straftaten von einfachem Ladendiebstahl bis hin zu schwerer Körperverletzung gefüllt war. Wenn sie Milan schon für so eine Kleinigkeit wegsperrten, was würden sie dann erst mit ihm machen?

Und wenn er doch nicht dichthält, schoss es dem Teenager durch den Kopf. Immer wieder fragte sich Justin, ob er an Milans Stelle ebenso ehrenhaft handeln oder, um seine eigene Haut zu retten, die Kumpel verpfeifen würde. Milan wird dichthalten, versicherte sich Justin immer wieder. Es war vollkommen egal, wie er selbst sich verhalten würde. Milan war anders als er.

Die große Schwachstelle war und blieb Dennis. Er hatte sich nicht an Justins Anweisungen gehalten. Was bildete sich der kleine Wichser immer wieder ein? Wusste er nicht, wer hier der Boss im Viertel war?

Er musste Dennis das Maul stopfen. Daran führte kein Weg vorbei. Erkan war morgen mit von der Partie, wenn Justin Dennis aufmischen wollte. Aber sein Freund würde ihn nicht verpfeifen. Schließlich hatte Erkan panische Angst davor, dass seine Eltern von seinen nächtlichen Ausflügen erfuhren.

Justin hatte Omid geschickt aus dieser Angelegenheit herausgedrängt. Ob er nach dem Ganzen überhaupt noch zur Gang gehörte, musste Justin später mit den anderen Jungs klären.

Aber warum sollte er die überhaupt noch nach deren Meinung fragen? Nach den Vorkommnissen der letzten Tage, in denen er als Einziger vernünftig agiert hatte, war Justin seiner Ansicht nach das unumstrittene Oberhaupt der Gang. Das würden die anderen auch bald einsehen. Spätestens dann, wenn Dennis seine Lektion erhalten hatte.

Justin zog seine Neuanschaffung aus dem Hosenbund hinter seinem Rücken hervor. Im Bahnhofsviertel gab es genügend Geschäfte und Basare, die solche Butterfly Messer an jeden verkauften, der das nötige Geld dabeihatte. Silbern glänzte das Messer im schwachen Licht der Glühbirne. Mit einer geschickten Handbewegung klappte er es locker auf und ebenso schnell wieder zusammen. Ein Gefühl von Macht stieg in ihm auf. Unsagbar stark zog ihn dieses Gefühl an. Der Augenblick der Rache nahte.

FREITAG

Als der Morgen dämmerte, war Dennis bereits wach. Er hatte die Nacht kaum geschlafen und sich stattdessen überlegt, was Justin als nächstes vorhaben könnte. Er würde ihm wahrscheinlich wieder irgendwo auflauern, so wie letztes Mal, als Erkan ihm den Fluchtweg versperrt hatte.

Justin war feige. Niemals stellte er sich Dennis alleine in den Weg. Er hatte immer mindestens einen Kumpel dabei, der dafür sorgte, dass Dennis nicht entkommen konnte, und darauf aufpasste, dass Justin nicht erwischt wurde. Dennis war sich allerdings sicher, dass die Begegnungen auch dann nicht viel besser für ihn ausgehen würden, wenn er seinem Widersacher alleine gegenüberstünde.

Er hatte sich jetzt etwas zur Verteidigung besorgt. Das Geld, das er vor ein paar Tagen der alten Frau geklaut hatte, um das Handy zu ersetzen, hatte er nun für ein ähnlich wichtiges Anliegen ausgegeben. Dennis hatte sich etwas beschafft, womit er sich verteidigen konnte. Justin würde ihn nie wieder dumm anquatschen, wenn er einmal in den Lauf dieser Knarre geblickt hätte. Justin würde begreifen, dass Dennis kein kleiner Junge mehr war, dass er sich von diesem Tag an verteidigen würde, zur Not auch mit dieser Waffe.

Dennis zog sich an und ging frühstücken. Seine Mutter sah ihn besorgt an. Sie hatten das Gespräch vom Vortag nicht fortgesetzt. Dennis hatte jedoch mitbekommen, dass seine Mutter mit seinem Vater bei ihren täglichen Flurtuscheleien über ihn gesprochen hatte. Sein Vater hatte ihm beim Abendessen merkwürdige Fragen gestellt, immer um den heißen Brei herum, niemals war er konkret geworden. Was der Sport denn so mache? Ob er nicht mal in einen Kampfsportverein eintreten wolle? Karate wäre doch mal was?

Der Junge hatte zugehört und stumm genickt. Er hasste schon Fußball, weil die anderen Kids sich über ihn lustig gemacht hatten. Beim Karate würden sie nicht lachen, sondern ihn gleich zu Sushi verarbeiten. »Wenn es denn sein muss«, hatte Dennis schwach geantwortet und damit bei seinem Vater eine Welle der Begeisterung ausgelöst. »Ich erkundige mich mal nach Vater-Sohn-Angeboten«, hatte der Vater darauf gemeint, was Dennis die Aussichten auf die kommende sportliche Betätigung nicht gerade schmackhafter gemacht hatte.

Bis die Karatestunden ihre Wirkung zeigten, hatte Dennis jetzt die Waffe. Bob, so hieß der Kerl, der alles an den Mann brachte, hatte ihn gestern erst wieder nach Hause schicken wollen. Aber Dennis ließ sich nicht abwimmeln. Dafür war er zu panisch bei der Vorstellung, was in den folgenden Tagen auf ihn zukommen könnte. Fünfhundert Euro erschienen gar nicht mal so teuer. Es war sogar Munition in der Waffe. An die hatte Dennis ursprünglich gar nicht gedacht. Nur eine Kugel fehlte im Magazin. Ansonsten war das Ding voll funktionsfähig, hatte Bob versichert.

Dennis wollte sich in den kommenden Tagen noch mehr Munition besorgen. Am Samstag, wenn seine Mutter arbeitete und sein Vater am Auto herumschraubte, wollte Dennis in einen Wald fahren. Schießübungen waren wichtig, hatte er im Internet gelesen. Vor allem wegen des Rückstoßes, den jede Handfeuerwaffe beim Schießen verursachte. Aber das hatte er auch schon vor seiner Recherche im Internet gewusst. Einen Schritt nach dem nächsten, dachte Dennis.

Bevor er das Haus verließ, steckte Dennis die Pistole in seinen Rucksack. Einen Augenblick lang betrachtete er skeptisch den Reißverschluss seiner Schultasche. Bei einem Angriff bekäme er die Waffe nicht schnell genug da raus. Justin würde ihn grün und blau schlagen, ehe er auch nur den Reißverschluss öffnen könnte. Er zog die Pistole wieder zwischen seinen Schulbüchern heraus und schob sie in seine rechte Jackentasche. Das ist gut, befand Dennis.

Griffbereit und schnell zugänglich. Er probte zwei, drei Mal, wie lange es dauerte, die Waffe herauszuziehen und zu entsichern, und war zufrieden mit seiner Schnelligkeit. Fußball oder Karate waren nichts für ihn. Vielleicht konnte sein Vater ihn stattdessen in einem Schützenverein anmelden.

Wie immer ging Dennis als einer der Letzten zur Schule. Dieses Mal war er nicht abgelenkt durch sein Handy, sondern hoch konzentriert. Er beobachtete den Pfad vor sich und sah auch immer wieder hinter sich. Es war kein Widersacher zu sehen. Nur noch wenige Minuten und er hatte es geschafft. In dem Moment raschelte das Gebüsch auf der rechten Seite. Mit einem Satz sprang Justin hervor und baute sich vor ihm auf. Von hinten hörte er bereits Erkans Stimme.

»Da ist er ja, der kleine Hosenscheißer!«

In der Jackentasche umklammerte Dennis den Griff der Waffe. Er überlegte, ob er sie gleich herausholen sollte oder sie lieber als letzten Trumpf zurückhalten wollte. Er entschied sich dafür, zu warten. Vielleicht würde die Konfrontation doch nicht so schlimm verlaufen, wie er befürchtete. Seine Hände waren feucht.

Rico kam nun auch aus einem der Gebüsche herausgekrochen. Er stellte sich neben Erkan, der immer wieder mit der geballten Faust in seine andere Hand schlug.

»Deinetwegen haben sie Milan abgeholt«, schrie der kleine Rico Dennis an.

»Meinetwegen? Wieso meinetwegen?«, Dennis wusste nicht, was Rico meinte.

»Du hast doch die Datei herumgereicht!«, sagte Erkan.

Die Jungen kamen immer näher auf Dennis zu und kreisten ihn dabei ein. Das Gefühl kannte er. Es kam ihm vor, als würden sie mit jedem Schritt, den sie näherkamen, seine Kehle ein wenig fester zuschnüren. Sein Herz raste.

»Hab ich nicht!«, rief Dennis panisch. »Ich schwör's!«

»Und woher hat Sophie sonst die CD? Vom Weihnachtsmann, oder was?« Justin stand nun direkt vor ihm.

»Ich wollte sie doch nur warnen«, sagte der Junge wimmernd.

»Macht sich das Baby gleich ins Hemd?«, fragte Erkan hämisch.

»Das mit Milan wollte ich nicht. Es tut mir leid, ehrlich!«, wimmerte Dennis nach einem kurzen Blick auf Rico.

»Das wird dir noch viel mehr leidtun«, sagte Justin und stieß Dennis Richtung Erkan. Erkan schubste ihn zurück. Wie einen Tennisball spielten sich die beiden großen Jungen den kleineren Dennis zu. Rico stand daneben. Er wusste noch nicht, ob er das Ganze cool fand oder ihm Dennis dann doch ein wenig leidtat. Jetzt variierten die beiden ihr Spiel, indem sie Dennis vor jedem Schubsen zusätzlich noch eine ordentliche Ohrfeige verpassten. Der Junge weinte und versuchte, so gut es ging, sein Gesicht zu schützen.

»Hört auf, bitte, hört doch auf«, drang es an Ricos Ohr, dem dieses Spiel nicht mehr gefiel.

»Vielleicht hat er genug«, sagte Rico deshalb.

»Noch lange nicht. Wir haben doch gerade erst angefangen.«

Während Justin das sagte, zog er sein Messer hervor. Mit zwei Schwüngen kam die Klinge zum Vorschein. Das Metall funkelte im Sonnenlicht. Erkan und Rico erkannten sofort, was ihr Kumpel in der Hand hielt. Auch Dennis war klar, dass es jetzt brenzlich wurde.

Justin warf das Messer von einer Hand in die andere und wieder zurück, wie es Dennis aus schlechten Filmen kannte. Dennoch war ihm jetzt nicht nach Lachen zumute. Es wurde höchste Zeit, dass er seinen Trumpf ausspielte.

Dennis versuchte die Waffe aus seiner Jacke herauszuziehen, doch der Griff verfing sich im Stoff, sodass Dennis sie nicht ganz so elegant herausholen konnte, wie Justin zuvor sein Messer aufgeklappt hatte. Doch im zweiten Anlauf hatte er sie draußen und entsichert. Mit einer Hand hielt er sie vor sich ausgestreckt.

Justin grinste.

»Ist das ein Spielzeug, oder was?«

Dennis schüttelte den Kopf.

»Die ist echt und geladen.«

Der Junge wich ein paar Meter zur Seite, um alle Gegner vor seiner Waffe zu haben.

»Das glaub ich nicht«, sagte Justin und ging mit seinem Messer auf Dennis zu.

»Bleib stehen!«, schrie Dennis und hielt jetzt die Waffe zitternd mit beiden Händen fest. Er zielte direkt auf Justin, der sich nicht einschüchtern ließ und immer näher kam. Tränen schossen aus Dennis' Augen.

»Bleib stehen, sag ich! Bleib stehen!«, schrie Dennis verzweifelt. »Ich drück ab, Mann!«

Doch Justin grinste nur. Er drehte sich zu Erkan um und sah seine beiden Freunde verängstigt im Hintergrund stehen.

»Der Knirps drückt niemals ab. Wir machen ihn jetzt fertig! Kommt!«

Als Erkan seinen ersten Schritt auf Dennis zuging, durchbrach ein Knall die Stille. Justin sah sich verwirrt um, ehe er auf die Knie sackte. Das Messer fiel ihm aus der Hand. Er sah in Dennis' Gesicht, das tränenverschmiert auf ihn herunterstarrte. Der Junge hatte immer noch die Waffe auf ihn gerichtet. Der kleine Wichser hat es doch getan, war sein letzter Gedanke, bevor Justin vornüberkippte und auf sein Gesicht fiel.

Erkan und Rico betrachteten entsetzt die Szene. Ihr Freund lag am Boden und rührte sich nicht. Dennis richtete jetzt die Waffe auf Erkan.

»Mach keinen Scheiß!«, schrie Rico.

Doch Erkan wartete nicht. Er rannte so schnell er konnte im Zickzack in Richtung Schule. Dann sah Dennis Rico in die Augen.

»Das wollte ich doch nicht«, stammelte Dennis. »Er blieb einfach nicht stehen.«

Rico sah in den Lauf der Waffe. Sie war jetzt auf ihn gerichtet. Langsam ging er rückwärts in Richtung Schule. Sehr behutsam und Schritt für Schritt, um Dennis nicht zu einer zweiten dummen Handlung herauszufordern. Dabei sprach er unentwegt auf den Teenager ein.

»Das weiß ich doch, Mann. So was passiert. Wir müssen jetzt einen Krankenwagen rufen. Am besten gehe ich zur Schule und sage dort, dass wir hier Hilfe brauchen. Das ist doch okay, Dennis?«

Der Schütze antwortete nicht. Er folgte Rico mit dem Mündungslauf. Wie durch einen Nebel drangen Ricos Worte zu ihm durch. Er konnte nichts dafür. So was passierte eben. Sie mussten einen Krankenwagen rufen. Natürlich! Er ließ die Waffe sinken.

Rico drehte sich um und lief so schnell er konnte davon. Erst jetzt wurde Dennis bewusst, was er getan hatte. Er sank neben Justin auf die Knie. Jetzt hielt er die Tränen nicht mehr zurück, die sich mit der Kraft eines Wasserfalls ihren Weg nach draußen bahnten.

Frau Schnitzler stand mit dem Direktor vor der Schultür und unterhielt sich mit ihm über die Ereignisse der vergangenen Tage.

»Wir müssen langsam aktiv werden. Ich meine, wir müssen wirklich was unternehmen. Die Jungen tanzen uns auf der Nase rum. Die nehmen uns nicht mehr ernst«, sagte die Lehrerin.

Ein paar Schüler, die schon spät dran waren, huschten mit schuldbewusstem Gesichtsausdruck an den beiden Lehrkräften vorbei.

»Sie sehen das zu negativ«, entgegnete der Direktor. »Die meisten unserer Schüler sind doch gar nicht so schlecht geraten. Es sind nur ein paar faule Äpfel darunter. Und mit denen werden wir schon fertig.«

Frau Schnitzler warf einem Jungen, der für seine Fehlstunden bekannt war, einen mahnenden Blick zu. Der reagierte mit einem Grinsen und wünschte der Vertrauenslehrerin einen guten Morgen.

»Ein paar reichen. Die sorgen dafür, dass auch andere ihr Verhalten ändern. Wie wir jetzt bei Milan gesehen haben.«

Die Lehrerin wirkte erschöpft.

»Sehen Sie. Das nenne ich mal Einsatz«, sagte Herr Friedrich scherzhaft zu seiner Kollegin, die seinem Blick folgte.

Erkan kam über den Schulhof gerannt auf sie zu. Außer Atem erreichte der Schüler die zwei. Er hatte keinen Rucksack dabei, und in seinem Gesicht spiegelte sich Panik. Die Lehrerin erkannte sofort, dass Erkan nicht wegen des Unterrichts gerannt war.

»Komm erst mal zu Atem, Erkan«, versuchte Frau Schnitzler ihren Schüler zu beruhigen.

Der Jugendliche hatte sich nach vorne gebeugt. Er keuchte und hielt sich vor Schmerz die Seite. Es war jetzt nicht die Zeit, um zu Atem zu kommen. Nicht jetzt, da sein Freund angeschossen auf der Straße lag.

»Er hat geschossen. Er hat tatsächlich abgedrückt. Und Rico ist vielleicht auch schon tot.«

Die Lehrkräfte sahen sich an.

»Was? Wer?«, wollte Frau Schnitzler wissen.

»Justin und Dennis, da, auf dem kleinen Weg. Er rührte sich nicht. Wir müssen einen Krankenwagen rufen. Schnell!«, rief Erkan, der immer noch nach Luft rang.

»Sie bleiben bei den Jungen«, befahl Herr Friedrich, der auf dem Schulhof nun auch Rico auf sie zu sprinten sah. »Ich verständige die Polizei und einen Rettungswagen.« Der Direktor lief ins Sekretariat.

Frau Schnitzler nahm unterdessen Rico in Empfang.

»Bist du verletzt?«

Er schüttelte den Kopf. Sie sah in die Augen des Kindes, in denen sich blankes Entsetzen abzeichnete. Den beiden ging es offensichtlich äußerlich gut. Jetzt gab es noch einen anderen Schüler, der Hilfe brauchte.

»Ihr bleibt hier!«, befahlt sie unmissverständlich den Jungen.
»Und wehe, einer folgt mir!«

Dann lief Frau Schnitzler über den Schulhof auf den kleinen Weg
zu.

Dennis kniete neben Justin, als Frau Schnitzler ankam. Die Waffe
lag neben seinem rechten Knie. Unter Justins Oberkörper hatte sich
eine Lache aus Blut gebildet. Der Junge rührte sich nicht.

Dennis starrte ins Leere. Er wippte mit dem Oberkörper vor und
zurück. Wie ein Mantra wiederholte er immer wieder: »Das wollte
ich nicht. Wirklich, Justin. Das wollte ich nicht!«

Frau Schnitzler war überrascht. Sie hatte ein anderes Szenario
erwartet. Dennis war offensichtlich der Schütze. Dieses Mal war
Justin das Opfer. Die Lehrerin überlegte nur kurz, ob sie sich selbst
in Gefahr brachte, wenn sie versuchte, dem Jungen zu helfen,
streifte diesen Gedanken aber sofort wieder ab. Sie war
Vertrauenslehrerin. Ihren Schülern zu helfen, war ihre Pflicht.

Sie ging wie selbstverständlich zu Dennis rüber, der sie nicht
wahrnahm. Sie schob die Pistole zur Seite und setzte sich neben
ihren Schüler auf den Fußboden. Er reagierte nicht, sondern wippte
ununterbrochen vor und zurück. Sie sah, dass Dennis Justins Hand
hielt, als wären sie schon immer die besten Freunde gewesen.

»Alles wird gut«, sagte sie leise zu Dennis.

Vorsichtig tastete sie Justins Hals nach einem Puls ab. Sie
kämpfte gegen die Tränen an. In der Ferne nahm sie die Sirenen
des Krankenwagens wahr, die mit jeder Sekunde lauter wurden.

SAMSTAG

Am darauffolgenden Tag war die Schule geschlossen. Vor dem Eingang hatte sich dennoch eine Gruppe Jugendlicher versammelt. Auf den Treppen hatten sie Kerzen und Bilder ihres verstorbenen Mitschülers aufgestellt. Verstört und zumeist schweigend hielten sich Teenager in den Armen oder starrten hilflos ins Leere.

Ein wenig abseits hatten sich die Mitglieder der Black Amigos aufgestellt. Omid hatte Tränen in den Augen. Auch Rico und Milan war anzusehen, dass ihnen der Tod ihres Freundes sehr nahe ging. Nur Erkan starrte ausdruckslos in die Menge. Keine Gefühlsregung war bei ihm zu erkennen. Weder Wut noch Trauer noch Angst. Er wirkte, als wäre auch ein Teil von ihm gestern auf dem schmalen Pfad gestorben.

Sophie traf mit ihrem Bruder und ihrem Vater ein. Die drei hielten sich an den Händen, als sie vor dem Bild von Justin stehen blieben. Herr Weber hatte an diesem Morgen seinen Kiosk nicht geöffnet. Er wollte bei seiner Tochter bleiben, die die Ereignisse der vergangenen Tage sehr mitgenommen hatten.

Omid sah Sophie und ging zu ihnen rüber. Leise begrüßten sich die Teenager. Sophies Vater nickte Omid kurz zu und ging dann mit Jonas zu Frau Schnitzler, die schwarz gekleidet neben dem Kondolenzbuch stand, das die Schule am Eingang auf einem Tisch bereitgelegt hatte.

Justins Mutter war nicht anwesend. Ein Gerücht hatte die Runde gemacht, dass sie mit einem Nervenzusammenbruch in ein Krankenhaus eingeliefert worden war. Bestätigen konnte das allerdings niemand, da man Justins Mutter ohnehin selten in der Öffentlichkeit zu sehen bekam.

»Milan ist wieder draußen?«, fragte Sophie flüsternd.

»Er durfte für die Trauerfeier herkommen. Die Ermittlungen laufen ja noch. Aber da Milan und Justin befreundet waren, hat sich

Frau Schnitzler dafür eingesetzt, dass Milan heute dabei sein kann.«

Omid legte Sophie den Arm um die Schulter. Tränen liefen ihre Wangen hinab.

»Es wird nie wieder so sein wie früher«, sagte er nachdenklich.

Sophie lehnte sich an Omids Schulter. Gemeinsam betrachteten sie das Kerzenmeer, das an Justin erinnerte. »Bis einer nicht mehr aufsteht«, hatte Sophie vor zehn Tagen ihrer Lehrerin an den Kopf geschmissen. Wer hätte damals geahnt, dass sie damit recht behalten würde.

ZEHN TAGE DANACH

Die Schulleitung tat in der folgenden Tagen alles, um ihren Schülern über das tragische Ereignis hinwegzuhelfen. Die beiden Jungen, die unmittelbar an der Situation beteiligt gewesen waren, wurden zu Psychologen geschickt. Justins anderen Freunden, die nicht unmittelbar seinen Tod miterlebt hatten, wurde eine therapeutische Unterstützung nahegelegt. Sie mussten sich nicht sofort entscheiden. Frau Schnitzler sorgte dafür, dass eine Psychologin in den kommenden Wochen für alle Schüler als Ansprechpartnerin zur Verfügung stand.

Über eine Woche war mittlerweile seid dem Unglück vergangen und der Alltag im Viertel kehrte allmählich wieder ein. Omid holte Sophie vor dem Kiosk ab, um gemeinsam mit ihr zur Schule zu gehen. Aisha trabte den beiden hinterher.

Sie hatten sich in der vergangenen Woche nur zweimal kurz gesehen, da Omid bis gestern immer noch Hausarrest gehabt hatte. Fast hätte sein Vater die erste Strafe sogar noch um eine weitere Woche verlängert, da sein Sohn die geplanten Einbrüche seiner Freunde nicht verhindert hatte. Doch dann hatte sich der Vater anders entschieden. Schließlich hatte sein Sohn ihm aus freien Stücken von den Vorkommnissen erzählt, um damit Schlimmeres zu verhindern. Omids Vater war stolz auf ihn. Doch ihn selbst plagte das Gefühl, vieles falsch gemacht zu haben. Immer wieder stellte er sich die Frage, ob er Justins Tod nicht hätte verhindern können, wenn er vorher eingeschritten wäre.

»Was gibt es Neues?«, fragte Sophie.

»Milan ist wieder zu Hause«, erzählte Omid, der mit seinen Freunden über das Internet Kontakt gehalten hatte. »Es hat sich rausgestellt, dass nicht er, sondern Dennis Frau Brunner überfallen hat. Er hat wohl das Geld geklaut, weil er sich ein neues Handy kaufen wollte.«

Omid bemerkte, wie seine Schwester dichter zu ihnen aufrutschte. Obwohl ihn ihre Neugierde immer noch nervte, ließ er sie zuhören. Schließlich gab es nichts mehr zu verheimlichen. Außerdem würde sich so wenigstens seine Geschichte der Ereignisse in der Schule verbreiten, und nicht irgendeine wilde Story, die sich Mel zusammengereimt hatte.

»Erkan gibt sich die Schuld an dem Ganzen«, erzählte Omid weiter. »Nachdem er Dennis das Handy zurückgegeben hatte, brauchte Dennis das Geld nicht mehr, um ein neues zu besorgen. Stattdessen hat er damit die Pistole gekauft.«

»Dafür kann Erkan doch nichts.«

»Er denkt, schon. Wenn er das Handy nicht gestohlen hätte, dann wäre das alles vielleicht nicht passiert.«

Die Teenager schwiegen.

»Es soll noch ein weiterer Mord mit dieser Waffe verübt worden sein. Aber die Polizei ist sich sicher, dass Dennis damit nicht in Verbindung gebracht werden kann. Der Mord hat wohl was mit dem Drogenmilieu zu tun. Die Polizei versucht gerade, den Weg der Waffe zurückzuverfolgen«, erzählte Omid weiter.

»Woher weißt du das alles?«, wollte Sophie wissen.

»Die Polizei hat nun natürlich auch die Aufnahme bekommen. Sie hat mit uns allen gesprochen.«

»Und jetzt?«, wollte Sophie wissen.

Sie betraten gemeinsam das Schulgelände. Erkan, Rico und Milan saßen auf den Stufen vor dem Hauptgebäude. Davor stand ein großes gerahmtes Poster von Justin. Drumherum hatten Trauernde Kerzen angezündet. Ein paar Stoffhunde lagen auch da. Omid seufzte.

»Ich hab der Polizei erzählt, dass ich den ersten Diebstahl nicht verhindert habe und dass ich auch über den zweiten irgendwie Bescheid wusste«, erzählte Omid weiter. »Wie es aussieht, haben sowohl dein Vater als auch Frau Schnitzler ein gutes Wort für mich eingelegt. Es wird wohl nicht zu einer Anzeige kommen, zumindest nicht für mich.«

Mit dem Kopf deutete er auf seine Jungs der Black Amigos.

»Milan hat gestanden. Erkan und Dave auch. Es wird nicht so schlimm für sie werden. Vielleicht kriegt Dave mehr Ärger. Aber jetzt, nach Justins Tod ...«, Omid schüttelte den Kopf. »Ich kann es immer noch nicht glauben.«

Er sah wieder zu seinen Freunden rüber.

»Weißt du, was mit Dennis ist? Die Jungs haben ihn seitdem nicht mehr gesehen.«

Sophie sah Omid erschrocken an.

»Sie wollen ihm nichts tun«, sagte er sofort. »Sie wollen sich entschuldigen. Es tut ihnen echt leid. Vor allem Rico ist total fertig.«

Sophie erinnerte sich daran, dass Rico Justin hatte sterben sehen.

»Dennis ist in einem Krankenhaus, in der Psychiatrie, habe ich gehört. Er wird wohl auch nicht wiederkommen.«

Omid sah seine Freundin fragend an.

»Mein Vater hat mit dem Geschäftsführer vom Supermarkt gesprochen. Dennis' Mutter arbeitet ja dort.«

Erkan, Milan und Rico kamen zu ihnen rüber. Sie begrüßten ihren Freund, Sophie und auch Aisha, die ein wenig abseits hinter den beiden anderen stand.

»Ich kann es immer noch nicht fassen«, sagte Milan.

Erkan holte tief Luft.

»Sophie hat gerade von Dennis erzählt ...«, begann Omid. Mehr brauchte er nicht zu sagen. Alle Augen richteten sich sofort auf sie.

»Also, Dennis' Mutter hat ihren Job gekündigt. Die Familie will in einen anderen Stadtteil ziehen. Dennis kommt auch nicht auf unsere Schule zurück. Zu viele schlechte Erinnerungen ...«, erzählte Sophie weiter.

Erkans Blick ging zu Boden.

»Muss er ins Gefängnis?«, fragte Rico.

Das Mädchen zuckte mit den Schultern.

»Ich denke nicht. Er ist doch erst dreizehn. Man ist erst ab vierzehn strafmündig. Und so wie es aussieht, war es ja auch irgendwas zwischen Unfall und Notwehr.«

Sie sah zu Erkan rüber, dem eine Träne herunterlief. Er wischte sie schnell weg.

»Ja«, sagte Rico. »Ja, es war ein Unfall. Dennis wollte nicht schießen. Er hat immer wieder gesagt, dass wir aufhören sollen.«

Erkan ließ seine Freunde wortlos stehen und betrat das Gebäude. Der Gong ertönte.

»Lasst uns auch reingehen«, sagte Omid, der hinter Erkan die Tür zufallen sah.

Gemeinsam stiegen sie die Treppen hoch und Sophie berichtete weiter. Omid ging neben ihr, die beiden Jungen folgten ihnen. Aisha hatte genug gehört. Sie war zu ihrer Freundin rübergelaufen und berichtete davon, was sie aufgeschnappt hatte. Mel, Brittany und die anderen hörten gespannt zu.

»Mein Vater meint, dass das Jugendamt jetzt die Familie unterstützt. Dennis wird einen Psychologen bekommen, und dann wird man dafür sorgen, dass so etwas in der neuen Schule nicht wieder passiert.«

»Das ist gut«, sagte Omid. »Er braucht einen Neuanfang.«

Er sah zu seinen Freunden, die zustimmend nickten.

Erneut tönte der Gong. Es war an der Zeit, die Klassenräume aufzusuchen.

»Sehen wir uns später?«, fragte Milan Omid. Der sah fragend zu Sophie rüber. Eigentlich wollte er den Nachmittag mit ihr verbringen. Schließlich hatte er sie lange Zeit nicht mehr alleine getroffen.

»Kommt doch später am Kiosk vorbei«, schlug Sophie vor.

Milan sah verlegen zu Boden.

»Ich denke, dass nicht nur Dennis einen Neuanfang braucht. Was meinst du, Milan?«, fragte die Schülerin.

»Es tut mir ehrlich leid«, stammelte Milan und schüttelte dabei den Kopf.

Sophie reichte ihrem Mitschüler die Hand. Immer noch verunsichert, aber mit dem Gefühl, dass ihm ein zentnerschwerer Stein vom Herzen fiel, ergriff Milan sie.

Liebe Leserin,
Lieber Leser,

ich freue mich, dass Du mein Buch gelesen hast. Ich hoffe, es hat Dir gefallen.

Wenn Du magst, dann hinterlasse einen Kommentar auf meiner Homepage, schreibe eine Buchbewertung oder melde Dich über Facebook (facebook.com/silbernasen). Ich freue mich, von Dir zu hören.

Bis zum nächsten Buch

Katja Lukic